SPA
F
COR

D0255273

LOA A UN ÁNGEL DE PIEL MORENA

SERIE DETECTIVESCA "GLORIA DAMASCO"

LUCHA CORPI

Traducción de Nuria Brufau Alvira

Arte Público Press
Houston, Texas

Loa a un ángel de piel morena ha sido subvencionado por la Ciudad de Houston por medio del Houston Arts Alliance. Agradecemos al Instituto Franklin, Universidad de Alcalá de Henares, por la traducción.

Recuperando el pasado, creando el futuro

Arte Público Press
University of Houston
4902 Gulf Fwy, Bldg 19, Rm 100
Houston, Texas 77204-2004

Diseño de la portada de Pilar Espino

Corpi, Lucha, 1945-
[Eulogy for a Brown Angel. Spanish]
Loa a un ángel de piel morena: Serie detectivesca Gloria Damasco / por Lucha Corpi; traducción al español de Nuria Brufau Alvira.
    p. cm.
ISBN 978-1-55885-751-3 (alk. paper)
    1. Damasco, Gloria (Fictitious character)—Fiction. 2. Hispanic American women—Fiction. 3. Civil rights demonstrations—Fiction. 4. California—Fiction. I. Brufau Alvira, Nuria. II. Title.
PS3553.O693E9318 2012
813'.54—dc23

2012026151
CIP

♾ El papel utilizado en esta publicación cumple con los requisitos del American National Standard for Information Sciences—Permanence of Paper for Printed Library Materials, ANSI Z39.48-1984.

Impreso en los Estados Unidos de América

12 13 14 15 16 17 18   10 9 8 7 6 5 4 3 2 1

Agradecimientos

Durante los últimos tres años, *Loa* ha sido la razón —o la excusa— de mi estado de abstracción e inseguridad, y de las rarezas que he manifestado; también de no haber sufrido las pesadillas que a menudo han poblado cualquier otro periodo en que haya dedicado a redactar prosa intensamente. Esto, para demostrar que un pequeño asesinato en el papel puede hacer y hará maravillas con el sueño de una.

Aunque escribir sea un acto individual, editar y publicar un libro lleva consigo el trabajo de mucha gente. Por eso me gustaría dar las gracias a quienes tan generosamente me han ofrecido su experiencia y su energía —y el financiamiento— para hacer que la redacción y edición de esta novela fueran posibles.

Mi agradecimiento más sentido va para el personal de la Sala de Historia de la Biblioteca Pública de Oakland y para Elissa Miller, directora de su sección latinoamericana; a Louise Muhler, por la entretenidísima clase de horticultura; a Yolanda García Reyna, por ayudarme a comprender la historia y la dinámica del funcionamiento de las bandas de Los Ángeles; a José y Malaquías Montoya, por autorizarme a mencionar o citar literalmente su trabajo; a Francisco Alarcón, Mark Greenside, Ted y Pee Wee Kalman, James Opiat, Alcides y Catherine Rodríguez-Nieto, por su opinión en distintos momentos durante la creación de la primera versión de esta obra.

Quiero también expresar toda mi gratitud a la Comisión de Artes Culturales de Oakland por la beca que me ha permitido dejar de enseñar durante un tiempo para terminar el manuscrito; y a mi editora, Roberta Fernández, por la energía y el trabajo que ha realizado para pulir el relato final.

Lucha Corpi
Oakland, 1991

A la familia Corpi en México,
a mi hijo Arturo y a su esposa Naomi,
y a Carlos Gonzales

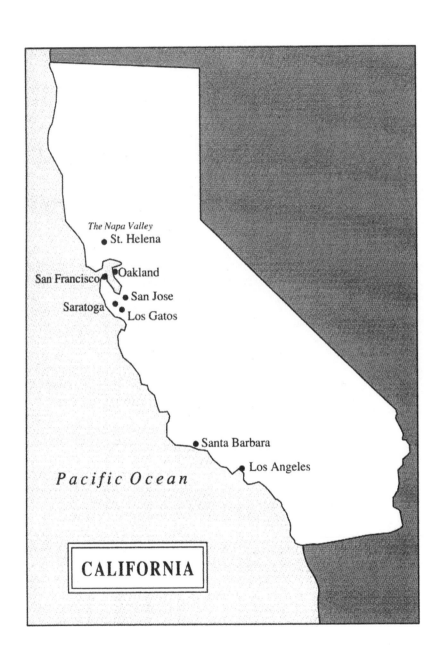

The Napa Valley

● St. Helena

San Francisco ●
●Oakland

● San Jose

Saratoga ●
● Los Gatos

● Santa Barbara

● Los Angeles

Pacific Ocean

CALIFORNIA

Del *corrido* "Garbanzo Beret", de José E. Montoya:

Por la Calle Whittier La Raza marchaba
En protesta del gobierno
con puños alzados, unidos gritaban
Qué viva el poder del Chicano.

El parque Lagunas parecía una fiesta
Una fiesta de colores.
Quien iba a pensar que esa tarde de amores
Se convirtiera en horrores.

***

Down Whittier, La Raza marched
to protest against the government
Fists raised, in one voice
they all chanted: Power to the Chicano!

Laguna Park looked like a fairground,
A celebration of color
Who would have thought that an afternoon
of love would later turn to horror.

Introducción

La edición de un libro siempre requiere la atención artística-literaria, los fondos y el sudor de la frente de muchas personas. Es así que doy gracias a la Universidad de Alcalá de Henares, a José Antonio Gurpegui, Cristina Crespo y al resto del equipo del Instituto Franklin por seleccionar y hacer posible la traducción y edición de mi novela *Eulogy for a Brown Angel* al español. Mi infinita gratitud en especial a Nuria Brufau Alvira, la traductora de mi novela que en su nueva encarnación luce el nombre de *Loa a un ángel de piel morena*. Así mismo, les adeudo siempre el agradecimiento a Nick Kanellos, Marina Tristán, Gabriela Baeza Ventura y tantos otros en la editorial Arte Público Press por su inagotable fe en mí y mi obra literaria, y en especial al hacer posible la edición y distribución de *Loa* en Estados Unidos.

Cuando Cristina Crespo me informó que mi novela había sido seleccionado para ser editada en español, me sentí muy honrada y complacida, pero también entusiasmada ante la oportunidad de poder proporcionar cuanto le fuera necesario a Nuria para llevar a cabo su labor de traducción.

Loa a un ángel de piel morena es una novela de suspenso, narrada en gran parte por la detective chicana Gloria Damasco. Uno de los temas principales en ella es el padecimiento social del racismo, como se manifiesta no sólo en los Estados Unidos sino aún entre los miembros de una misma familia y entre la misma población mexicana-chicana. Gloria y su amiga Luisa descubren el cadáver de un niño pequeño durante una manifestación en protesta por la guerra en Vietnam en 1970, conocida como la Moratoria Nacional Chicana. Las fuerzas policiales de la ciudad y el condado de Los Ángeles se lanzan contra los manifestantes. Se desata una violenta jornada que cobra la vida de tres personas. Muchos otros resultan heridos, y cientos terminan en la cárcel. El movimiento a favor de los derechos civiles del pueblo chicano le sirve de trasfondo a la trama, durante una época de gran ebullición y fermentación socio-política, cultural, artística, musical y literaria de los años sesenta y setenta en California. Al recibir los primeros comentarios de Nuria sobre *Loa*, mi entusiasmo al asistirle en la traducción aumentó. Nos abrimos de lleno al diálogo constructivo, el que dio pie a la confianza, el respeto y el afecto mutuos, y al éxito de nuestro cometido. Al involucrarme de lleno en el proceso, comprendí mejor aún lo difícil que es el arte de la traducción literaria. Lleva implícitas en el proceso la posibilidad y la urgencia de interpretar acertadamente la cultura que forma e informa al lenguaje que le provee la voz. En el aspecto lingüístico es buscar la manera de expresar, tan fielmente como sea posible, lo que está ahí, accesible y a plena vista, al igual que lo inefable, aquello que en momentos pareciera intransmisible e intransmutable entre dos sistemas lingüístico-culturales. El proceso es por naturaleza complicado y presenta problemas únicos a quien se proponga traducir una obra literaria.

Como si fuera poco, todo texto latino o chicano se alimenta directa e indirectamente de una cultura sumamente heterogénea. Por consiguiente, el idioma que le da expresión a todas sus diversas modalidades es una amalgama de varios lenguajes que provienen de una misma lengua pero no de una misma y homogénea cultura. Esta es la realidad diaria que enfrentamos los latinos y chicanos, al comunicarnos en un español que refleja la diversidad de las culturas latinoamericanas mientras que tratamos de expresar nuestro sentir y pensar diario en el inglés norteamericano, un idioma de constante flujo, que se transforma con una rapidez inverosímil. Esta situación aterra lo mismo que fascina.

Sin duda es ésta también la problemática lingüística que enfrenta Nuria y la conflictiva realidad que maneja con gran destreza y esmero, y en conjunto constituyen lo que ella tiene que superar —y lo hace— cada vez que traduce una obra de la literatura chicana-latina. No hay manera de expresarle en su totalidad mi admiración y respeto por su estupenda labor de traducción, por lo que simplemente le doy mis más sentidas gracias.

Sin más preámbulos tengo el gusto y el honor de presentar *Loa a un ángel de piel morena* a ustedes, estimados lectores.

Lucha Corpi
Oakland, 2012

Preludio

Durante muchos años, de vez en cuando, advertía la energía vibrante de una presencia que se hallaba en algún lugar lejano. Se me aparecía en forma de luz azul, con una fuerza revulsiva única. En una ocasión, mientras estaba de compras en Union Square en San Francisco, percibí esa presencia como una ráfaga imprevista que me acariciaba el brazo y se alejaba veloz. Lo ignoraba por aquel entonces, pero era tu energía, la tuya, Justin Escobar, lo que sentía. Noté un escalofrío, más de emoción que de miedo, pues intuí que algún día tú y yo nos conoceríamos y que, cuando lo hiciéramos, la solución a este misterio estaría al alcance de mi mano. Ahora, deja que te cuente la historia.

1970

PRIMERA PARTE

UNO

La ciudad de los ángeles

Luisa y yo hallamos al niño tumbado de lado, en posición fetal. Tendría unos cuatro años, y el cabello, rizado y castaño claro, le caía por la frente y le cubría parte de las cejas y las largas pestañas. Pequeña, redondita y aún con los diminutos hoyuelos que se les forman a los bebés rollizos junto a las coyunturas de los dedos, tenía la mano izquierda apoyada sobre la cabeza. En la muñeca llevaba un reloj de Mickey Mouse que marcaba las 3:39 de la tarde: cuatro minutos más que el mío. El brazo derecho le cubría parte de la cara y le tiraba hacia arriba de la camiseta para dejar al descubierto la curva de un hígado desproporcionadamente grande. No era más que un querubín suave, durmiente y moreno, muy parecido a mi hija Tania, quien probablemente en aquel momento estaría en casa durmiendo la siesta.

La imagen de mi hija dormida en su cama se me hizo presente y al mismo tiempo la sospecha de que algo iba muy mal. ¿Cómo podía haber un niño dormido en la acera de una bocacalle de Whittier Boulevard en el este de los Ángeles? ¿Acaso se había separado de sus padres durante los altercados y luego se había quedado dormido, exhausto de tanto llorar, entre los ruidos silbantes y de explosiones de las bombas lacrimógenas que se oían a apenas unos treinta metros de donde estábamos?

Llevábamos dos horas oyendo los gritos y los chillidos de los adultos y los niños que huían del gas y de los cristales de los escaparates que se hacían añicos. No parecía que la violencia fuera a acabar pronto.

Era el veintinueve de agosto de 1970, un sábado cálido y soleado que se recordaría como el día del Chicano Moratorium, uno de los más violentos de la historia de California. Jóvenes y adultos, militantes y conservadores, chicanos y méxico-americanos, nietos y abuelos, hispanohablantes y anglos, vatos locos y profesores de universidad, hombres y mujeres, 20.000 en total, caminamos por Whittier Boulevard en el corazón del barrio. Veníamos desde tan al norte, oeste y este como Alaska, Hawai y Florida respectivamente para protestar contra la intervención estadounidense en el sudeste asiático y el consecuente reclutamiento de cientos de jóvenes chicanos en las fuerzas armadas. El Parque Laguna había sido nuestro punto de encuentro. Con nuestras canastas de comida, y nuestros niños, nuestros poetas, músicos, líderes y héroes, habíamos llegado allí para celebrar nuestra cultura y reafirmar nuestros derechos a la libertad de expresión y a la reunión pacífica como americanos de origen mexicano.

En nuestro idealismo, Luisa y yo, y gente como nosotras, confiábamos entonces en que la policía apreciaría nuestros esfuerzos por que la manifestación fuera pacífica, y nos ayudaría a mantener el orden con dignidad. Seguramente, pensábamos, se darían cuenta de que no arriesgaríamos innecesariamente las vidas de nuestros mayores y nuestros hijos. ¡Qué tontas fuimos! En cuanto unos pocos de los manifestantes se alborotaron, se vieron sometidos por la policía de forma brutal. La muchedumbre se arremolinó alrededor y protestó ante la indebida falta de moderación desplegada por los agentes. Un manifestante les lanzó una botella, y quinientos policías armados con equipos antimotines cargaron contra nosotros: nuestro día de sol se convirtió en la sangrienta revuelta de la que escapábamos en aquel momento.

Volví a mirar al niño, a la quietud nada natural de aquel cuerpo minúsculo bañado por la luz de la tarde, y noté la mano de Luisa en el brazo, del que me tiraba para que me alejara del pequeño. Tras soltarme, me acerqué con la permanente esperanza de que solamente estuviera dormido o al menos solo levemente herido.

Al inclinarme y tender una mano temblorosa para sacudirlo, me di cuenta del fuerte olor a excrementos que despedía. Automáticamente le levanté la pierna de los pantalones y eché un vistazo. Estaba manchado, aunque no lo bastante como para dar cuenta de aquel tremendo hedor. Descendió una mosca, que se le posó en el brazo derecho, y luego otra. Contuve el impulso de espantarlas y las contemplé mientras le avanzaban veloces por encima y debajo del codo hasta alcanzarle los labios; entonces, con pulso trémulo le retiré el brazo. Para cuando vi el excremento humano que tenía en la boca ya me agitaba violentamente.

No sé si entonces comprendí del todo lo que acababa de destapar, pero cuando me di cuenta de que el niño estaba muerto, y su cuerpo, profanado de aquel modo, sentí una sacudida que se me mudó del pecho al estómago tras atravesarme la nuca. Con los ojos cerrados, palpé el camino hasta el muro. En cuanto lo alcancé, me salió de las entrañas una oleada ardiente de horror y de rabia impotente que expulsé por la boca. Se me quedó el cuerpo sin fuerzas y caí sobre mi propio vómito con los ojos abiertos como platos. Por un instante, me pareció que estaba contemplando al niño, a Luisa y a mí misma desde lo alto mientras la acción que se desarrollaba debajo de mí seguía adelante y a toda prisa, como si se tratara de una película antigua proyectada sobre una pantalla.

Me sentí flotar sobre los tejados. A los lejos ascendían las nubes de gas lacrimógeno para entremezclarse con el humo de una docena de incendios que ardían sin control. Las fumarolas no tardaron en alcanzar a la multitud, que entonces se precipitó hacia las bocacalles más próximas de Whittier Boulevard.

Para aliviar un poco los efectos del gas, dos personas mayores enjuagaban con mangueras las caras de los viandantes, entre los que había varios estudiantes de octavo curso, de unos trece años, y sus profesores, que corrían hacia un autobús escolar. Dos adolescentes ayudaban a un tercero al que le sangraba mucho la pierna, y algunos padres cargaban sobre sus hombros o en brazos a sus niños, debilitados por los efluvios de las lacrimógenas.

Los policías y los ayudantes del sheriff, pertrechados con el equipo antimotines, cargaban contra la muchedumbre, empleaban sus defensas para golpear a quien se cruzara en su camino o se atreviera a devolver el golpe, y luego los esposaban y conducían al interior de los furgones.

En el centro de la ciudad, los hombres de piel negra y morena observaban el mundo a través de la hedionda neblina del alcohol, mientras, más allá, en Beverly Hills, las personas entraban y salían con gracia y soltura de las tiendas de Rodeo Drive y se metían luego en sus Roll-Royces, Mercedes o Cadillacs con conductor. Desfilaban por calles con hileras de palmeras hasta sus mansiones, donde el servicio doméstico de tez oscura atendía todas sus necesidades.

En el horizonte, una fina capa de bruma azul marcaba el lugar donde el océano Pacífico, indiferente a los asuntos humanos, llevaba encontrándose con la tierra, incansablemente, cada instante de cada día desde tiempo inmemorial.

Me miré a mí misma. Allí estaba yo —con mis cuarenta y ocho kilos de peso, y mi metro sesenta y cinco de altura—, tendida en mi fragilidad junto al niño inerte, y con la piel morena brillante por el sudor. "¿Cómo habré acabado aquí?", me pregunté.

Luisa me agarraba por los hombros y gritaba mi nombre una y otra vez. A pesar de desear quedarme donde estaba, empecé a descender. De pronto, me vi aferrada a sus manos. La miré a los ojos, que me correspondían alertados, y me esforcé por incorporarme.

Mientras me recomponía y volvía a mirar al niño muerto con una frialdad que me sorprendió, pensé que habría pasado al menos una hora. Eché un vistazo al reloj: las 3:45.

—Vamos a buscar un teléfono —propuse.

—¿Un teléfono? Dios mío. ¡Vámonos de aquí! Acabas de darme un susto de muerte. Parecía que te habías muerto tú también. —Luisa me tiraba del brazo—. No podemos hacer nada por él —añadió con voz temblorosa. Luego se aclaró la garganta en un intento por parecer dura, aunque yo sabía que estaba tan sobrecogida por la muerte del niño como yo—. Están acercándose. Escucha —advirtió.

Negué con la cabeza.

—Estamos demasiado lejos de todo. Aquí no van a venir. De todos modos, no puedo dejarlo ahí sin más. Vete tú si quieres. Luego te veo en tu casa.

Luisa emprendió la marcha, pero cambió de opinión y se volvió.

—Bueno —accedió con resignación. Enseguida señaló en la dirección opuesta al bulevar—. Mis amigos Reyna y Joel Galeano viven a unas dos cuadras de aquí. ¿Te acuerdas que te los presenté ayer en la puerta del periódico *La Causa Chicana*? Joel es un reportero independiente. —Asentí y Luisa añadió—: Seguro que puedes llamar desde su casa. Ve hasta la esquina y dobla a la derecha, luego camina otras dos cuadras y a la izquierda. Es la única casa azul que hay, la segunda a tu derecha. La número 3345, creo. Te espero aquí.

—¿Y si no están en casa? —pregunté.

—Estoy segura de que Reyna está en casa. Me dijo que no iba a ir a la manifestación, que le aterran las aglomeraciones. Vete pues —ordenó—. Yo le echo un ojo.

Me puse a andar en la dirección que me indicaba. En cuanto llamé al timbre de la casa azul, Reyna Galeano miró por la ventana. Al reconocerme, abrió la puerta. Joel estaba hablando por teléfono en el comedorcito y parecía estar dictando un informe de prensa.

—Joel también acaba de llegar —explicó Reyna mientras me invitaba a esperar en la sala—. Rubén Salazar está herido; puede que incluso muerto. No estamos seguros. —Tenía los ojos empañados.

—¿Quién es Rubén Salazar? —pregunté.

—Un reportero del *L.A. Times*. Lo vimos ayer mismo. Joel estuvo hablando con él sobre el tomar fotos de la manifestación para el periódico.

—Ah, sí, ya sé quién es. También trabaja en una de las cadenas de televisión de habla hispana en Los Ángeles, ¿no? —Me senté y miré a Reyna—. ¿Qué le pasó?

—No lo sabemos con exactitud, pero es probable que le dispararan en la cafetería llamada Silver Dollar que está al final de la calle La Verne, ¡Ay, Dios mío! No quise decir muerto. Bueno, Joel acaba de llegar y está intentando enterarse de lo que ocurrió.

—Eso está apenas a unas cuadras de aquí —musité. Me picaban las piernas y empecé a rascarme mientras consideraba y desechaba cualquier posible conexión entre el disparo a Rubén Salazar y la muerte del pequeño—. Acabamos de encontrar un niñito a dos cuadras de aquí —le conté a Reyna—. Está muerto. Vinimos a llamar a la policía.

—¿Te encontraste un niño muerto en la calle? —Reyna me miró perpleja—. Menos mal que nuestros hijos, Mario y Vida, están en casa de mi madre en Santa Mónica. Supusimos que sería mejor que hoy no se quedaran por aquí. Y, por lo que cuentas, hicimos bien.

Antes de poder contestar a las rápidas preguntas de Reyna, vi que Joel había terminado con el teléfono, y me apresuré a descolgarlo.

—Perdona, no quiero ser maleducada, pero tengo que llamar a la policía —aclaré. Luego añadí—: No sé si te acuerdas de mí. Soy amiga de Luisa.

—Sí me acuerdo. —Parecía preocupado—. ¿Tiene que ver con Rubén Salazar?

—No. Me acabo de enterar por Reyna de lo que le ha pasado.

—La verdad, no creo que debas llamar a los cerdos. Estamos casi seguros de que uno de ellos le disparó a Rubén.

—Esto no tiene nada que ver con él —interrumpí—. Es sobre un niñito que Luisa y yo acabamos de encontrarnos.

Hablaba sin sentido; sabía que buscar las palabras y ordenar bien los acontecimientos me llevaría demasiado tiempo. Joel enarcó las cejas, pero no me hizo más preguntas. Se sentó a la mesa y empezó a revisar sus notas.

Marqué el número de información y luego dudé: ¿debería llamar a la brigada de homicidios? Aunque estaba más que segura de que había dado con la víctima de uno, opté por la comisaría central de todos modos.

Como me puse a divagar sobre el niño muerto que había en la acera cerca de Whittier Boulevard, en la comisaría de policía de Los Ángeles me pasaban una y otra vez de sección en sección. Me había mostrado reacia a mencionar el excremento en la boca del niño por miedo a que no me tomaran en serio.

—Escúchenme, por favor —rogué al zumbido que provenía del otro lado de la línea cuando me pusieron una vez más en espera.

Consciente de que Joel me lanzaba una de esas miradas de "te lo dije", intenté evitar sus ojos y desvié la atención hacia las fotos y certificados que había colgados en la pared que tenía enfrente. Me fijé en que había ganado un par de premios por fotografías que había sacado en Vietnam. Observé una en la que salía Joel con uniforme de faena junto a otros Marines, hasta que escuché una voz por el teléfono.

—Diga, soy Matthew Kenyon. Me dicen que tiene un informe de un homicidio, ¿no?

Ya era demasiado tarde para preocuparse por haber llamado a la policía: tras fruncir el ceño y negar con la cabeza, Joel se marchó de la cocina.

—Le digo que mataron a un niño esta tarde. Me lo encontré en la calle con mierda en la boca. Y me refiero a mierda literalmente. ¡Mierda! —le solté impaciente a aquel Matthew Kenyon, sin duda un viejo poli con un trabajo de oficina, que se lamentaba de sí mismo por no estar afuera donde poder ver algo de acción. Enseguida me sentí avergonzada por haberle ofrecido una descripción tan cruda de un niño cuya muerte tanto me había afectado.

Irónicamente, fue la crudeza del comentario lo que hizo que Matthew Kenyon prestara atención a lo que yo tenía que decirle. Como descubriría más adelante, Kenyon era un detective de mediana edad que trabajaba en la brigada de homicidios y que, conscientemente, tal y como sospeché al conocerlo mejor, se había abstenido de participar en la carga contra los manifestantes en el parque Laguna.

—¿Cómo se llama? —me preguntó. Dudé: un apellido hispano siempre significaba un retraso de al menos una hora en casos de urgencia. Él pareció adivinar la razón de mi vacilación y añadió—: Está bien. Dígame sólo su nombre de pila.

—Bueno —respondí—, me llamo Gloria. Gloria Damasco.

—Está bien, Gloria. —En su voz no había rastro ni de placer ni de desagrado—. ¿Es usted pariente del niño muerto?

—No. Solo me lo encontré —respondí; estaba perdiendo la paciencia.

—Bien. Y ahora, dígame: ¿Dónde encontró al niño exactamente?

—En la calle Marigold, esquina con Margarita, a unas cuadras de Whittier Boulevard.

—¿Está usted ahí ahora?

—No, pero puedo verme con usted allí.

—Llego en diez minutos, pero quiero que me haga un favor: vuelva al lugar donde encontró al niño y asegúrese de que nadie toque el cuerpo o cualquier cosa que haya alrededor.

En cuanto colgué, me di cuenta de que, en algún lugar en aquella ciudad que había recibido su nombre de Nuestra Señora de Los Ángeles de Porciúncula, había un asesino que andaba suelto por las calles o esperaba en casa a que dieran la noticia, con la certeza del crimen cometido aún fresca en la conciencia.

DOS

Insidiosa enfermedad

El padre y la madre del pequeño Michael David Cisneros, Lillian y Michael Cisneros, lo identificaron unas seis horas después de que Luisa y yo lo hubiéramos encontrado. Su abuela materna, Otilia Juárez, que había denunciado su desaparición a las 2:45 de aquella tarde, alegó que se lo habían llevado del porche de su casa en la avenida Alma, situada a unas tres cuadras del parque Laguna. Lo habíamos hallado a poco más de tres kilómetros de distancia de la casa de ella, aproximadamente la longitud del área que la policía había recorrido durante la revuelta para hacer retroceder a la muchedumbre fuera del parque Laguna y reconducirla hacia el otro, el Atlantic, donde había comenzado la manifestación.

Joel había insistido en volver conmigo hasta el lugar del hallazgo. El cuerpo de Michael David seguía allí, sin más compañía que la de Luisa y las moscas. Me arrodillé para espantarlas de modo que Joel pudiera sacar fotos de la escena. No parecía reaccionar del mismo modo en que lo había hecho yo la primera vez que viera el cuerpo, pero le temblaban las manos con las que disparaba una foto tras otra.

Luisa me aseguró que todo seguía igual, pues no había pasado nadie por aquella zona, que quedaba bastante aislada. Al lado de la calle donde estábamos se alzaba un edificio hasta una altura de unos tres pisos: una de esas fortalezas sin ventanas y cubiertas de yeso barato donde se almacenan y a veces incluso se olvidan los recuerdos indeseados. En la acera de enfrente se veía un reducido número de tiendas de barrio, que habían cerrado debido a los altercados. Incluso en circunstancias normales se trataba de una calle que quedaba fuera de mano, a unas buenas diez cuadras de la vía pública principal. De pronto vi a un adolescente chicano en una esquina. Estaba de pie, fumaba un cigarrillo y miraba a escondidas en nuestra dirección. Llevaba una bandana roja anudada a la cabeza con doble vuelta, un chaleco negro de cuero, pantalones del mismo color y el torso desnudo. Justo en ese momento se volvió y me fijé que llevaba pintada en el chaleco una calavera tocada con un halo y la palabra "Santos". Me dio la impresión de no tener más de dieciocho años, y de ser, seguramente, un pandillero, un miembro de una banda juvenil. Me pregunté que estaría haciendo allí.

Luisa nos contó que lo había visto cruzar la intersección un par de veces desde que ella estaba allí. Era obvio que al joven no le turbaba nuestra vigilancia en absoluto: al cabo de unos minutos, empezó a caminar hacia donde estábamos. Instintivamente, Luisa se escondió detrás de mí, y yo, detrás de Joel. Al encontrarse de pronto en el papel de defensor, Joel enfundó la cámara y empezó a buscarse en los bolsillos algo que poder usar a modo de arma.

Dos años antes, tras un par de intentos de violación a estudiantes en la Universidad Estatal de California en Hayward, Luisa y yo habíamos hecho un curso de defensa personal para mujeres. Como premio a nuestros buenos resultados, nos habían regalado un pequeño atomizador de gas de pimienta, permiso para usarlo y un pito. Yo cogí el silbato y Luisa se sacó el bote del bolso. Al ver nuestras armas, Joel suspiró aliviado. Luego frunció el ceño como si reconociera al chico.

—¿Lo conoces? —le pregunté a Joel.

Negó con la cabeza. El joven se acercó a paso lento y se detuvo a un metro de nosotros más o menos.

—Soy Mando —se presentó y miró a Joel fijamente, sus ojos captaban todo lo que había entre la pared y la acera de enfrente. Echó un vistazo rápido al niño y luego a mí—. That chavalito. ¿Es tuyo?

—No —respondí—. No es hijo mío.

El Mando aquel era mucho más joven de lo que me había parecido de lejos: no tendría ni quince años. Presentí que tampoco era mal chico, así que me relajé un poco.

—El tipo que trajo al chavalito aquí dejó esto.

Mando me tendió un recorte de periódico doblado que ya amarilleaba y que mostraba señales de uso en las dobleces. Sin duda había pasado mucho tiempo en una billetera. El corazón me latía con fuerza y me temblaron las manos al recoger el recorte. Casi automáticamente cerré los ojos. De pronto sentí la presencia de un hombre. Visualicé su sombra, y luego una casita rodeada de árboles altos. En algún lugar por allí, había unos niños que se reían. La imagen se esfumó y me vinieron náuseas, pero me las arreglé para sobreponerme a las ganas de devolver, a pesar de que tuve que agarrarme a Luisa.

Si bien Luisa quedó desconcertada ante mi extraño comportamiento, Mando, por su parte, no le dio ninguna importancia. A lo mejor había visto cosas más raras, mucho dolor y crueldad en su corta vida. Dudé de si habría mucho en este mundo que aún pudiera sobrecogerlo, salvo, quizá, la muerte de aquel niño. ¿Por qué había decidido darnos precisamente a nosotros el recorte? ¿Y por qué me fiaba de él? Por instinto, sabía que aquel joven no tenía nada que ver con aquella muerte.

—¿Viste a la persona que hizo esto? ¿Puedes decirnos cómo era?

Joel se sacó un pequeño cuaderno de notas y un lápiz del bolsillo de la camisa, y pasó páginas hasta dar con una en blanco. Igual que mi marido, que era zurdo, sostenía la libreta en el hueco de la mano derecha, en la parte opuesta del tronco.

—Nothing, I saw nothing. ¿Entiendes? Nada. —Mando se fijó en la mano de Joel, alzó las palmas y dio un par de pasos atrás.

—¿Y cómo sabemos que no fuiste tú quien mató a este chicanito?

Había un doble sentido de contención y reto en la voz de Joel que nos sorprendió a las dos.

Mando se mantuvo firme frente a nosotros. Movió los ojos con rapidez del rostro de Joel al torso y los brazos, hasta quedarse mirando la cámara que le colgaba del cuello. Se le dibujó una sonrisa de ironía en los labios. Escupió al suelo y se limpió la boca con el dorso de la mano.

—Luego, vato —respondió mientras amenazaba con un dedo a Joel.

—Cuando quieras —aceptó Joel—, any time —insistió.

Irritada por aquella disputa infantil, Luisa ordenó:

—Basta ya, los dos. —Luego se dirigió a Joel—: Hay un niño muerto. Por eso estamos aquí.

Joel enrojeció de rabia, pero no hizo nada. Mando se volvió un poco hacia la izquierda y ladeó la cabeza. Sólo se oía el lejano alboroto de la revuelta que se apagaba. Mando se aproximó a mí y me susurró al oído:

—El tipo, el que trajo al chavalito, no era un miembro de los Santos. Lo sé porque iba con peluca. Era gabacho. Tenía una cicatriz, a half-moon, una media luna, sí, en el brazo derecho.

Tras mirar atrás por la derecha y encima del hombro, Mando empezó a moverse con rapidez calle abajo; tenía cada músculo del cuerpo alerta para cualquier ataque o defensa. Yo estaba impresionada, aunque también triste. "Una madre lo llorará más temprano que tarde", pensé. No hay muchos pandilleros que vivan tanto como para enterrar a sus mamás.

—Veré si puedo obtener más información de él —anunció Joel.

Y ya corría tras Mando, que acababa de doblar la esquina, cuando el carro de Matthew Kenyon frenó con un chirrido a nuestro lado. No venía en una patrulla.

Me pregunté por qué sería que los polis y los machos, fueran jóvenes o mayores, tenían que frenar o arrancar con un chirrido. ¿Acaso creían que así marcaban su territorio, como los alces o los elefantes marinos?

Miré a la esquina. ¿Cómo se habría dado cuenta Mando de que llegaban los polis? Me dio la sensación de que nunca tendría la oportunidad de preguntárselo. Así que dediqué toda mi atención a Kenyon. Era un hombre larguirucho, de un metro ochenta de estatura, la tez pálida y pecosa, y el pelo muy corto y pelirrojo, aunque ya caneaba. Mientras me concentraba en su nariz romana, el único rasgo que parecía atípico, me dio la sensación de que todo parecía desvanecerse en él.

Lo acompañaba otro, que respondía al nombre de Todd y que, evidentemente, provenía del laboratorio de criminología, pues ya estaba marcando el lugar donde yacía el cuerpo. Un tercero que conducía un vehículo con el escudo de la oficina forense del condado de Los Ángeles estacionó detrás del de Kenyon. También él salió y se dispuso a examinar el cuerpo.

Antes de interrogarnos, Kenyon ayudó a Todd a acordonar la zona. De hecho, no nos había prestado apenas atención hasta que aludió al vómito que había en la acera, y yo respondí que era mío.

—¡Ah! Sí. Gloria Damasco —exclamó Kenyon.

Me sorprendió que alguien más aparte de Marlon Brando y Humphrey Bogart pudiera hablar sin mover en absoluto el labio superior. Cierto, era más fácil de hacer en inglés que en español, porque las vocales inglesas son más cerradas, pero el caso de Kenyon, como el de Brando y Bogie, era claramente uno de libro. Tenía una mirada enternecedora y expresiva, y quizá por ello esperé que su voz revelara mucha más emoción.

—Sí —contesté—, soy Gloria Damasco.

Le pedí a Luisa el recorte que nos había dado Mando y ya iba a entregárselo a Kenyon cuando me atenazó el mismo tipo de miedo que había sentido al intentar tomarlo de Mando. Volví a visualizar la casa, aunque esta vez vi la palabra "parque" grabada en un cartel cercano. Ansiosa como estaba por deshacerme de la prueba antes de marearme otra vez, se la tiré.

—Tome. Creo que debió de caérsele al asesino.

—Adiós a las huellas dactilares —musitó Todd en un lamento mientras negaba con la cabeza.

—Le pedí que no tocara nada.

A pesar del tono de voz, perfectamente controlado, los ojos de Kenyon mostraron enojo, pero no me importó porque estaba más preocupada por el hecho de estar experimentando algo fuera de lo normal cada vez que tocaba el recorte. Quizá no fuera más que el producto de lo que mi abuela denominaba mi "mente impresionable", el término que había acuñado para referirse a una imaginación que fácilmente podía evolucionar hasta llevar a una curiosidad malsana por lo prohibido o por el lado oscuro de la naturaleza; incluso a un cierto gusto por la muerte. Aquellas posibilidades me dejaron tocada.

Y debí de mostrarme bastante afectada, porque Kenyon nos invitó a Luisa y a mí a esperar en su carro. Entonces pensé que, dado que ya había tomado nota de nuestros nombres y direcciones, podía ser que simplemente quisiera apartarnos de allí hasta que tuviera tiempo de interrogarnos.

Nos sentamos en el asiento trasero y bajé la ventanilla para poder oír lo que Todd y el forense le decían a Kenyon, que estaba colocando el cuerpo de Michael David en una camilla y cubriéndolo con un paño.

—Bueno, doctor D., ¿lo estrangularon?

El doctor D., cuyo nombre completo, según llevaba escrito, era Donald Dewey, asintió para negar luego con la cabeza, ante lo que el detective arqueó una ceja.

—Quienquiera que hiciera esto quería estar muy seguro de que el niño moriría, por eso lo drogaron. Estoy casi seguro. Todo esto es preliminar, ya saben. Tendré más datos mañana por la mañana.

—¿Tan pronto? —bromeó Kenyon con una sonrisa—. Están poniendo a los otros a congelar en la cámara, ¿eh? —Pasó unas páginas en su libreta y leyó en alto—: Rubén Salazar, Ángel Díaz y Lynn Ward.

—Eso parece —admitió el doctor Dewey, que recogió su equipo y se dirigió a la van de la oficina forense—. Por ganar tiempo, supongo. Esta vez se han metido en una jarra de jalapeños de verdad.

Me pregunté si al hablar en tercera persona del plural se referiría a la policía o a los manifestantes. El doctor Dewey regresó después de meter todo en el vehículo e hizo un aparte con Kenyon.

Traté de no ser muy descarada al asomar la cabeza por la ventana, pero no alcancé a oír más que fragmentos de la conversación, pues ambos hablaban en voz baja: "... segunda opinión. Nunca se sabe. Tendrá usted que notificárselo ... pronto". Luego el doctor Dewey le dio a Kenyon unas palmaditas en el hombro.

—A lo mejor Joel tenía razón —concluí—, puede que hubiera sido un error llamar a la poli.

—Alguien iba a hacerlo de todos modos —replicó Luisa en un tono seguro.

Todd y Kenyon levantaron la camilla y se dirigieron a la van.

—Antes de que se me olvide —le dijo Kenyon al forense—. ¿Podrá descubrir todo lo que pueda del asunto fecal?

—Haré todo lo que pueda —respondió el doctor Dewey—, pero necesito un par de semanas. —Negó con la cabeza—. Hay trabajo atrasado y acaban de irse de vacaciones un par de chicos del laboratorio.

Kenyon asintió y se despidió de él con un gesto. Yo hice la señal de la cruz, cerré los ojos y recé una pequeña oración por el niño muerto. Me ardían bajo los párpados. Los abrí y miré el reloj. Eran las 5:15. El sol aún calentaba las calles, y las sirenas de las ambulancias y patrullas todavía se distinguían a lo lejos. Me parecía haber envejecido años en unas pocas horas. Al atardecer, sería tan vieja como Mando.

Rubén Salazar, Ángel Gilberto Díaz y Lynn Ward no volverían a casa, y el horror que les robaría el sueño a los vivos durante muchas noches carecía de importancia para ellos, pues yacían ya en mesas de autopsia, uno junto al otro, mientras esperaban a que alguien les abriera el cuerpo y les sacara la sangre, les vaciara las entrañas y los estudiara y examinara para determinar la causa exacta de la muerte.

Con el tiempo, cabía que alguien acabara admitiendo la verdadera causa de lo que había ocurrido aquel día, pero también podía ser que alguien ya supiera el nombre de la insidiosa enfermedad que se había llevado tres, a lo mejor cuatro, vidas más aquella tarde de finales de agosto.

Más que nunca, quería irme a casa para abrazar a mi hija y buscar el reposo en los brazos de Darío. Con todo, el espíritu de aquel niño muerto se había apoderado de mí. Y ya no podría seguir viviendo sin sentirlo en mi interior.

TRES

Ilusiones ópticas

Por fin cayó la noche y restauró una cierta paz en aquel sábado sangriento. Permitió que aquellos heridos tanto en la carne como en el espíritu volvieran a sus hogares y comenzaran a curarse. Serían las once más o menos cuando llegamos al apartamento de Luisa. Hasta hacía dos meses, había vivido en Oakland, pero en cuanto le informaron de que la habían admitido en la Universidad de California-Los Ángeles (UCLA), se mudó allí para instalarse antes de que empezaran las clases.

Joel había tenido la amabilidad de recogernos a la salida de la comisaría central de la ciudad, donde habíamos pasado las últimas cinco horas como reacias invitadas de Matthew Kenyon.

La niebla nocturna había penetrado desde el océano y, para cuando nos marchamos de allí, se había condensado lo bastante como para liberar su humedad al mínimo contacto con el viento frío. Lo agradecí.

Algo sobre lo que no parecía tener ningún control estaba acaeciendo en mi interior o alrededor de mí. Me di cuenta en el mismo momento en que salíamos de la comisaría a la húmeda noche. Una luz trémula, la consciencia de una presencia, de alguien que estaba esperándome allá fuera, me puso los pelos de punta.

No me produjo ni miedo ni terror. La parte racional de mi ser me indicó que la sensación tenía que deberse simplemente a la manifestación de un sistema nervioso sobrecargado. Nos envolvía una capa de sudor seco, gas lacrimógeno y polvo a modo de segunda piel, y cargábamos en el alma con el sedimento de la frustración y la rabia que queda tras confrontar la violencia.

Luisa y yo nos dimos un regaderazo en cuanto llegamos a su apartamento. Ella estaba tan cansada que no cenó y se fue a la cama enseguida. De hecho, ninguna de las dos había probado bocado desde la mañana, así que yo tenía un vacío en el estómago y la boca pastosa.

Había contestado a cada pregunta de Kenyon sobre lo que habíamos hecho durante la Moratoria. Luisa y yo habíamos repasado cada detalle relacionado con el descubrimiento del cuerpo del pequeño Michael y la breve conversación con Mando. Joel no había podido alcanzarlo, así que nos faltaba información sobre cómo el joven había descubierto al niño muerto.

Durante el interrogatorio, no tuve ni el menor presentimiento sobre lo que pensaba Kenyon. Había notado, con todo, que se debatía, indeciso, entre dos posibilidades: una, yo le había contado la verdad y era cierto que el Mando de la banda de los Santos existía; dos, yo le había ocultado algo porque conocía realmente al asesino o asesina, a quien estaba protegiendo. En cualquier caso, Kenyon me había aconsejado que me quedara en la ciudad unos dos o tres días por si necesitaba volver a hablar conmigo o identificar a Mando si daban con él.

Me bebí un vaso grande de leche fría mientras telefoneaba a Darío a Oakland para hacerle saber que me encontraba bien. Darío era un médico residente en el hospital Merrit, y los sábados acababa el turno a las nueve de la noche. Para cuando lo llamé, ya había recogido a Tania de casa de mi madre, y mi hija llevaba ya dos horas en la cama.

—Quiere que mamá vuelva a casa con el Bugs Bunny que le prometió —me recordó Darío. Le noté en la voz que ya se había enterado de los altercados en la Moratoria, y que había estado muy preocupado, a pesar de lo cual no me reprochó el que no lo hubiera telefoneado antes.

Me dio una pereza tremenda la idea de tener que explicárselo todo una vez más. Por suerte, el noticiero de la noche había destacado partes de la revuelta y la muerte de Rubén Salazar, así que sólo charlamos un poco de la manifestación. Después le conté que había encontrado el cadáver de un niño y le transmití la petición de Kenyon de que me quedara en la ciudad unos días. Antes de colgar, le prometí que estaría en la entrevista de trabajo en el servicio de logopedia del hospital Herrick el jueves. Sí, llamaría por cobrar todas las noches, y sí, tendría cuidado. Conscientemente, evité mencionar mis experiencias . . . voladoras. Supongo que me daba vergüenza, pues siempre había buscado explicaciones racionales para todo lo que me ocurría, y había empleado la intuición para apoyar la razón, más que al contrario.

Después de un largo día de arrastrarme guiada por una psique trastornada y con la cólera y el miedo como lastre, sentía entonces que estaba deslizándome hacia lo que solo podría describirse como una lucidez neurótica. Sentada en la oscuridad, incapaz de conciliar el sueño, me daba la sensación de que estaba contemplándome por dos lados opuestos, como si se tratara de un negativo fotográfico: las zonas claras eran las que correspondían a lo real, mientras que las sombras oscuras de color, quizá incluso su ausencia, plasmaban las ilusiones ópticas.

Una ilusión similar se me había presentado en la descripción que Mando había ofrecido de la persona que había llevado el cuerpo del pequeño Michael hasta la calle donde lo habíamos encontrado. Tras darle unas vueltas, llegué a la conclusión de que quienquiera que hubiera movido el cuerpo, debía de haber ido vestido como un miembro de los Santos a propósito.

Mando debía de tener sus razones para quedarse esperando por allí, quizá consciente de que yo volvería, ojalá antes de que llegara la policía. Se me ocurrió entonces que probablemente Mando habría visto a una persona con un chaleco de los Santos, y la habría seguido hasta el lugar donde habíamos hallado al pequeño Michael. Debía de habérselas arreglado para acercarse lo bastante como para verle la cicatriz y la peluca. Era obvio, por tanto, que también se hubiera fijado en el color de sus ojos, su constitución y su altura. Ahora bien, ¿cómo se las había arreglado Mando para ver tanto sin ser visto? ¿Era seguro asumir que el hombre de la peluca, siempre que Mando estuviera en lo cierto y que el que iba vestido como uno de los Santos fuera un hombre, era también el asesino del pequeño Michael? Y me dije que sí, que eran la misma persona. Mi propia seguridad me dejó aterrada.

Puede que Mando y el resto de los Santos estuvieran buscando en aquel momento al individuo que se había vestido como uno de ellos.

Quizá fuera aquello lo único que le importaba a Mando: su honor y el de su pandilla. Aun así, era evidente que Mando podía haber seguido a quien se hacía pasar por uno de los Santos; hasta podría haberlo matado, pero no lo había hecho. No cabía duda de que todavía no le tomaba gusto a la muerte. Y en lugar de eso, Mando se había detenido para comprobar el estado del pequeño Michael. Al igual que yo, habría quedado impactado al descubrir el excremento en la boca del niño, y luego habría esperado a que otra persona hallara el cuerpo. Tal vez recogió el recorte de periódico con la esperanza de que constituyera una pista hacia la identidad del asesino; y era lógico suponer que lo había leído.

Caí en la cuenta de que aquella cadena de pensamientos podía estar llevándome a otra decepción más. Tenía que creer que Mando no había perdido toda su sensibilidad, que había experimentado el mismo horror que yo al ver la mierda en la boca del pequeño Michael.

Mientras tanto, era probable que el asesino hubiera buscado el anonimato que le proporcionaban el desorden y la confusión de la revuelta. Mi intuición —y desde entonces usaría esta palabra con mucho cuidado— me decía que no se trataba de un asesino corriente. No podía ser un secuestro fallido, como Luisa había sugerido, porque unos secuestradores se habrían quedado con el cuerpo hasta recoger la recompensa. No. El asesino debía de haber tenido acceso al tipo de información que necesitaba para trazar su plan primero y ejecutarlo luego.

Kenyon nos había dicho a Luisa y a mí que los padres del niño, Michael y Lillian Cisneros, vivían en la zona de la bahía de San Francisco, y que habían ido a Los Ángeles precisamente para participar en la manifestación de la Moratoria. Dado que al pequeño Michael se lo habían llevado de casa de su abuela, quien lo hubiera hecho tenía que conocer tanto su dirección como el área. Esa persona también debía de saber la ruta elegida para la marcha, e incluso la cantidad de fuerza policial que se emplearía para hacer frente a los manifestantes.

Joel me había confesado que sospechaba que había sido un policía quien había matado al pequeño Michael. En aquel punto, con tan pocas pruebas, cabía casi cualquier cosa. Sin embargo, había un pequeño detalle que no me dejaba tranquila. El asesino había colocado el excremento en la boca de Michael David. ¿Se trataba de una burla personal o, quizá, de su seña de identidad? Y, si así era, ¿para quién estaba pensado? ¿Cuál era la razón que le llevaba a matar a un niño? Obviamente carecía de la información necesaria para continuar con la reflexión, pero quizá Mando pudiera darme una descripción más completa del asesino y aclararme algunos detalles más. Noté que me embargaban de nuevo la repulsión y la rabia, y cerré los ojos. Para mi sorpresa, volví a oír la risa de unos niños, y luego vi unos pinos altos, unas pocas mesas de picnic y una casa. A unos treinta metros de distancia, se veía un cartel de madera con la palabra "parque" escrita en él. "Si pudiera acercarme al cartel y ver el resto, ya sabría a qué parque estoy mirando", pensé. Eché a andar, pero no hacia el cartel, sino colina arriba hacia una zona donde había unos niños jugando, y oí sus risas y sus charlas cada vez más cerca. A continuación, la voz fuerte de un hombre mayor empezó a llamar a Michael. Ya podía verle la espalda al niño. Estaba de pie junto a un pino español en el patio de una casa, pero se trataba, con toda seguridad, de una casa distinta a la que había en el parque o alrededor.

Al desvanecerse la imagen, abrí los ojos. Sin duda había una conexión entre el recorte y ese montón de imágenes que me asaltaban cada vez que pensaba en él. Mientras encendía la luz y me levantaba para coger el bolso, me pregunté cuál sería el sentido de lo que decía.

Extraje una copia que le había pedido a Kenyon. Alguien había escrito a mano "10 de enero de 1947" en la parte superior del artículo. El nombre del periódico no se veía por ningún sitio, pero la información en el texto se refería a Cecilia Castro-Biddle. La mujer aseguraba ser una descendiente de la familia Peralta, que, durante el dominio español y luego mexicano, había sido la propietaria de una finca del tamaño de cinco grandes ciudades y situada frente a la bahía de San Francisco.

Luisa se había reído al leerlo por primera vez, pues para ella era evidente que el autor o la autora mostraba un interés personal en la reivindicación de la señora Castro-Biddle de mantener una relación de parentesco con la familia Peralta, de importancia histórica, y estaba tratando de poner las cosas en su sitio.

Decidí que no tenía ni idea de si el contenido del recorte de periódico tenía algo que ver con el asesinato del pequeño Michael Cisneros, o no. Me volví a la cama.

Cerré los ojos y fui quedándome dormida. Aunque quise rezar, lo único que alcancé a decir fue: "Dios, que todo haya sido una pesadilla". Después, en una especie de pensamiento subconsciente, añadí: "Pero si no lo ha sido, que encuentre la solución a este rompecabezas. Indícame el camino".

Tras reírme ante la ambivalencia de aquella oración, sentí que volvía a elevarme, unida por un hilo plateado a un pequeño niño que me miraba con fascinación mientras nuestro común cordón umbilical se enrollaba al pino español que había entre nosotros.

CUATRO

El estanque de lágrimas de una madre

Por fuera, la casa de Otilia Juárez no tenía nada de especial. Se trataba de un edificio de una planta encalado con estuco. Salvo por el gran lazo de satén negro que colgaba de la verja de entrada, era igual a las muchas otras viviendas del vecindario. El jardín delantero quedaba rodeado por una cerca de alambre a lo largo de la cual se extendía una hilera de geranios rojos en flor.

Tras atravesar la verja, Luisa y yo nos fijamos en las dos características que diferenciaban aquella casa de las otras. Había un roble sauce, un árbol sinuoso más propio de la costa este que del este de Los Ángeles, que crecía junto a un gran porche donde se alternaban petunias, margaritas y claveles en tiestos mexicanos alzados sobre peanas. Se veía también junto al tronco una fuente de mármol que representaba la escena de la Pietà. Me imaginé unos chorros de agua que brotaban de los ojos de la Madre, caían en cascada y bañaban el cuerpo del Hijo en su camino al pequeño receptáculo inferior. El agua del estanque parecía limpia y probablemente se mantenía así para los pájaros, y los niños.

Como ya estaba poniéndome sentimental otra vez, apreté el paso hasta el porche. Otilia Juárez debía de haber oído la verja cerrarse, porque salió a recibirnos. Tras ella, un joven asomó la cabeza también, pero volvió al interior de la casa en cuanto nos vio. Luisa y yo imaginamos que se trataría de uno de los niños Juárez.

—Vinimos a darle el pésame —comenzó Luisa.

Yo asentí. La señora Juárez nos saludó y luego nos invitó a pasar a su sala. Asumí que el joven había desaparecido tras una de las puertas que había cerradas.

A pesar de que rechazamos educadamente la oferta, ella insistió en prepararnos un café y algo dulce. Era obvio que nuestra condolencia ante la pérdida de la familia ya nos había hecho merecer todas las cortesías en aquel hogar. Incluso en las circunstancias más trágicas, las mujeres de la generación de Otilia Juárez apartaban su propio dolor para velar por la comodidad de aquellos que sufrían a su lado. Quizá fuera la forma en que impedían que sus propias emociones las dominaran. En cuanto se ocupaban de los sentimientos de los demás, los suyos quedaban contenidos hasta el momento en que pudieran lidiar con ellos. Al mirar a Otilia, me di cuenta de que estaba pensando en mi madre. En ese instante, en verdad hubiera agradecido su arropo. Al hacerme consciente de mi propia vulnerabilidad, me sentí de pronto incómoda por estar allí. ¿Acaso no me había advertido Matthew Kenyon la noche anterior que no fuera a visitar a la familia del pequeño Michael?

—No lo haga —me había dicho—, por ellos y por usted también.

—Me había mirado fijamente a la espera de una promesa que no hice—. Como usted quiera —había concluido.

Más tarde aquella noche, Kenyon había sacado el tema otra vez para decir en su tono apático:

—Tendrán que explicar por qué están allí de visita, y van a tener que contarles lo que saben de este desastre. Dejen la explicación y la investigación en mis manos. Es mi trabajo.

Puede que tuviera razón; aunque se equivocaba al dar por hecho que la curiosidad podía ser el único motivo que me conducía a ver a la madre de Lillian Cisneros. Ninguno de nosotros cayó en la cuenta entonces de lo mucho que yo necesitaba compartir mi dolor con la familia, que me aseguraran que todo iba a salir bien. Me incorporé y, al hacerlo, toda la tensión, la confusión y la cólera acumuladas del día anterior parecieron concentrárseme en los riñones, que llevaban doliéndome toda la mañana. La tristeza también había ido aumentando dentro de mí hasta presionarme los párpados. Me costó cada gramo de la energía que aún me quedaba no estallar.

Para aliviarme el dolor de la espalda y pensar en otra cosa, me levanté y caminé por la sala. La estancia era espaciosa, con cortinas muy finas en las ventanas que daban al jardín y un suelo de madera brillante cubierto parcialmente por un gran sarape a rayas grises, marrones y azules, que se utilizaba como alfombra.

La gente de Jingletown, el barrio mexicano que rodeaba la fábrica de enlatados Del Monte y donde yo había crecido en Oakland, nos habría acusado de querer ser más gringos que los gringos si hubiéramos colocado una alfombra de sarape en el suelo en lugar de en la cama. Sonreí. Mariquita Montes y Lucía Rosendo, las mejores amigas y comadres de mi madre habrían considerado que la alfombra de la casa de Otilia no era muy mexicana. Con todo, otras partes de la casa sí que habrían pasado la prueba: las figuritas de porcelana, la estatua del Sagrado Corazón, las velas votivas, las flores de seda y papel crepé, la imagen enmarcada de la Virgen de Guadalupe y las fotografías familiares por toda la pared.

Me dediqué a contemplarlas. En una reconocí al joven que se había asomado a la puerta cuando habíamos llegado. Y, como había visto un momento a Michael y Lillian Cisneros cuando Kenyon los llevó a la oficina del forense para identificar a su hijo, también los encontré en una. Era la típica foto del novio y la novia con el resto de la comitiva. Otilia estaba entre Lillian y otra joven, que supuse sería la dama de honor. Al lado de Michael Cisneros había un hombre mayor y alto vestido de traje de pingüino, y junto a él, uno con el cabello más bien rubio. Parecía apenas un poco más joven que el novio y era el único del grupo que no sonreía. Creí encontrar un parecido entre él y el hombre mayor. Por alguna razón, los tres me resultaban vagamente familiares.

Otilia volvió a entrar en la sala con una bandeja. De inmediato, Luisa apartó las figuritas de porcelana de la mesa de centro para hacer sitio.

—Se tomaron hace cinco años —explicó Otilia con voz firme, pero ronca, al verme observar las fotos matrimoniales—. El padre de Michael murió dos años después de la boda, casi en el mismo día —añadió. Le temblaron ligeramente las manos y las tazas de café hicieron un poco de ruido al tambalearse. Tras coger la mía me sentí aliviada de que no habláramos de la muerte del nieto—. El señor Cisneros padecía del corazón —continuó—, y empeoró después de la muerte de su esposa, Karen. No la conocimos, pero Michael y su hermano Paul siempre han dicho que era una mujer maravillosa.

Yo miraba a Otilia mientras hablaba. Llevaba el cabello tirante y liso recogido en un moño en la nuca. Aunque no tenía mechones sueltos, se pasaba la mano por el pelo para alisárselo una y otra vez. Temí que la conversación estuviera tomando el rumbo equivocado. Sin duda aquella mujer había sufrido ya unas cuantas pérdidas en su vida, y acababa de vivir la peor de todas. En un vistazo me di cuenta de que muchas de las fotos eran del pequeño Michael y me imaginé que debía de ser su único nieto, pues no se veía a más niños.

Con la intención de desviar el tema, le pregunté a Otilia:

—¿Quién es el joven que está junto al padre de Michael en la foto de la boda?

—Es Paul, el hermano menor de Michael. Se parece a su madre Karen, que era sueca, alta y rubia —respondió pensativa.

—Me imagino que Michael se parece más a su padre —comentó Luisa.

Por otro lado, pensé que el pequeño Michael se parecía más a Lillian, pero no compartí mi opinión.

Otilia se fijó en la foto.

—Michael ha intentado localizar a Paul, que lleva cuatro semanas en Alemania, ocupado en no sé qué trabajo para la compañía. Cuando su padre murió, los dos hijos heredaron el negocio familiar. Quizá hayan oído hablar de él. Es el grupo Black Swan; están al Norte, en Oakland.

—Sí, lo conozco— confirmé. Entonces caí en la cuenta de dónde había visto la foto de Michael y Paul Cisneros. Como la compañía méxico-americana de éxito que era, acababa de aparecer un artículo sobre Black Swan en la sección local de *El Vocero de la Bahía*, un semanal bilingüe.

—¿Los Cisneros están relacionados con la familia Peralta? —quiso saber Luisa.

Yo ahogué un comentario para darle a entender a Luisa que había metido la pata.

Otilia nos miró a ambas y dejó su taza en el plato. Había esperado que tarde o temprano acabaría preguntándonos cómo nos habíamos enterado de la muerte de su nieto. El momento había llegado. Me entristeció pensar que nunca sería capaz de compartir su dolor, ni ellos el mío, pues nunca podría describirles lo que vi cuando Luisa y yo encontramos el cuerpo del pequeño Michael.

—Esa es la misma pregunta que ayer nos hizo el detective Kenyon —respondió mientras nos escrutaba.

—Luisa y yo fuimos quienes descubrimos el cuerpo de su nieto ayer —aclaré. Luego todas nos quedamos calladas.

Por fin, Luisa intervino con voz temblorosa:

—Queríamos venir a transmitirle nuestro pésame personalmente.

La presión que sentía alrededor de los ojos se me acentuó.

—Ya —respondió Otilia mientras se atusaba el cabello hacia atrás en un gesto automático.

—La trágica muerte de su nieto nos ha afectado profundamente —traté de explicar, pero los párpados estaban cediendo a la presión y tuve que callarme—. Por favor, créame —acabé por fin.

Podía ver que Otilia creía mis palabras y comprendía la necesidad que yo tenía de estar allí.

—¿Tiene hijos? —preguntó en un intento de hacerme sentir cómoda y cambiar de conversación.

—Una niña, de tres años. —Todo lo que se me ocurrió preguntar fue—: ¿Es Lillian su hija más joven?

—No, de hecho es la mayor. Mi hijo menor, Víctor, fue quien les abrió la puerta. Tengo otras dos hijas, pero Lillian siempre ha parecido más joven que sus hermanas.

—¿Qué tal está?

Otilia se esforzaba por contener las lágrimas. Luisa se había mantenido en silencio todo ese tiempo y yo decidí hacer lo mismo. Otilia tampoco dijo nada durante un rato. Su mirada hacía sospechar que se debatía entre si debería siquiera seguir hablando con nosotras o no. Con todo, su necesidad de dotar a las cosas de sentido demostró ser más poderosa que su cautela o su estoicismo, pues de pronto se puso a relatarnos la infancia de Lillian.

—Cuando Lilly tenía diez años llegó a casa con un libro que le habían dado para leer en la biblioteca del colegio. —Hablaba despacio, casi midiendo la longitud de cada palabra—. Por aquel entonces mi marido estaba muy enfermo —prosiguió—. Tenía cáncer y los médicos le habían dicho que apenas le quedaban unos meses de vida. Cada tarde, en cuanto Lillian llegaba a casa después de clase, iba a la habitación de su padre para leerle. Un día trajo el libro que le habían dado en la biblioteca. Era *Alicia en el país de las maravillas*. Durante las tres semanas siguientes, fue leyéndole unas cuantas páginas cada día. "Es un libro maravilloso", alabó él, "¡el mejor que he leído!". Después, al cabo de ese tiempo, desarrolló una neumonía y hubo de ser hospitalizado. Entró en coma, y aunque le habíamos dicho a Lilly que su padre no podía oírla, me pidió que la llevara al hospital para poder leerle el libro especial de ambos una y otra vez.

»Apenas había empezado a leerlo cuando mi marido murió. Lilly lloró tanto que tuve que pedirle al médico que le diera un calmante. Por supuesto, con el paso del tiempo pareció ir superando la muerte de su padre.

»Luego, un día, cuando tenía doce años, fuimos a un sitio que estaba cerca del cementerio para encargar una lápida para la tumba de mi marido. Por aquel entonces, yo ya había conseguido encontrar un buen trabajo y podía pagar por ella. Lilly se quedó inmediatamente encandilada con la fuente que representa a la Madre que llora a su Hijo muerto a sus pies.

—Sí, la hemos visto fuera —comentó Luisa—; no es muy común.

—Bien —Otilia retomó su relato—, Lilly le pidió al dueño de la tienda que le bajara el precio considerablemente, y así lo hizo él. Cuando le pregunté por qué quería esa fuente en particular, me dijo: "Tiene un estanque de lágrimas, Mami. Justo como en el cuento que le leí a papi antes de que muriera". Para serles sincera, yo no podía ver la conexión. Con todo, ella había sido la más afectada por la pérdida. Siempre pareció asociar la muerte de su papá con aquella fuente.

»Esta mañana temprano me despertó Michael: "Lilly se ha ido", me dijo. La encontramos fuera, tumbada en el suelo junto a la fuente. "Este es mi estanque de lágrimas", decía, "me voy a ahogar en él. ¿Qué he hecho?". Tiene el alma hecha pedazos, y aún así no ha derramado ni una lágrima, y eso me preocupa mucho. Preferiría que se rindiera al dolor.

»Desde que fue a identificar el cuerpo de nuestro pequeño Michael, no deja de hacerse la misma pregunta: "¿Qué he hecho? ¿Qué he hecho?". No hay manera de convencerla de que ninguno de

nosotros podía predecir lo que iba a ocurrir. Yo le había prometido a
Lilly y a Michael que vigilaría al pequeño Michael mientras ellos se
unían a la manifestación de la Moratoria, así que si hay alguien a
quien culpar es a mí por no poner la cadena a la puerta para impedir
que el pequeño Michael saliera.

Otilia se interrumpió. A ninguna de las dos se nos ocurría nada
que decir que pudiera consolarla.

Sentía que la garganta se me atenazaba, y me la aclaré.

—¿Solía hacerlo?

—¿A qué se refiere? —me preguntó Otilia tras lanzarme una
mirada confusa.

—¿Solía el pequeño Michael abrir la puerta para ir a jugar al
jardín?

—La verdad es que no —reconoció—, pero sí salía corriendo
hacia la puerta cada vez que alguien llamaba. Ayer, mientras el pequeño esperaba a que Lilly y Michael volvieran, yo estaba intentando
acostumbrarlo a que en lugar de eso fuera a mirar por la ventana.
Incluso dejé las cortinas algo descorridas. —Se levantó y caminó
hacia una puerta que había junto a la cocina—. Fui al baño, pero dejé
la puerta abierta para poder oírlo jugar con sus bloques y sus carritos.
Luego, en el mínimo espacio de tiempo que me llevó bajar el agua y
lavarme las manos, ocurrió algo. Volví aquí y enseguida vi que la
puerta y la verja de entrada estaban abiertas. El pequeño Michael ya
no estaba.

—¿Fue entonces cuando llamó a la policía? —inquirió Luisa.

—No, no llamé enseguida. Primero salí a buscarlo al jardín y
luego alrededor de la cuadra. Después de todo, ¿cuánto puede alejar-
se un niño de tres años en apenas tres minutos?

—¿Vio algún carro marcharse de la zona? —pregunté—. Puede
que viera a la persona que se lo llevó, aunque no se diera cuenta en
ese momento.

Otilia negó con la cabeza y se sentó en una silla junto a la ventana.

—El detective Kenyon ya me hizo esa pregunta y muchas más.
Que si conozco a alguien que odie a Michael, quizá un socio de negocios, que si alguien odia a mi hija, que si había notado la presencia de
extraños merodeando por aquí el día anterior, que si alguno de nosotros está relacionado con la familia Peralta de Oakland. Habría dado

mi brazo por poder contestar que sí a cualquiera de esas preguntas. —Respiraba con fuerza y tenía los ojos humedecidos.

—¿Dónde está su hija ahora?

Me senté a su lado y le pasé el brazo por los hombros.

—Lilly y Michael han ido a la comisaría de policía. Desde allí iban a la morgue. Nos llevamos al pequeño Michael de vuelta a Oakland en cuanto la policía lo permita. Haremos allí el funeral.

Yo quería que se dejara llevar un poco y llorara, pero ella estaba dispuesta a no permitírselo.

—Señora Juárez . . .

—Por favor, llámeme Otilia. Está bien.

—Gracias. Tutéanos tú también. ¿Habría algún problema en que te llamáramos . . . de vez en cuando? —Al verla acceder con un gesto, continué—: Luisa y yo somos de Oakland, pero ella vive ahora en Los Ángeles. Yo volveré a casa pronto.

—Por favor, me gustaría mucho que lo hicieras.

Una hora y media después, cuando los vecinos de Otilia empezaron a llegar para darle el pésame, Luisa y yo nos despedimos. Al salir, me detuve para ver la fuente con el estanque a los pies de la Madonna. "Este es mi estanque de lágrimas. ¿Qué he hecho?". Las palabras de Lilly me parecían una elección extraña.

—Me ha sorprendido mucho que Otilia nos contara tanto sobre Lillian —reflexionó Luisa en alto—. Parece tan contenida . . . y nosotras en realidad somos unas desconocidas.

—Todos hacemos cosas raras en situaciones trágicas —le respondí sin dejar de pensar en mi experiencia levitante del día anterior—. Además, las dos somos buena gente, ¿no?

Luisa no contestó, sino que preguntó:

—¿Tú crees en el destino, Gloria?

Aquella mañana me había pasado por la mente la misma idea.

—Hasta ayer no . . . Ahora . . . no lo sé. ¿Y tú?

—Siempre he creído en el destino. Nunca he sido racional como tú. —Se rio un poco.

—¿Tenemos en verdad algún tipo de control sobre las cosas en este mundo? ¿Fue esto voluntad del destino? —pregunté mientras cruzábamos el parque Laguna otra vez, de camino a Whittier Boulevard.

Luisa no respondió.

Las cuadrillas de limpieza ya estaban trabajando. Había montones de ropa esparcida por ahí, aún impregnada del olor a gas lacrimógeno y a sangre. Por todas partes se veían cacharros de picnic, contenedores llenos de comida y bebida. Incluso vimos un carrito y un sonajero de bebé. Miramos al frente como si así pudiéramos frenar el ritmo de nuestros corazones e impedirnos recordar.

Apenas por un instante sentí el destello de una presencia masculina que me observaba. Quizá esperaba el momento propicio para acercarse. Me di la vuelta despacio y recorrí el parque con la mirada. En aquel momento, una sombra pasó por delante del sol que en ese instante aparecía entre las nubes.

CINCO

Sombras detrás del altar

La iglesia estaba casi vacía. Me senté en uno de los bancos al final de la nave, casi a la entrada. Me gustó que todo estuviera fresco y en paz, pero sobre todo, me gustó tener un ratito para estar sola.

Había dejado a Luisa en casa de los Galeano, donde la conversación se había centrado en la muerte de Rubén Salazar, y donde todo el mundo estaba especulando sobre lo que ocurriría. Era seguro que habría una investigación, pero ¿cómo se podía confiar en que todos dijeran la verdad? Esta vez la policía había ido demasiado lejos. Después de todo, Rubén Salazar no era un chicano cualquiera, sino un periodista y una personalidad en las noticias de la tele. El diario *Los Angeles Times* presionaría con toda seguridad a la brigada de asuntos internos de la comisaría de Los Ángeles para que llevara a cabo una investigación seria y exhaustiva.

Joel había liderado la conversación hasta que se unió al grupo Óscar Zeta Acosta, un escritor y abogado chicano que defendía a los detenidos en la Moratoria y buscaba a un periodista llamado Olivar, de *La Causa Chicana*, un periódico del Este de los Ángeles.

Yo había pasado el rato en la cocina hablando con Reyna y su madre, Sylvia Castañeda, que había venido manejando desde Santa Mónica para traer a los niños de Reyna y Joel. Sylvia y Reyna seguían hablando de dinero y de lo poco que había en aquella casa. "Ese huevón" era la forma en que Sylvia se refería constantemente a Joel. Reyna lo defendía un poco, pero más que nada se quedaba en silencio.

Cansada de contemplar aquella interacción madre-hija y de oír hablar de injusticias, violencia y ambición tan pronto después de nuestra charla con Otilia, sentí la urgente necesidad de estar sola y

36

descansar. Así que seguí el consejo de Luisa y me fui a la iglesia de San Agustín, que estaba a solo diez minutos a pie de la casa de los Galeano. Luisa me dijo que me vería allí al cabo de una hora. Salí por la puerta de atrás. Al pasar por el porche, se abrió la principal, y me desvié por miedo a que me reclamaran. Era Joel, que se despidió con un gesto y volvió a entrar a la casa.

Caminé muy despacio, tanto que me llevó casi quince minutos llegar. Si de verdad había alguien siguiéndome, quería que aquella sombra me alcanzara. No me había seguido nadie. En aquel momento no importaba porque estaba contenta de estar en el templo, que aún conservaba el aroma a cera y a incienso, que tantos recuerdos me traía de cuando era pequeña.

Unos bancos más adelante, había una mujer arrodillada rezando el rosario. Frente al jaleo de Sylvia Castañeda al oído de Reyna, el recitar continuo en español de la penitente me resultó tranquilizador.

Me dejé llevar un rato con los ojos cerrados. Siempre me ha relajado la sensación de estar en una iglesia casi vacía. En Oakland, a veces iba a una funeraria llamada Chapel of the Chimes o al cementerio contiguo, situado sobre una pequeña colina que daba a la bahía. Había allí enterradas muchas de las antiguas familias de Oakland en terrenos o panteones protegidos del sol por pinos, robles y magnolios, pero no iba allí por la vista o por la historia, sino por la soledad que ofrecía.

Abrí los ojos al oír el chirrido de unas bisagras a mi derecha. Al entrar en la iglesia, me había fijado en que la puerta que daba a la rectoría era la única que permitía el acceso al altar, pero no podía verla desde donde estaba porque la ocultaba el gran pedestal y la estatua del santo patrón. Cuando miré en aquella dirección, vi que entraba un sacerdote. Hizo la genuflexión ante el altar, tomó una estola, la besó y se la colgó al cuello antes de atravesar la estancia y llegar al confesionario que había a mi izquierda y donde entró un hombre que había llegado al mismo tiempo que el sacerdote.

También me gustaba contemplar los ritos de la Iglesia Católica. Había veces en que estaba de acuerdo con mi abuela, que se quejaba amargamente de la reforma de la liturgia. Sin embargo, casi todo el tiempo trataba de convencerla de que el latín era una lengua muerta, irrelevante para las vidas de millones de católicos en el mundo. Mis argumentos no le afectaban lo más mínimo.

Al final, la verdad es que no importa el lenguaje que usemos, pues todos necesitamos ritos y ceremonias que otorguen a la vida un sentido que la haga ser algo más que la rutina, que la necesidad, la injusticia y la muerte. Y pensé que no importa lo sucios que estén nuestros espíritus: cuando vamos al templo, compartimos lo divino y nos llenamos de esperanza. Luisa me había dicho algo así alguna vez, pero se refería a la poesía y su importancia para nuestra vida diaria. Luisa es poeta, y quizá por eso, siempre ha sido capaz de expresar de forma especial lo que todos sentimos.

Volví a cerrar los ojos, justo cuando la mujer que rezaba el rosario se persignaba. Al cabo de un poco se levantó y fue a encender una luz de ofrenda. Fue entonces cuando sentí de nuevo una presencia, muy cerca esta vez, y una voz que me susurró al oído:

—No mires, solo escucha. Tengo que hablar contigo, pero no ahora. Ven a verme, esta noche.

—¿Dónde? —quise saber. Giré un poco la cabeza. Sólo pude ver un brazo desnudo y parte del chaleco de los Santos, lo bastante como para saber que se trataba de Mando.

—No, don't turn. En el patio de la escuela.

—¿En el colegio de San Agustín? ¿El que está en frente de esta iglesia? —Había pasado por delante al ir hacia allí—. ¿Puede venir mi amiga Luisa conmigo?

—Sí, pero no traigas al vato ese.

Era obvio que Mando había desarrollado aversión a Joel. No sabía por qué, pero no iba a preguntárselo en aquel momento.

—¿A qué hora? —inquirí.

—A las diez. Hay un agujero en la cerca que está junto al estacionamiento. Entra por ahí. And wait for me.

"Espera, no te vayas", quise decir, pero Mando ya se marchaba. Se escuchó el roce de sus pantalones al caminar hacia una de las salidas que había a mi derecha. Unos segundos después, delante de mí, la puerta de la rectoría volvió a abrirse. Sin embargo, nadie entró en el santuario tenuemente iluminado.

Alcanzaba a oír murmullos ininteligibles que provenían del confesionario y el crujir de la madera cuando el sacerdote o el penitente cambiaban de postura.

Me arrodillé, entrelacé las manos y apoyé la frente en ellas. Lancé una mirada furtiva hacia la puerta de la rectoría que se abría hacia el altar, y, por el rabillo del ojo, vi moverse una sombra. Era más oscura que las otras que se perfilaban tras el altar y desapareció rápidamente. Por un segundo pensé que lo había imaginado. Luego el ruido de la puerta al cerrarse otra vez me confirmó que de verdad había habido alguien ahí.

Con la esperanza de obtener una mejor vista de la entrada a la rectoría, caminé hacia el confesionario y me senté en el banco que había al lado. Si fuera necesario, si el asesino del pequeño Michael Cisneros estuviera allí, siempre podría meterme en el confesionario y pedirle ayuda al sacerdote. Se me ocurrió que probablemente me agradecería la interrupción.

Miraba alrededor para localizar todas las salidas y ver cuánto me llevaría llegar hasta alguna de ellas, cuando entró Kenyon. Al principio no me vio, pero era obvio que estaba buscando a alguien. Al verme, pareció verdaderamente sorprendido.

—Así que es a usted, Gloria Damasco, a quien Mando ha estado siguiendo —comentó con una sonrisa—. Él iba detrás de usted y nosotros íbamos tras él.

—Y bueno. ¿Me cree ahora? —Estaba enfadada con Kenyon, aunque en realidad no sabía por qué—. ¿Por qué no lo detuvo entonces?

—¿Detenerlo? —pareció sorprendido—. ¿Para qué? Lo queremos como testigo material. Sí, podría atraparlo ahora, pero no creo que cooperara. —Kenyon me miró a los ojos—. Sin embargo, sí hablará con usted. Confía en usted.

—Puede ser. —Estaba mintiendo y Kenyon lo sabía. Me veía entre la urgencia incesante por atrapar al asesino del pequeño Michael y el deseo de proteger a Mando. El niño ya estaba muerto, y aunque su muerte me llenara de dolor no podía olvidar que Mando seguía vivo y quizá en grave peligro. El asesino podía estar incluso acechando a Mando en aquel preciso instante. Me recorrió un escalofrío solo de pensarlo.

—Si Mando le ayuda, ¿hay alguna manera de que usted pueda a su vez ayudarlo a él? —le pregunté a Kenyon sin apartar la mirada de sus ojos.

—Lo intentaría. —Su voz no transmitió un ápice de duda al respecto, pero, por mucho que tratara esconderla, se le veía en los ojos.

—Sabe bien que los Santos pueden matarlo por hablar con la policía.

No estaba exponiéndole nada que Kenyon no supiera ya, pero debía hacerlo igual porque lo que me estaba pidiendo era que pusiera la vida de Mando en sus manos.

—Puede ser, pero quienquiera que matara al niño también querrá deshacerse de Mando. Este asesino es el tipo de persona que no puede permitirse dejar cabos sueltos. Volverá a matar a la menor sospecha.

—Por otra parte, si Mando coopera con ustedes, los Santos sospecharán de él para siempre —repliqué.

Kenyon sonrió y, para mi sorpresa, puso su mano en la mía y la apretó.

—A lo mejor no. A los miembros de las bandas se les detiene por distintas razones todo el tiempo.

—Bien, pero no van a ningún tribunal y testifican contra nadie. —Negué con la cabeza—. ¿De verdad cree que los Santos no sospecharían de él después de algo así? Por primera vez me pregunté por qué me había involucrado en todo aquello.

Luisa siempre se refería a mis aprietos como los de las zonas grises de la conciencia. "Allí no hay profesores", solía decir. "Estás sola".

—Bueno. Puede que el fiscal del distrito le ofrezca inmunidad e incluso la posibilidad de reinserción si describe cualquier actividad de una banda, pasada, presente o futura. Yo apoyaría algo así. —Suspiró—. Al menos así seguiría vivo. Tendría una oportunidad para luchar.

La imaginación se me había puesto a funcionar y vi una versión a toda velocidad de la vida futura de Mando, una vida de absolutos: siempre corriendo, sin parar nunca, sin saciarse nunca, sin poder ver a su familia. ¿Era aquella una vida que mereciera la pena vivir? ¿Acaso entonces merecía la pena asumir el riesgo de morir a cambio de una vida en las circunstancias presentes?

—Ya, pero el fiscal del distrito no le ofrecería la reinserción a Mando si testificara contra el asesino del niño. ¿Verdad? —Le lancé una mirada a Kenyon.

—Bueno... No, pero...

No le di la oportunidad de acabar.

—¿Y qué pasa con el asesino? ¿Cuántos puntos tiene en comparación con las bandas? ¿Importa algo el pequeño Michael en todo esto?

—Y tanto que sí. Michael Cisneros ya ha ido a ver a la cúpula para que así sea. —Kenyon se levantó y se puso a caminar adelante y atrás por la nave, con lo que hizo que el penitente, nervioso, asomara la cabeza del confesionario. Los pómulos de Kenyon estaban más claros de lo normal, y se le veían las gotas del sudor en la frente y alrededor de los labios. Por fin dejó de moverse y volvió hacia donde yo estaba, pero pude ver que se metía algo en la boca. Pensé que sería una aspirina, pero el frasco que se metió en el bolsillo del abrigo era para medicamentos con receta—. Bueno, Gloria, ¿qué va a ser?

Kenyon era un policía. Incluso si estaba sinceramente interesado en ver que no le ocurriera nada a Mando, tenía que negociar en nombre del sistema. Yo también tenía que hacerlo, pero por Mando. Parecía tan injusto, para Mando y para mí, e incluso para Kenyon, que tuviéramos que firmar un pacto con el diablo. ¡Y nada menos que en la mismísima casa de Dios! Aquella era nuestra realidad legal específica: el trato, lo único que teníamos para mostrar por años de injusticia institucionalizada. Era aquello o nada.

—Intentaré convencerlo —accedí antes de levantarme para marcharme—. Y será mejor que descubra quién más ha estado en la rectoría mientras Mando estaba aquí.

—Tenga cuidado, Gloria —lo oí decirme mientras se marchaba hacia la puerta de la rectoría.

No le presté atención. En aquel momento me preocupaba mucho más mi alma que mi cuerpo.

El penitente ya había salido del confesionario e iba llegando a la zona de las velas votivas, para encender la que estaba más lejos de él, de forma que hizo danzar las llamas. Las sombras detrás del altar temblaron apenas para retomar enseguida su baile habitual, y todo volvió a ser como antes.

SEIS

Los oscuros dones

Luisa estaba sentada en las escaleras de acceso a la iglesia de San Agustín cuando salí. Las lágrimas me resbalaban por las mejillas. Enseguida me pidió que me sentara a su lado. Al ser la mayor de una familia con tres hijos, siempre había tenido la función de consolar a mis hermanos. En aquel momento me gustó que Luisa me cuidara como una hermana mayor.

—¿Qué estabas haciendo aquí afuera? —le pregunté cuando me calmé.

—No sabía qué otra cosa hacer. En cuanto te fuiste de casa de Reyna, Joel salió a entregar un artículo. Y los demás también se marcharon. Para entonces, Reyna se veía muy cansada, así que le propuse que se diera un baño y que se fuera a la cama. —Luisa se encogió de hombros y rio—. Su madre es tremenda, ¿verdad?

—Ya . . . ¡Dinero, dinero y dinero!

—De todos modos —prosiguió Luisa—, llegué adonde había quedado contigo antes de tiempo y vi entrar a Kenyon —explicó—. Me imaginé que quería hablar contigo a solas.

—¿Así que llevas aquí todo el rato?

—Veinte minutos, más o menos. Me paré en una librería y compré esto.

Me mostró una edición de segunda mano de *Alicia en el país de las maravillas*.

—¿Por casualidad viste a alguien salir de la rectoría? Creo que había alguien espiándome desde dentro.

Me relajé al verla negar con la cabeza.

—Puede que Kenyon haya puesto a alguno de sus hombres a seguirte.

Sí, podía ser que uno de ellos hubiera estado vigilando la entrada a la rectoría, y que, al haber salido yo corriendo de la iglesia, a Kenyon no le hubiera dado tiempo a explicármelo.

—¿Y qué quería? —se interesó.

Entonces le conté la conversación que había mantenido con Mando y que Kenyon me había pedido que convenciera al chico para que, a cambio de acogerse a la inmunidad y a la reinserción, pusiera a la policía al tanto de las actividades de las bandas y lo que sabía del asesinato.

—¿Y vas a hacerlo?

—¿Acaso me queda otra alternativa? —respondí. Luego me encogí de hombros y le pregunté si iría conmigo a hablar con Mando.

—No me lo perdería por nada del mundo. —Luisa miró el reloj—. ¿Cuándo te reúnes con él?

—Esta noche. A las diez.

—Son solo las ocho y media. ¿Quieres comer algo?

—Claro.

Luisa tenía el carro estacionado detrás de la iglesia, frente al colegio, así que doblamos la esquina y bordeamos el edificio.

En la acera de enfrente, la escuela ocupaba dos tercios de la cuadra. El patio, que quedaba situado frente al edificio principal del recinto, estaba rodeado por una cerca de alambre. Y crecía hiedra y algunos matorrales que proporcionaban privacidad a los vecinos.

Aunque desde donde yo estaba no se veía el estacionamiento que Mando había elegido para nuestro encuentro, recuerdo que, cuando íbamos a misa a la iglesia de Santa Isabel en el este de Oakland, solíamos dejar el carro en la primaria que había enfrente, así que caminé hacia el patio para ver si había marcas de estacionamiento. Y sí, bien visibles.

—¿Y qué se supone que hacemos ahora? ¿Buscar pistas, mi querida señorita Marple? —preguntó Luisa en tono de burla.

—No, sólo estoy reconociendo el terreno para no tropezarnos luego por la noche al buscar el estacionamiento y el agujero en la cerca.

Nos metimos en el vehículo, y Luisa condujo despacio hasta que encontró la abertura. Estaba cubierta por algunos arbustos de las casas vecinas. Después, cuando volvimos a pasar por delante de la rectoría vimos a Kenyon, que charlaba con el padre Mendoza en la puerta.

Ya me sentía mucho más tranquila, así que estuve incluso tentada a contarle a Luisa lo de las extrañas experiencias que tenía desde el sábado, pero, tras pensarlo dos veces, decidí no hacerlo. La gente suele reírse de esas cosas, incluso yo misma me había burlado de cualquier asunto que se saliera de los fenómenos físicos.

De repente, Luisa exclamó:

—¡En algún momento vas a tener que contarme lo que te pasa de verdad!

"Debe de haberme leído la mente", pensé, contenta de que me hubiera brindado la oportunidad de hablar de mis experiencias.

—Quiero contártelo, pero ni yo misma estoy segura de comprender lo que ha estado ocurriendo.

Respiré hondo, sobre todo para darme tiempo a decidir cómo contarle mi secreto. Luisa reaccionó sonriendo, y luego me aconsejó:

—Finge que eres poeta. La gente nunca se sorprende de nada de lo que digo como tal. Se echó a reír—. Asumen que lo que digo es el producto de una imaginación rara, pero creativa. De hecho, cuanto más raro es lo que expreso, mejor.

—Sé que no me estoy volviendo loca. Me siento perfectamente cuerda— añadí antes de empezar a contarle mi experiencia voladora y las visiones que el recorte de periódico me había provocado.

—Suena como una experiencia extra corporal. Creo que se llama así.

—Así es como me sentí, flotando por ahí arriba y mirando abajo a mi propio cuerpo. Nunca me había pasado algo semejante. Sólo se me ocurre describirlo como una . . . libertad eterna. Un segundo parece una hora, y una hora es para siempre. —Noté que me sonrojaba y sentí un hormigueo en las orejas—. Nada salvo el miedo te detiene. De algún modo, eso es lo que me pareció, y me aterraba sentir miedo porque eso acabaría con mi vuelo. —Me interrumpí para preguntarle—: ¿Tú tuviste alguna vez una experiencia extra corporal?

—No, pero una vez o dos, mientras escribía poesía, sentí algo parecido a lo que describes. ¿Lo sabe Darío?

—¡Estás bromeando! Es médico. Sólo cree en lo que puede comprobarse científicamente. Si le contara algo así, seguro que pensaría que había tomado LSD o algún otro alucinógeno. No creo que Darío lo comprendiera en absoluto. —Volví a respirar hondo—. Ni siquiera sé si yo misma entiendo o acepto lo que está pasándome.

Luisa guardó silencio durante unos segundos, y luego afirmó:

—Hay cosas que a lo mejor no comprendemos, pero aún así aceptamos. No sé de dónde viene la poesía, pero sí conozco esa urgencia incontrolable de escribir poemas, y la acepto. —Se detuvo un momento mientras buscaba el cartel de la calle. Luego continuó—: Hay cosas que no pueden aprehenderse de forma intelectual. Puede que todo esto te parezca extraño porque no te fías mucho de tu intuición y percepción de la gente y las cosas, pero no creo que lo que acabas de contarme sea raro en absoluto.

—Sin razonarlo . . . — empecé, pero me callé. Los comentarios de Luisa, si bien no pretendían ser una crítica, me habían echado un poco para atrás. Hasta entonces no me había dado cuenta de lo sensible que era yo a cualquier conversación en que se pusiera en cuestión la habilidad intelectual de una mujer.

—¿Qué gana? —preguntó Luisa con ironía—. ¿La intuición o la lógica?

Sonreí.

—Supongo que tienes razón. Aún así, lo que he experimentado no tiene nada que ver con escribir poesía. Es como si alguien de pronto hubiera cambiado todas las conexiones —aclaré.

—O como si te quedaras escuchando al otro lado del teléfono y oyeras la conversación de otra persona —Luisa me dedicó una sonrisa—. Sólo que esto es mucho más arriesgado. Seguro que eres consciente de que participar en esta investigación te pone en peligro. Hasta Joel y Reyna están preocupados por ti. Él insistió en seguirte cuando saliste para ir a la iglesia, y yo, por mi parte, insistí en que no era necesario que lo hiciera. —Estacionó delante del restaurante Tapatío y apagó el motor—. Creo que Joel huele una buena historia en todo esto y quiere quedarse pegadito a ti.

—A lo mejor por eso Mando no confía en Joel —comenté.

—No lo culpo. Sólo mira cómo se comportó Joel con él. —Luisa frunció la boca y luego se lamentó con un gesto—. Pasó de la mansedumbre a la agresividad en cuestión de segundos. Cualquiera puede ver que es evidente que tiene problemas.

—Quizá sea la influencia de su suegra.

—Pues no es broma, no. Yo me volvería loca con alguien así alrededor todo el tiempo. —Luisa se llevó las manos a la cabeza—. Por desgracia, Reyna se parece mucho a ella —continuó—, aunque no es tan avariciosa. O al menos todavía no.

—¿A qué te refieres?

—Reyna es ambiciosa y orgullosa. Y también manipuladora. Desde luego maneja a Joel.

—Bueno, ya sabes que la gente malacostumbra a las bonitas. Reyna lo es. Tiene dos niños, pero mira qué tipo y qué piel.

—Joel da la sensación de sentirse inseguro a su lado: siempre tiene que estar pendiente de ella porque puede que alguien se la arrebate. Y Reyna lo anima a pensar así. —Luisa se pasó la mano por el pelo—. Creo que en realidad tiene razones para sentirse amenazado . . .

—¿Por? ¿Tiene una aventura . . . ?

—No exactamente. —Luisa dudó un momento—. Supongo que también puedo contártelo. El hijo de Reyna no es de Joel. El padre del chico es el dueño de esa carnicería que se llama El torito; un verdadero don Juan. Cuando Reyna quedó embarazada, él estaba casado, pero hace unos dos meses, su mujer se dio cuenta de cómo era y lo dejó.

—¿Y ahora vuelve a buscar a Reyna?

—Exacto. Así que Reyna se aprovecha de la atención de este hombre y presiona a Joel para que consiga un trabajo a tiempo completo. Lo que pasa es que Joel es un artista y no quiere dedicar las horas que eso requeriría. ¿Quién sabe? A lo mejor ella está de verdad loca por el dueño de El torito. Él tiene el dinero que ella quiere, y va a abrir otro par de carnicerías pronto.

—Pobre Joel. Y lo digo en serio. Odio decir esto, pero no es precisamente del tipo latin lover o príncipe azul, y, encima es pobre. ¿Y por qué se casó Reyna con él? —Miré a Luisa, que me observaba con las cejas enarcadas—. ¡Ah! Claro, no hace falta que me lo digas. Quedó embarazada y Joel era la solución, ¿no?

Entramos al restaurante, pero no comimos mucho. Yo empezaba a sentirme agotada, y a Luisa no le apetecía especialmente que nos quedáramos allí, así que decidimos volver al colegio y estacionar en algún sitio ventajoso para vigilar el patio hasta que llegara la hora de reunirnos con Mando. Al llegar vimos que habían cerrado la iglesia justo después de la misa de la tarde, y que la calle estaba desierta.

La desolación del lugar me recordó a las veces en que solía sentarme en la oscuridad cuando era pequeña para desafiar al diablo y a otras criaturas de la noche a que vinieran por mí. Nada comparado con aquella emoción: notar la tensión del miedo que me corría por las venas ante cualquier crujido o ante la sombra más leve, sentir el corazón a mil por hora y ver cada vello del cuerpo erizárseme. Para ser sincera, con frecuencia rezaba un avemaría. Luego, cuando no aparecían ni el diablo ni ninguna otra criatura, me invadía un sentimiento increíble, una mezcla de enfado y placer. Ya a aquella tierna edad sabía que el valor estaba hecho de esas sensaciones: los "oscuros dones", los llamaba yo. Sentí que quizá los necesitaría si las cosas con Mando salían bien.

A las 9:50 en punto, Luisa y yo salimos del carro y nos dirigimos al patio tan sigilosamente como pudimos. Nos agachamos las dos en el sitio más oscuro que encontramos, de espaldas a las casas vecinas. Desde allí veíamos bien la calle y la parte trasera de la iglesia a nuestra derecha; también los edificios del colegio a nuestra izquierda y enfrente. De pronto me di cuenta de que tanto Luisa como yo estábamos hiperventilando.

Miré el patio. Unos minutos más tarde, la silueta de un hombre se movió por la pared del edificio principal. No era Mando; de eso estaba segura. Le di un codazo a Luisa en las costillas, le tomé la mano y apunté con ella en la dirección de la sombra. Entonces ella me dirigió la mía hacia los arbustos de enebro que había junto a la rectoría de San Agustín.

—Uno —me susurró al oído. Noté su respiración acelerada en el pelo. A mí también me amenazaba el corazón con salírseme por la boca con cada exhalación. De repente, caí en la cuenta de que el hombre que se escondía en los matorrales era probablemente Matthew Kenyon. Sin duda nos había visto husmeando por el patio, buscar la abertura de la cerca, y obviamente había deducido que allí era adonde iríamos. Después debía de habernos seguido. ¡Maldito fuera! ¡Qué estúpida había sido! ¿Qué iba a pasarle a Mando? Se dirigía a una trampa, y a mí me usaban como cebo. Me subió la sangre a la cabeza en cuanto oí la voz de Mando por detrás de nosotras:

—¿Por qué lo trajiste?

—No lo traje —respondí con una voz áspera. Traté de aclararme la garganta sin hacer ningún ruido, pero no pude—. Por favor, créeme. —No contestó. Yo entré en pánico y me incorporé. En voz más alta, le pedí—: Por favor, ayúdanos. Cuéntale a la policía lo que sabes. A cambio, te ayudarán. Kenyon ha prometido . . . —El ruido de sus pantalones me indicó que Mando se alejaba—. Por favor —empecé a decir mientras miraba el agujero en la cerca—, Mando, por favor, escúchame.

Luisa, que no había dicho nada, tiró de mí hacia abajo.

—Mando —volví a llamar con los ojos cerrados mientras trataba de detectar su presencia. Al darme cuenta de que me tocaba sacarnos del atolladero que yo misma había creado, empecé a controlar el miedo y dejé que mi mente tomara el relevo. Poco a poco fui recuperando la confianza.

Miré a izquierda y derecha en busca de las dos sombras, pero no pude dar con ninguna de ellas.

—¿Viste adónde fueron? —le pregunté a Luisa.

—¿Ves ese árbol frente a la rectoría? Ahí hay alguien. —Hablaba con la voz firme, pero noté que le temblaba la mano al tomarme por la muñeca—. El otro, no sé dónde está.

Estaba segura de que Mando seguía por ahí. Recorrí el patio con la mirada hasta descubrir una sombra muy tenue que avanzaba por la pared del edificio del colegio. Luego desapareció por un camino que había detrás.

—Si fueras Kenyon —inquirí—, ¿qué sitio elegirías? ¿El de mi derecha o el de mi izquierda?

—El de tu derecha —saltó Luisa, que había pensado a su vez en aquella posibilidad.

—Voy a intentar alcanzar a Mando. Puedes quedarte aquí si lo prefieres —informé, para darle la opción, aunque ya sabía lo que haría.

—Voy contigo —respondió—, a las tres.

Estábamos preparadas para salir corriendo hasta la abertura de la cerca, cuando oímos la voz de Kenyon a nuestra izquierda.

—Salgan de ahí, fuera.

Luisa y yo ahogamos un grito. Él se acercó y, con su linterna, le lanzó una señal al hombre que había junto al árbol.

La noche era cálida, pero de pronto empecé a tiritar. Los músculos alrededor de la boca me temblaban sin control. Caminé hacia Matthew Kenyon y, sin preaviso alguno, levanté la mano y se la lancé a la cara. Si no llega a ser por Luisa, que me la agarró, le habría dado un bofetón y, casi seguro, habría acabado en prisión. Me quedé mirándolo y luego me fui, seguida por una Luisa claramente perpleja.

A lo mejor no podía culparlo más que a mí, pero había puesto mi confianza en él y él se había aprovechado de ello. Me senté en el carro, sorda a cualquier sonido, incapaz de centrar ni la mirada ni la mente en algo que no fuera aquella horrible certeza: había traicionado a Mando. Debería dar con él, pero no siguiendo la leve luz de su presencia. Le debía lo mejor de mi intuición, mi razonamiento y mi esfuerzo. Al igual que él, yo había perdido mi inocencia en algún momento entre el día anterior y aquella noche. Con todo, gracias a él había redescubierto el oscuro don del valor.

SIETE

La trampilla

Mi madre seguía diciéndome que Tania se había hecho pipí, y al quitarle la ropa interior mojada a mi hija, me di cuenta de que le había cambiado el color de la piel alrededor de los muslos. Parecía como si alguien le hubiera cortado la piel sobrante para recogerla luego en racimos de cuentas rojas en pequeñas cuerdas, tres o cuatro en cada uno. Aunque no podía ver a mi madre, sí podía oírla reprocharme: "Gloria Inés, has sido muy descuidada. Negligente. Me llevo a Tania conmigo. Ahora mismo". Con todo, sabía que mi madre no podía llevársela de ningún modo, simplemente porque no la dejaría. Tomé un tarro de gelatina verde oscura y empecé a extendérsela por la piel a Tania en un suave masaje que la aliviara. Me sudaba la frente y las gotas me caían alrededor de los ojos. Me limpié con la parte de atrás de los dedos índices, con los párpados medio cerrados. Cuando volví a abrirlos, me di cuenta de repente de que era la piel de Mando la que trataba de aliviar.

En aquel momento sonó el teléfono, y oí la voz de Kenyon al otro lado. Apenas penetraba luz a través de las cortinas, así que le pedí que esperara a que encendiera la lámpara. Eran las 5:30 de la mañana.

—¿Cuánto le tomaría llegar a la comisaría? —preguntó.

—¿Por? ¿Qué pasó? —Aún trataba de salir del sueño mentalmente y de enjugarme las lágrimas.

—Mejor se lo cuento cuando llegue aquí —respondió con una voz extremadamente asocial.

No cabía duda de que le había molestado mi comportamiento de la noche anterior, pero yo sabía que no me llamaría de madrugada por el mero placer de castigarme, así que accedí a ir a verlo.

Cuando desperté a Luisa para pedirle las llaves de su carro, insistió en acompañarme. Casi no hablamos por el camino. Existía la remota posibilidad de que Kenyon hubiera atrapado al asesino del pequeño Michael, pero, sin decirnos nada la una a la otra, ambas intuíamos que Kenyon no nos habría llamado a una hora tan inhumana si no fuera porque alguien más había muerto.

Cuando llegamos a su despacho, Kenyon estaba sentado en su mesa y no hizo ningún amago de levantarse al vernos entrar. Las ojeras que tenía bajo los ojos eran bastante llamativas, y la piel de las mejillas y la frente se notaba más pálida de lo habitual. Con la mano nos invitó a sentarnos en un par de sillas que tenía delante.

En el instante en que nos acomodamos, fue al grano.

—Encontramos a Mando muerto, apuñalado. —Alzó un cuchillo en una bolsa de plástico, el tipo de arma que usan los soldados en los combates cuerpo a cuerpo—. Y no hay huellas, por supuesto —añadió.

Me levanté, pero me temblaban las piernas y tuve que volver a sentarme. Escuché un sonido ronco y rítmico. Pensé que era Luisa la que lo hacía y me volví hacia ella, pero estaba en silencio, como en silencio le corrían las lágrimas por las mejillas. Luego me di cuenta de que el ruido provenía de mi propia garganta, y de que no era capaz de ponerle fin. Al cabo de unos segundos, se transformó en un resuello. Contuve la respiración; después, fui sacando el aire poco a poco por la nariz, y conté hasta ocho, como solía hacer en las clases de natación en el colegio. En cuanto respiré de nuevo, la ansiedad fue reduciéndose. Kenyon nos ofreció agua en vasos de papel. Luisa no quiso, pero yo acepté uno y empecé a beber a sorbos muy despacio.

Al recorrer la estancia con la mirada para evitar mirar el cuchillo que había matado a Mando, me fijé en una foto que había en la pared. Era de una entrega de premios de la policía. En ella, el jefe de policía le imponía a Kenyon una medalla y una placa. Al estudiarla con mayor atención, se formó una imagen fantasmal en la foto y cerré los ojos.

Me movía despacio por un sitio oscuro, una especie de almacén, caliente y brumoso, como si alguien hubiera abierto las válvulas de una locomotora de vapor. Salvo por Mando, que se alejaba de mí, el lugar estaba vacío. De pronto, una sombra con un rostro aún más oscuro se acercó a mí, salido de la nada. Entonces vi el cuchillo en una mano con guante que golpeaba hacia adelante: una incisión precisa, de la que sólo se vertió un poco de sangre. Mando se llevó las manos al pecho, se arrodilló y cayó de bruces. El rostro oscuro desapareció de mi vista con rapidez. Al final, el silencio y la negritud envolvieron la escena.

Cuando abrí los ojos, Kenyon me miraba perplejo. Se mostraba claramente confundido ante mi comportamiento, pero no más de lo que yo lo estaba ante aquella nueva faceta de mi personalidad que me hacía actuar de forma tan fuera de lo normal.

—¿Dónde lo mataron? —pregunté sin mirarlo—. ¿Cuándo?

—Entonces se cruzaron nuestras miradas.

—Hacia las tres de la madrugada. —Bajó la mirada y luego me miró compasivo—. Lo hallamos en el mismo sitio en que encontró usted al niño.

—¿Lo mataron allí? ¿Es eso lo que me está diciendo? —Kenyon estaba siendo evasivo y eso me molestaba—. ¿Me llamó aquí para contarme sólo medias verdades?

Fue arrogante decir algo así, pero aún no había hecho las paces ni con él ni conmigo misma por traicionar a Mando. La culpabilidad se había instalado en algún lugar de mi subconsciente, pero también le veía en los ojos que a él le ocurría lo mismo.

—No, no lo mataron allí. —Miró el cuchillo que había en la bolsa de plástico—. Perdió muchos líquidos antes de morir.

—¿No es eso lo que le ocurre a la gente cuando muere? ¿O me está diciendo que Mando perdió mucha sangre?

—No, no fue sangre lo que perdió. El forense dice que la piel de Mando mostraba signos de deshidratación. —Kenyon levantó la bolsa de plástico; señaló la hoja y la punta del cuchillo y añadió—: Fue rápido. Dentro y fuera en unos segundos. La hemorragia fue sobre todo interna. —Enumeró los hechos casi de forma clínica. Luego, todavía en tono frío, preguntó—: Ahora bien, ¿por qué no se llevó el cuchillo?

—El asesino . . . parece saber lo que está haciendo —comenté en bajo—. No se equivoca, no deja rastros. Sólo los que quiere que notemos.

Más que intentar comunicarme con Kenyon, estaba pensando en alto, pero me oyó y me miró con una sonrisa medio divertida, medio irónica.

—Lo atraparemos —aseguró haciendo hincapié en el plural inclusivo al señalarme primero a mí y luego a sí mismo.

Aunque sintiera remordimientos por haber abusado de mi confianza la noche anterior, me imaginé que siempre podía justificar sus actos poniendo su trabajo como excusa. Yo, por mi parte, no tenía manera de disculpar mi comportamiento: no tenía ni a un dios ni a un diablo al que culpar. Con todo, dado que no tenía forma de saber lo que sentía, ignoré su comentario y proseguí:

—Sabemos que tanto el pequeño Michael como Mando fueron asesinados probablemente en algún lugar que no es la calle Marigold, donde los encontramos. —Kenyon asintió y yo seguí—: El asesino parece un hombre diestro en el uso de las armas, con conocimientos de la zona y las actividades de la pandilla de los Santos. También existe la posibilidad de que haya planeado esto hace mucho tiempo, y que esperara sólo el momento adecuado. ¿Y qué mejor oportunidad que cuando los Cisneros vinieron a la ciudad a participar en la marcha? Aún así, él no podría haber imaginado que la manifestación se tornaría en un disturbio, pero como la marcha se había planeado con anticipación, debía de estar al corriente de los preparativos, y quizá incluso tenía alguna información interna sobre la movilización de la policía.

—¡Interesante! —intervino Luisa.

Agradecí su interrupción.

Es extraño cómo evitamos que algunas ideas y sentimientos salgan a la luz, y de pronto decimos algo, incluso aunque sea en un susurro, y el peso de lo que acabamos de expresar cae sobre nuestra conciencia como una roca en un estanque tranquilo. En todo ese tiempo no me había parado a pensar en las distintas posibilidades. ¿Qué tipo de gente tendría la información interna que se requería para ejecutar un plan elaborado con tal precisión? ¿Alguien que controlara la zona, como un cartero o un mensajero? Sin embargo, alguien así no tendría necesariamente por qué saber cómo usar armas o estar al tanto de la futura movilización policial. ¿Podía ser que Mando hubiera estado tratando de proteger a otro miembro de los Santos? Un periódico también tendría acceso a esa información. Hasta donde yo sabía, sólo había un periodista que hubiera cubierto la Moratoria para el *L.A. Times*, pero había otros periódicos. Tendría que preguntarle a Joel si sabía de algún otro reportero. Dado que casi toda la policía urbana y los ayudantes del sheriff del condado de Los Ángeles reunían las condiciones que acababa de mencionar, me sorprendí pensando en lo que Joel había dicho el día anterior: que lo más lógico era tomar a los policías como sospechosos. Y allí estaba yo, confiándole mis pensamientos más profundos a uno de ellos. El corazón se me puso a mil.

Kenyon apoyaba el rostro en las manos, que mantenía dobladas. Levantó ambos índices, como si con ello tratara de evitar que se le escaparan los sentimientos y pensamientos por la boca, que tenía medio abierta. En su gesto no se traslucía ni un rastro de ironía. Aún así, no se lo veía absorto, sino que había oído cada palabra que yo había dicho. Y yo sólo deseaba que no supiera leer la mente también. Ya me había traicionado y, a través de mí, a Mando. No obstante, mi instinto me indicaba que Kenyon era de fiar, que no podía tener nada que ver ni por asomo con los asesinatos de un niño y un joven.

Llegó el momento de interrumpir mi soliloquio.

—¿Podría el asesino ser un soldado? —pregunté en un intento de guiar la conversación lejos de la posibilidad de la complicidad policial. El rostro oscuro que había contemplado en mi visión hacía apenas unos minutos también parecía grasiento, como el de un guerrillero que tratara de camuflarse—. Eso es un cuchillo de trinchera, ¿no?

Kenyon me miró a mí y luego al arma. Sonrió.

—Muy impresionante, Gloria. Muy impresionante.

Sonreí y me sonrojé al mismo tiempo, y respondí:

—He visto suficientes películas bélicas como para reconocer uno. Así que ¿no cree que pueda ser un soldado?

—Es posible —reconoció tras asentir—. Puede que ya no lo sea, pero este hombre, el que ha matado a Mando, probablemente contaba con algún tipo de entrenamiento militar.

—¿Está diciendo que la persona que mató a Mando puede no ser la misma que acabó con la vida del pequeño Michael? —inquirí y, consciente de que Kenyon podía dar por terminada la conversación en cualquier momento, añadí—: Tendría sentido. Después de todo,

Mando era el único que había visto al asesino, pero . . . —Me di cuenta de que Kenyon y yo seguíamos topándonos con el mismo obstáculo—, aunque no sabemos por qué, sí sabemos que al pequeño Michael lo drogaron y lo estrangularon. Mando, por su parte, murió porque podía identificar al asesino del niño, pero lo mataron de modo bien distinto.

—Salvo que . . . —Kenyon alzó la vista.

—¿Salvo qué? —preguntó Luisa irritada, tras agarrárseme del brazo—. ¿Salvo que haya . . . dos asesinos? —Incapaz de controlar su excitación, contuvo un grito y volvió a preguntar—: ¿De verdad piensan que hay dos asesinos?

—Puede que haya más de un brazo ejecutor, pero es probable que esto lo haya planeado una única cabeza —explicó Kenyon.

—¿Una conspiración? —A Luisa se le abrieron los ojos como platos.

—No estoy segura de que sea una conspiración —intervine—, pero si hay dos asesinos, entonces . . .

No tenía ninguna intención de meternos en apuros, así que me interrumpí a mitad de pensamiento. Kenyon iba a tener que contarnos por qué nos había invitado a ir a su despacho. Era un hombre inteligente y un buen poli. Seguramente no le hacía falta nuestra ayuda para resolver estos dos asesinatos. Así que lo más probable era que necesitara alguna información que creía que teníamos o esperaba que tuviéramos.

Convencida de que estaba en lo cierto, comenté:

—Creo que ya es hora de que nos diga por qué nos hizo venir hasta aquí en plena madrugada. Podría haberme informado de la muerte de Mando por teléfono. Y no nos trajo hasta aquí sólo para que le echemos una mano con la lluvia de ideas.

Me dedicó una mirada fugaz. Luego, abrió su libro de notas y nos dijo:

—Quiero que me cuente lo que le dijo Mando, palabra por palabra.

—¿Se refiere a lo que dijo anoche? —quiso saber Luisa para aclararse sobre el tipo de información que buscaba Kenyon.

—Y en cualquier otro momento. Vuelvan al sábado, a la primera vez que Mando habló con ustedes. —Nos miró a las dos—. No piense tanto, Gloria. Limítese a hablar. Si se olvida de algo —me indicó—, ella puede completar lo que falta —añadió tras asentir en la dirección de Luisa.

—Luisa, ¿por qué no le cuentas tú lo que pasó el sábado? —le rogué.

Durante los siguientes diez minutos, Luisa relató todo lo que recordaba: desde el momento en que vimos por primera vez al pequeño Michael tirado en la acera hasta cuando Joel y yo volvimos de la casa de los Galeano. Luego yo conté detalladamente la conversación que había tenido con los Galeano, y cómo Joel había tratado de disuadirme para que no llamara a la policía. También describí mi experiencia con la comisaría cuando había llamado para denunciar la muerte.

Observé la reacción de Kenyon ante el relato de la advertencia de Joel sobre la policía, pero no mostró señal alguna ni de sorpresa ni de enfado. Con la cabeza gacha, escuchó todo con mucha atención y se limitó a escribir mientras hablábamos.

—Dice que Galeano se ofreció para ir con usted a tomar fotos, ¿no? ¿Dónde están?

—No lo sé. No creo que Joel haya revelado el rollo, o nos las habría enseñado ayer. Estuvimos en su casa.

—¿Fueron a su casa antes o después del encuentro con Mando?

—Antes.

Anotó la pregunta y la respuesta, y dio unos golpecitos con el lápiz en el cuaderno.

—¿Sabía usted que se toparía con Mando en la iglesia de San Agustín?

—Supongo que imaginé que estaría allí. Tenía la sensación de que estaba siguiéndome.

—¿De que alguien estaba siguiéndola o de que estaba siguiéndola él? —Alzó la vista.

—De que él, Mando, estaba siguiéndome. —Me ruboricé y la cara me subió de temperatura—. No me pregunte por qué lo sabía. Lo sabía, punto.

—¿Había alguien más que supiera que él estaba siguiéndola? ¿Se lo contó a alguien además de aquí a Watson? —señaló a Luisa con el lápiz sin dejar de sonreír.

—No creo que nadie más lo supiera —le aseguré. Contuve una sonrisa y añadí—: Ni siquiera Watson aquí presente sabía que Mando me seguía.

Kenyon le sonrió con ironía a Luisa y ella le correspondió. La poeta y el detective de homicidios. En mi imaginación empezó a tomar forma una fantasía, que enseguida deseché. Tras abandonar mi breve ensoñación, me fijé en que Luisa me miraba divertida, como si pudiera leerme la mente. Aunque quizá sólo fuera la forma en que dos buenas amigas que se conocen desde hace mucho tiempo aprenden a interpretarse mutuamente los gestos y las actitudes.

Al reflexionar sobre mi amistad con Luisa, me di cuenta de que no sabía nada sobre Mando. ¿Tenía hermanos? ¿Había alguien que lo conociera bien? ¿Confiaba en alguien? ¿Había querido que yo fuera su amiga? Estos pensamientos y emociones fueron entrelazándoseme rápidamente en nudos alrededor de la consciencia, y empecé a sentirme fatal.

Kenyon se aclaró la garganta, y agradecí la interrupción.

—Bueno, Gloria, hábleme del domingo.

Le conté nuestra conversación con Otilia sobre Lillian, la reunión en casa de los Galeano, mi encuentro con Mando y mi sospecha de que alguien más había estado espiándome desde la rectoría.

—No fuimos capaces de descubrir si había alguien más —señaló Kenyon. El padre Mendoza era el único sacerdote en la iglesia que había en ese momento, y, como ya dijo usted, se encontraba en el confesionario. —Negó con la cabeza—. El padre se había olvidado de cerrar con llave la puerta exterior de la rectoría antes de ir a confesar, así que cualquiera, incluso uno de los niños del vecindario, podría haber entrado sin que nadie lo viera. —Se quedó un rato en silencio.

Dudé de que Kenyon creyera realmente que uno de los niños había entrado en la rectoría, pero él tenía que explorar toda posibilidad antes de dar paso alguno. "¿Jugaría al ajedrez, como Darío?", me pregunté. Darío era uno de los hombres más amables que conocía, pero se convertía en el conde Drácula cuando atacaba en el tablero de ajedrez. Yo no estaba a la altura. Seguramente mi marido y Kenyon jugarían bien juntos.

Entonces Kenyon le pidió a Luisa que le contara qué había pasado en casa de los Galeano después de que yo me marché a la iglesia.

Luisa tenía muy poco que contar dado que Joel se había ido, seguido de algunos de sus invitados, poco después de que yo lo hiciera.

—¿Así que la mayoría de la gente se retiró justo después de que Gloria se fue a la iglesia? —quiso aclarar. Luisa lo confirmó. Luego él miró un papel que tenía sobre la mesa—. ¿Y Joel salió con los otros o antes que ellos? ¿Llevaba la cámara consigo?

—Se preparó para irse antes que los demás, pero al final casi todo el mundo se marchó al mismo tiempo. Y sí, llevaba la cámara. Luisa se volvió hacia mí. Kenyon ignoró la mirada que cruzamos ella y yo. Yo me preparaba para preguntarle a qué venía todo aquello, pero me miró y se adelantó:

—Y ahora cuénteme el encuentro nocturno con Mando.

Francamente, no comprendía por qué nos hacía todas aquellas preguntas.

—Usted estaba allí —reaccioné enfadada—, díganoslo.

Si bien respetaba su inteligencia, y mi intuición me decía que no nos daría la espalda, Luisa y yo no podíamos permitirnos no estar a la defensiva. Por segunda vez en dos días me pregunté por qué me había implicado en aquella investigación. Con todo, casi de inmediato, di con una respuesta para mi propia pregunta, al recordar a Mando mirar el cuerpo del pequeño Michael antes de pasarme el recorte. Los asesinatos de Mando y del niño eran más reales que nunca, y su recuerdo me devolvió la urgencia por dotar de sentido todo lo que había sucedido desde el sábado. Era demasiado tarde para empezar a poner en duda mi implicación.

—¿Qué quiere saber? —pregunté.

—Dígame sólo qué le dijo —pidió Kenyon.

—Me preguntó que por qué lo había llevado a usted. No sé por qué sabía que se trataba de usted. Tenía ese . . . sexto sentido para oler a los polis.

—¿Se refirió a mí por mi nombre? —quiso saber, con lo que me hizo preguntarme si se conocían.

Le dije que Mando no había mencionado ni su nombre ni el de nadie.

—¿Debo suponer que se conocían personalmente? —inquirí.

Kenyon negó con la cabeza y se golpeó levemente los labios con el índice.

—¿Puede ser que Mando se refiriera a otra persona, y que usted asumió que se trataba de mí porque usted ya me había visto? ¿Podría estar hablando de Joel o de otra persona?

—¿Joel? —Luisa casi gritó—. ¿Qué es lo que está diciendo, que Joel tiene algo que ver con los asesinatos? ¡Sí que tiene bríos!

Kenyon se mantuvo impasible.

—Mi compañero, Jim McGuire, y yo vimos a Galeano varias veces cuando seguíamos a Mando.

—Sería una coincidencia —rebatió Luisa—; eso es todo.

—Puede ser, pero mi compañero vio a Galeano meterse en su carro después de que Mando se marchara. —Arqueó las cejas—. McGuire no vio a Mando, pero sabemos con seguridad que Galeano estuvo en el colegio anoche. Yo tampoco vi a Mando, pero le tomo a usted la palabra de que estaba allí.

—Pero, ¿por qué? —insistió Luisa—. ¿Por qué demonios querría Joel matar a Mando? —Se limpió un sudor invisible de la frente—. Es que sencillamente no tiene ningún sentido.

—Una venganza, posiblemente —se aventuró Kenyon, pero sus ojos dejaban ver una gran incertidumbre—. Mi colega me contó que hace un par de años a un compañero de la marina de Galeano, un veterano de Vietnam como él, lo atacaron, y acabó en el hospital herido de gravedad —se detuvo—. Yo recordaba el caso vagamente. Sabemos que su compañero estaba de visita en el Este de Los Ángeles, y también que Galeano no estaba con él aquel día. Galeano estaba empeñado en que había sido un miembro de los Santos quien había atacado a su amigo, aunque la descripción que la víctima hizo del atacante no coincidía con el aspecto de los Santos. Desde entonces, Galeano libra una cruzada contra las pandillas. Dirige su rabia hacia todas en general y a la de los Santos en particular.

—¿Y usted cree que las pandillas son tan malas? —le preguntó Luisa.

—No importa lo que yo crea, ¿no?

Ya había empezado a darme cuenta de que cuando le preguntaba qué opinaba de algo a título personal Kenyon siempre respondía con otra pregunta. Sospechaba que la mitad de esas veces su opinión no coincidía con la de las políticas o las prácticas propias de las comisarías.

Tras contestar a Luisa, Kenyon volvió a mirarme. Yo no dije nada, aunque estaba pensando que Mando había desconfiado de Joel desde el principio. Casi podía oír su voz con la misma claridad con la que la había oído cuando estaba de pie a mi lado en la iglesia: "No traigas a este otro vato", me había dicho.

En un esfuerzo por adivinar si Kenyon tenía razón al sospechar de Joel, empecé a atar cabos con lo que sabía sobre él. Joel era zurdo. Había servido como marino en Vietnam. Ahora trabajaba de fotógrafo y reportero. Era conocido en el barrio, donde había estado involucrado en los preparativos de la manifestación. Por último, tenía manía a los Santos. No estaba segura de si las dificultades del momento con Reyna y su madre encajaban en aquella escena, pero presentía que había algo muy malo en todo aquello.

Vi adónde iba Kenyon con la claridad con que la luz del sol penetraba ya por la ventana de su despacho. La lógica que subyacía a su sospecha liberó mi corazón. Al intentar desechar la posibilidad de que Joel hubiera asesinado a Mando, negué con la cabeza, pero en mi interior compartía las dudas de Kenyon. Me vi siguiendo cada movimiento del detective en mi mente en una especie de partido frenético, y envidié su capacidad para distanciarse del asunto, y su objetividad. Para él, se trataba de un rompecabezas o un juego de deducción y estrategia. Daba por supuestas sus preocupaciones personales y morales, pues en la solución de un delito, siempre se servía a la justicia de alguna manera, y siempre prevalecía el bien. Con todo, el bien, como la justicia, no era más que un concepto relativo que dependía de quién lo interpretara o administrara. Otra cosa no, pero a mis veintitrés años, eso ya lo había aprendido.

Como me sentía confusa sobre qué camino tomar, empecé a preguntarme si no debería trazar una línea allí mismo y renunciar a ser parte de la investigación, pero mi vida ya se había mezclado con las muertes de Michael David y Mando, y con la existencia de muchos otros que se veían directa o indirectamente afectados por sus muertes. Reyna y sus hijos acababan de añadirse a esa lista.

A pesar de todo, mientras me decía a mí misma que las pruebas contra Joel eran circunstanciales, puras conjeturas, me levanté para irme. Me pasó por la mente pedirle a Kenyon que me dejara ver el cadáver de Mando, pero decidí no hacerlo. No contemplarlo muerto me permitiría, al menos temporalmente, mantenerlo vivo en mi mente. Dejé la puerta abierta para Luisa y salí del despacho de Kenyon. Ya había recorrido la mitad de la estancia, cuando me di cuenta de que ella no me seguía, así que esperé unos minutos hasta que me alcanzó.

—Oye, Gloria, Kenyon está muy preocupado por nosotras; sobre todo por ti. Y a mí también me preocupas, ¿sabes? —Luisa me apretó el brazo—. A lo mejor deberías volverte a Oakland. Hoy. Ahora. Inmediatamente. Kenyon no te lo impedirá.

Muy consciente de que Luisa y yo estábamos en peligro, no fingí que no deberíamos estar preocupadas. El asesino del pequeño Michael no sabría que Mando no había tenido tiempo de darnos los detalles sobre él. Tener que pasar el resto de mis días fijándome en si alguien me acechaba no se correspondía con mi idea de vida, así que sabía que, pese al miedo, no descansaría hasta descubrir quién había matado al pequeño Michael y a Mando, así como las razones que había tras sus muertes. ¿Podía hacerlo sola, o necesitaría la ayuda de alguien como Kenyon? Esa era la cuestión que tenía que resolver antes de decidir qué paso dar.

Ya sabía que algo en mi psicología había cambiado. Aquel era el tercero y más negro de todos los oscuros dones. Seguro que no era uno exactamente, ya lo sabía. ¿Qué tenían de bueno las visiones si no había forma de descodificarlas? ¿Si su eficacia como herramientas para atrapar al asesino era nula?

Luisa interrumpió mis pensamientos:

—No sé qué vas a hacer, Gloria —empezó—, pero a lo mejor es buena idea que hables con un abogado antes de hacer nada. No te lo he dicho antes porque no sabía que era importante, pero Frank Olivar quiere hablar contigo sobre la muerte del pequeño Michael.

—¿Quién es Frank Olivar?

—Es un reportero del periódico *La Causa Chicana*, y un amigo de Zeta Acosta, el abogado —explicó—. Ambos estaban en casa de Joel ayer.

—No conocí a ninguno de los dos. ¿Y qué quiere ese Olivar?

—Frank Olivar y Zeta Acosta pensaron al principio que la policía había tenido algo que ver con la muerte del pequeño Michael. Les dije lo que habíamos visto cuando encontramos el cuerpo.

De repente Luisa empezó a hablar más despacio y respiró largamente, con lo que caí en la cuenta de lo cansada y asustada que había estado ella también. Le pasé el brazo por el hombro para mostrarle mi apoyo y mi preocupación. Al cabo de un rato, empezó a relajarse.

—A ver, entonces ¿Olivar y Zeta Acosta creen que la policía está implicada en los asesinatos o no? —le pregunté.

—No lo tienen claro. Quiero decir, al pequeño Michael lo drogaron y luego lo estrangularon, y tenía aquella . . . aquella caca en la boca. No creen que sea la forma de actuar de los policías. Tal y como ellos lo ven, más bien habrían hecho que pareciera un accidente. Si no hay jaleo, no hay agobios. —Luisa se encogió de hombros—. Se me ocurrió que Zeta Acosta podría asesorarte, o a lo mejor decirte lo que puedes hacer sobre todo esto.

—Lo voy a llamar —le aseguré para tratar de calmarla. Había entrado en el caso por una trampilla de la psique, y podría llevarme años encontrar la salida de aquel mundo de tinieblas hasta llegar a la verdad. Consciente de que no podría descubrirla sin la ayuda de Kenyon, y de que tanto la seguridad de Luisa como la mía dependían de mis acciones, decidí volver a su despacho para preguntarle qué iba a hacer con Joel.

Le pedí a Luisa que me esperara en el carro mientras tanto. Él parecía no haber movido ni un músculo desde que nos habíamos marchado. Estaba mirando a la puerta directamente, con la barbilla aún apoyada en las manos dobladas, pero yo sabía que me estaba esperando.

—¿Y por qué no citar a Joel para interrogarlo? —pregunté.

—No hay suficientes pruebas materiales para obtener una orden de citación. Quedaría libre en apenas unas horas. Y si es parte de la conspiración y lo alertamos, el asesino del chico estará también alerta, y entonces puede que no lo atrapemos nunca. Ahora bien, si alguien cercano a Galeano, alguien de quien no sospeche, le tiende una trampa, puede que podamos atrapar dos pájaros . . .

El plan de Kenyon tenía sentido, incluso aunque yo siguiera negándome a creer que Joel era culpable.

—¿Y esa persona soy yo, verdad? —pregunté.

—Si está de acuerdo, la recogeré en casa de su amiga dentro de un par de horas. —Miró el reloj—. Es decir, a las 10:30. —Me lanzó una mirada fugaz—. Pero tiene que estar absolutamente segura de que quiere hacerlo.

—Sí —respondí. "Reina negra alfil blanco tres", pensé, y añadí—: Y usted tiene que prometerme que le dará a Joel el beneficio de la duda: es inocente hasta que se demuestre lo contrario.

Sospechaba que Kenyon mentiría y accedería a cualquier cosa que yo le pidiera, y que yo no sería capaz de discernir si decía la verdad o no, pero, ¿y si Kenyon estaba en lo cierto y Joel había matado a Mando? ¿Era inteligente por mi parte ignorar aquella posibilidad? Sentía que no tenía más opción que ponerme al cuidado del detective. Si él estaba tomando el camino correcto, mi vida también dependía de lo fría y eficazmente que pudiera yo jugar a aquel juego. Y no albergaba ninguna intención de perder la partida.

OCHO

Barrizales y mariposas

Luisa se marchó corriendo a trabajar, pero no sin antes volver a rogarme que considerara cuidadosamente las consecuencias personales y políticas de lo que iba a hacer. Mientras me tomaba el café, pensé en ellas al tiempo que veía una mariposa tardía salir lentamente de su capullo y esconderse bajo la hoja destrozada de un mastuerzo que había plantado en un tiesto de la ventana de la cocina.

Movida por el puro instinto, una oruga verde y hambrienta había devorado hasta hacía poco las hojas de aquellas ramas retorcidas y esbeltas, ignorante ante la vida de belleza efímera que iba a vivir después de su fase de crisálida. Y en ese momento, pensé: ajena a sus instintos terrenales como oruga, la mariposa emergía, lista para libar el néctar de las flores y hacerle compañía al viento.

Mientras mi abuela, mami Julia, era incapaz de concebir acabar con la vida de una mariposa, recuerdo que no tenía ningún reparo en aplastar a la oruga y salvar, así, sus plantas.

—A mí me parece un gusano verde —replicaba cuando le recordaba yo que matar a una oruga era lo mismo que exterminar a una mariposa.

¡Qué sencillo era decidir para mi abuela y qué negra o blanca era la cuestión moral que informaba su elección! Por el contrario, el dilema en que me encontraba yo carecía de fácil solución.

En el verano de 1970 todo lo que cualquiera de nosotros hacíamos tenía que considerarse teniendo en cuenta el impacto político para la comunidad chicana. Así que Luisa y yo apoyábamos la norma no escrita que prohibía a los chicanos salir a la luz con cualquier asunto que pudiera usarse para justificar la discriminación hacia nosotros.

En cierto modo, me daba cuenta de que nuestro movimiento en pro de la igualdad racial y la autodeterminación no era distinto a los que había, similares, en otras partes del mundo, pero nosotros éramos un pueblo dentro de una nación. Nuestro comportamiento estaba constantemente bajo escrutinio; nuestra cultura seguía sitiada sin descanso. Atrapadas entre ideologías políticas cuyos fines y medios eran diametralmente opuestos, como la mayoría de la gente de nuestra generación, Luisa y yo caminábamos sobre un barrizal de conciencia. A cada paso, los pros y los contras de la lucha armada o pacífica se hacían sentir con todo su peso sobre nosotras. Si bien rechazábamos la noción radical de que todo chicano que había en la cárcel era un prisionero político, aceptábamos como nuestro derecho y nuestra responsabilidad la función de asegurar que la justicia se administraba igualmente a todo el mundo.

Durante años, había deambulado con una rabia irresuelta que se mantenía en un delicado equilibrio con la esperanza que vivía en mi corazón de que algún día nuestra condición sociopolítica mejoraría. Sin embargo, cuando descubrí el cuerpo del pequeño Michael durante el enfrentamiento más violento que había presenciado, el equilibrio se vio alterado; el orden, frágil, se había quebrado.

Llevada por la frustración, sentí que no había otra forma de actuar que la de servir como cebo para atraer a Joel a la luz. Para tratar de racionalizar mi decisión, me dije a mí misma que su inocencia quedaría probada también de esa manera. Kenyon contaba tan sólo con pruebas circunstanciales para sustentar su acusación. Era verdad que Joel era un soldado entrenado que conocía el barrio y también los movimientos de las pandillas, pero no tenía ningún móvil aparentemente fuerte como para matar. ¿Habría cercenado Joel la vida de Mando sólo porque su amigo de la guerra había sido atacado por el miembro de una pandilla? Por otro lado, ¿por qué él, que parecía tan entregado al movimiento, habría accedido a participar en una acción tan deplorable? ¿Habría matado a alguien más a sangre fría? Si las sospechas de Kenyon eran acertadas, ¿qué le habrían prometido para que accediera a cometer actos tan abyectos? ¿Y qué había de la persona que podría haberlo incitado a hacerlo? ¿Quién era? ¿Qué lo movía? ¿Cómo se habían conocido? Si el móvil de Joel había sido el dinero, lo que, dada su precariedad financiera, siempre era un gran incentivo, entonces la persona que quería al pequeño Michael muerto debía de tener acceso a unos recursos superiores a los de la mayoría de nosotros. Y aún así, me preguntaba . . . ¿por qué querría alguien matar a Michael David Cisneros?

En parte, me daba cuenta de que estaba deseando llevar a cabo el plan de Kenyon por mi incesante deseo de descubrir las respuestas a aquellas preguntas. Dado que no contaba con fuentes a mi disposición, ni habilidades ni refuerzos para dar con la solución por mí misma, debía seguirlo. Si intentaba investigar, y si Joel era en verdad el asesino de Mando y sospechaba lo que yo estaba haciendo, seguramente querría eliminarme, ¡y a Luisa también! Si me equivocaba sobre él, quedaría avergonzada políticamente y perdería la confianza de la mayoría de nuestra gente. ¿Qué sería peor, vivir con la vergüenza o morir con mi reputación política impoluta? No pude evitar reírme ante lo absurdo de mis cuitas.

—Kenyon no puede obligarme a hacer algo que no quiero. Y yo siempre puedo cambiar de idea en el último momento —pronuncié en voz alta.

Al instante me sentí mejor, aunque pensar en Kenyon me había provocado otra serie de preguntas sobre su forma de actuar. ¿Por qué me había dejado, siendo externa, implicarme? ¿Actuaba por su cuenta, por rabia quizá? ¿Cómo tenía pensado garantizar mi seguridad? ¿Qué sería de Tania si algo me ocurriera?

¿Y Darío? Cuando había dejado ver que yo le gustaba, hacía cinco años, la mayoría de sus amigos le había aconsejado que se mantuviera alejado de mí. Yo era agradable a la vista, aunque no guapa; y demasiado joven, demasiado intensa, demasiado inteligente y demasiado independiente. Todos, pecados capitales. El nacionalismo y el feminismo chicano no caminaron de la mano ni antes ni durante el verano de 1970. Sin embargo, Darío no había escuchado a ninguno de esos que tanto bien deseaban para él allá en 1965. Y, con el tiempo, casi todos ellos aprendieron a aceptarme.

¿Qué pensaría mi marido de todo aquello? A lo mejor esta vez no le parecería bien. Aunque la ansiedad iba creciendo en mi interior, de modo que me aumentaban las ganas de llamarlo por teléfono a Oakland, o a buscar el consejo de Zeta Acosta, yo resistía, dispuesta a enfrentarme a la vergüenza si hiciera falta. Hasta entonces, no había tenido la intención de dejar que nadie supiera lo que iba a hacer. En lugar de llamar a Oakland, busqué una guía telefónica y en ella, el número de teléfono de Otilia Juárez. Por suerte, estaba allí, y lo marqué.

Contestó enseguida:

—¡Ah, Gloria! Me alegro de que me llames. Iba a ponerme en contacto con el detective Kenyon para que me diera tu teléfono. ¿Cómo estás?

—Yo, bien. ¿Y cómo están por ahí? —Me sentía impaciente por saber por qué quería llamarme, pero también quería enterarme de cómo se encontraban Lillian y Michael.

—Un poquito mejor, hoy. Estábamos tomando un café esta mañana cuando Bárbara, una vieja amiga de Lillian, pasó a vernos. No sé de qué hablaron, pero Lilly lloró mucho rato. Michael y yo nos sentimos muy aliviados de verla rendirse a sus sentimientos. Estamos muy agradecidos con Bárbara.

—Es una buena señal —reconocí mientras tragaba saliva para deshacer el nudo que se me estaba formando en la garganta—. ¿Cómo está Michael?

—Pues también estuve muy preocupada por él. Finge, por nuestro bien, estoy segura, pero anoche pasó mucho tiempo fuera en el jardín, y tenía los ojos rojos cuando volvió a entrar.

—Siempre es mejor expresar lo que se siente. Me alegro mucho de que te tenga cerca, sobre todo porque sus padres ya han fallecido y su hermano sigue fuera.

—Quiero mucho a Michael, pero me gustaría tanto que Paul estuviera aquí para que pudiera hablar con la policía y aliviar la carga que Michael lleva encima.

—¿Volverá pronto?

—Llega a San Francisco mañana por la tarde. Estaba de vacaciones en el sur de Alemania, en Baviera, creo, antes de volver a los Estados Unidos. Sus socios empresarios de allí no pudieron ponerse en contacto con él hasta ayer, pero llegará a Oakland a tiempo para asistir al funeral el jueves.

—¿Eso significa que todos se van a la zona de la bahía pronto?

—Sí, nos vamos el miércoles. Mi pequeño Michael está en el tanatorio y lo están preparando para el velorio. Esta tarde celebraremos una misa por él. Sólo hemos invitado a parientes y algunos amigos cercanos. Es que no hay mucha familia que pueda asistir al funeral en Oakland, ¿sabes? Me gustaría que Luisa y tú nos acompañaran si pueden. Estamos muy agradecidos con ustedes. Ambas han sido amables y comprensivas con nosotros, y han ayudado mucho a la policía.

—Nos gustaría mucho presentar nuestros respetos. ¿Dónde será la misa?

—Es a las seis en la iglesia de San Agustín. Allí las veo.

Otilia colgó antes de que pudiera preguntarle nada más, pero, sin saberlo, me había dado una razón más para ayudar a Kenyon. Después de llamar a Luisa para confirmar que ella también podría asistir al servicio, me di cuenta de que mi manera de concebir el tiempo había cambiado, y que ahora medía su paso por el número de horas o minutos o segundos hasta el siguiente giro de aquel extraño caso. Al cabo de media hora Kenyon me pasaría a buscar y me informaría sobre su plan para tender la trampa, pero para la misa de la tarde quedaban aún ocho horas, y me estremecí al considerar que era posible que no pudiera llegar a San Agustín. Al pensar en el dolor de Lillian cerré los ojos. Sus palabras "Qué he hecho . . . Este es mi estanque de lágrimas" se agitaron suavemente en la quietud de mi mente para hundirse luego en una melodía sentida que había oído antes, pero que no lograba identificar en aquel momento. Visualicé el perfil de Lillian en mi mente, y entonces la canción se interrumpió. Cuando abrí los ojos me temblaban las manos.

NUEVE

Barrizales y espejos

Después de bañarme y de vestirme, me observé el rostro en el espejo y elegí la sombra de ojos que mejor combinaba con la blusa azul que llevaba. "Muerta, pero presentable", pensé mientras me reía de mi propia incongruencia al oír el timbre. Matthew Kenyon y una policía uniformada me sonrieron cuando miré por la rendija al entreabrir la puerta todo lo que la cadena de seguridad permitía.

La agente, Anne Louise Morgan, según el nombre que se leía en la placa, sacó una pequeña grabadora, un micrófono y algunos cables para conectar un aparato con el otro.

—¿Es esto todo lo que puede hacer por una chicana?

Sabía que había lanzado una pregunta retórica, una base para evitar sobrecargar los circuitos de pánico en mi mente.

—Lo mejor de lo mejor —intervino Kenyon en un intento por resultar jocoso—, sólo para mujeres chicano.

—Creo que será mejor que empiece con una lección ahora mismo. Tiene que decir chicanas, con "a", cuando habla de nosotras, mujeres. ¿De acuerdo?

Kenyon asintió, cargó con una silla desde la cocina y se sentó a horcajadas en ella. La agente Morgan le cambió las pilas a la pequeña grabadora, sacó la cinta y la volvió a meter, y luego ajustó el volumen de la grabación. Parecía bastante hábil con los aparatos. Kenyon la observaba al revisar su lista de comprobación técnica, con una extraña mirada. Consciente de que la observaba, la mujer le correspondía de vez en cuando por el rabillo del ojo. En alguna ocasión, quizá no hacía mucho, había habido entre ellos algunos momentos íntimos compartidos, o al menos el deseo de que los hubiera.

—¿Puedo preguntarle algo personal? —Mi pregunta lo dejó sorprendido, y yo me reí—. ¿Por qué me deja hacerlo? No sé mucho sobre quién es quién en la comisaría de Los Ángeles, pero ¿está seguro de que no me va a meter en un lío?

—Estaré en un lío mayor si no hago esto. —Le lanzó una mirada a la agente Morgan, y ella le sonrió—. No se preocupe. Puede estar segura de que la protegeré.

—No empiece a hablarme con acertijos —respondí antes de añadir—: ¿Y qué piensa su compañero de trabajo de todo esto? ¿Debería pasarme por alguna oficina de asesoramiento legal local?

A Kenyon no le hizo gracia el comentario a pesar de que yo había sonreído al decirlo.

—Digamos que estoy más allá del castigo. Eso significa que todo vale —dijo con seriedad.

Parecía inútil intentar dotar de sentido el comentario, pues era evidente que a él no le apetecía discutir sobre si gozaba o no de la autoridad de involucrarme en la investigación. Empecé a sentirme incómoda, pero me recordé a mí misma que podía cambiar de idea en cualquier momento.

La agente Morgan me pidió que la siguiera al dormitorio y que le enseñara el resto de mi ropa. Tenía que quitarme la blusa azul, me dijo: me quedaba demasiado ajustada en la cintura. Iban a pegarme la pequeña grabadora a la espalda, y el micrófono iría debajo del brasier. En su lugar, escogió una camisa de manga larga color lavanda y un chaleco ligero que podría ponerme por fuera de los jeans. El atuendo camuflaba bien la presencia de los aparatos. Aquel lunes era otro día de calor en Los Ángeles, y ya me veía sudando: "piensa en algo fresco", me dije, pero ya me sudaban las manos, así que me las limpié en la blusa.

La agente Morgan me hizo sentarme en la cama a su lado.

—Escuche, no tiene por qué hacer esto si no quiere —me recordó con unas palmadas en la mano.

—Es tan duro —contesté—. Un minuto estoy lista para ir, y al siguiente . . . Quiero hacer lo correcto, pero siento que me están utilizando. —Me levanté y me apoyé en el armario, frente a ella—. Mire, agente Morgan, acaba de ver lo que ha pasado. Evitó contestar a mis preguntas . . .

—Llámeme Anne, por favor. Sé que quiere sentirse segura. —Sonrió, aunque su mirada era triste—. Todo lo que puedo decirle es que es un buen policía. Y con eso me refiero a que es compasivo, justo, honesto y un magnífico detective de homicidios. Uno de los mejores. No se lo pediría si no estuviera seguro de que Galeano está implicado.

Después de acceder a que continuara colocándome el equipo, Anne aseguró la grabadora en el lado izquierdo de la parte de abajo de la espalda de tal forma que yo pudiera manejar los botones. Grabar y escuchar estaban en el mismo, y eso lo hacía todo más fácil. Enrolló los cables finos, me los pegó por debajo del brasier y me colocó el pequeño micrófono bajo el pecho para que pudiera registrar cualquier sonido sin ser visto fácilmente.

—¿Por qué Kenyon . . . ?

Decir lo que me venía a la cabeza era algo que me gustaba de mí, pero los acontecimientos de los dos últimos días me habían vuelto más cautelosa, casi hasta la paranoia.

—¿Que por qué se toma todo esto tan en serio? —repitió ella para completar la frase—. No debería contarle esto, pero puede que este sea su último caso. Y está siendo el más difícil.

—¿Se va a jubilar pronto? No parece tan mayor. —De pronto me acordé del frasco con las pastillas que tomaba—. ¿Está enfermo? —pregunté con vacilación.

Anne no dijo una palabra, pero su rostro me reveló lo que tenía que saber.

—Está muriéndose —susurré—. Eso explica . . . —Todo empezó a cobrar sentido, y un buen número de coincidencias pasaron a convertirse en cadenas de acontecimientos relacionados, con todos nosotros como protagonistas. Quizá Luisa tuviera razón. El destino era el gran igualador de aquella situación—. Está bien —acepté mientras señalaba al equipo que había en la cama—, ¿por qué no acabamos de colocarme ese cable?

Además de la grabadora, también había un pequeño dispositivo que se parecía mucho al localizador que Darío tenía que llevar cuando estaba de guardia fuera del hospital. Anne me explicó que se trataba de un transmisor. Había que apretar el botón rojo dos veces para avisar, y una para pedir ayuda inmediata. Mi vida dependía de aquel botón rojo. Después de probarlo un par de veces, me metí el aparatito en el bolsillo de los pantalones.

Anne y yo volvimos a la sala. Como no habíamos oído ni un suspiro por su parte desde hacía media hora, yo pensaba que Kenyon se habría quedado dormido o que se habría marchado; pero seguía allí, sentado a horcajadas en la silla. Sus ojos traslucían tal angustia que me sobrecogió una oleada de ternura hacia él.

—Si sirve de algo —dije—, siento lo de anoche.

Las palabras resonaron contra la pared de mi memoria. La noche anterior pareció de pronto tan lejana . . .

—Yo también siento lo de Mando.

Me puso la mano en el hombro y me deseó buena suerte. Luego, Anne se marchó y Kenyon la acompañó al carro. Entonces yo tomé mi llavero, un billete de diez dólares y mi licencia de conducir, y me los metí en el bolsillo izquierdo del chaleco. Antes de salir, me miré al espejo. Salvo por algunos cambios raros, seguía siendo la oruga verde que había sido siempre, entrando en el barrizal con paso torpe e inseguro.

DIEZ

Mediodía en el infierno

Kenyon condujo por Whittier Boulevard hacia la ciudad. Al recorrer el bulevar aquella última mañana de agosto, era casi imposible creer que apenas dos días antes se había impuesto la violencia. Salvo por un par de escaparates cubiertos con tablas de madera, el resto parecía haber vuelto a la normalidad. Por primera vez, me di cuenta de lo resistente que es el espíritu humano, aunque no pude evitar preguntarme si en ocasiones esa misma cualidad era la que nos impedía erradicar la injusticia con mayor premura.

A poco más de kilómetro y medio de la calle, Kenyon giró a la derecha. Condujo por debajo de la autopista, y luego por una carretera no pavimentada donde había un par de edificios en ruinas. Uno era un almacén o algo así que mostraba signos de prolongado abandono. Tenía la mayoría de las ventanas hechas añicos; y los muros, cubiertos de hiedra muerta y grafitis.

A medida que nos acercábamos a aquellas estructuras sombrías, me sentía más nerviosa. Era como si una serie de emociones contradictorias trataran de resolver sus incoherencias en mis oídos, y a mí aquello me mareaba.

—Los mataron aquí, a Mando y al pequeño Michael, ¿verdad?

—Eso creo. Está muy aislado, pero muy próximo a la calle Marigold, como puede ver.

Kenyon salió del carro.

Las ansias por resolver todo me hicieron seguirlo sin dudar. La grabadora se me apretaba contra la espalda y me obligaba a ir muy erguida.

—El asesino de Mando debía de saber que los Santos vienen aquí a menudo. Este es uno de sus puntos de encuentro —explicó Kenyon.

—¿Y cómo sabe que los Santos se reúnen aquí?

—McGuire se lo preguntó a uno de sus colegas de la brigada de pandillas organizadas, que lo sabe todo de las del Este de Los Ángeles. Parece que los Santos se ven aquí. Casi seguro.

El olor a excremento me invadió las fosas nasales y dejé de escuchar a Kenyon. Tras mirar en derredor, incapaz de identificar nada que pudiera provocar aquel olor repugnante, pensé que provenía del archivo de mi recuerdo.

—¿Y qué hay de los signos de deshidratación en el cuerpo de Mando? Esto parece un almacén, no un baño de vapor, y si lo mataron aquí . . .

—Entre y verá. —Kenyon le dio una patada a la puerta—. La familia Preston de Pasadena es la propietaria del local, pero no lo usan desde hace años. Probablemente acabarán vendiéndolo. El viejo Preston era nuestra variedad local de genio, siempre inventando o adaptando una cosa o la otra. Hizo construir un horno de carbón para calentar agua y una pequeña turbina que funcionaba a partir del mismo principio que el motor de vapor en un tren. —Kenyon señaló un sitio que había junto a la puerta y luego al techo—. ¿Ve la tubería? Llevaba el vapor de agua hasta el invernadero. Al viejo Preston le encantaba cultivar plantas tropicales y necesitaba la humedad para recrear las condiciones naturales en que crecen.

—A mí me suena un poco excéntrico. ¿Y no podía haber usado un humidificador?

A Kenyon le entró la risa ante lo ridículo de mi comentario. Se acercó a la pared y examinó la tubería que había junto a la puerta.

—Parece como si alguien hubiera mantenido las tuberías. Están en condiciones bastante buenas. Probablemente hayan sido los Santos. Le echaré un vistazo a la turbina.

Atravesamos el almacén hasta el otro lado, donde había una puerta medio escondida que se abría a un enorme invernadero. Estaba hecho de madera, goma, azulejos, hierro y cristal. No obstante el aspecto endeble que ofrecía, la puerta era en verdad bastante sólida: estaba reforzada en ambos lados con tiras de acero sobre un forro de goma, rascada y desgastada junto a la perilla, tanto por dentro como por fuera, probablemente por el uso de un candado para mantenerla cerrada.

—Pues en realidad —comenté al mirar el resto de la estancia—, un humidificador vendría muy bien en una habitación así de grande. Enseguida me di cuenta de que había sido otro comentario estúpido.

—Tiene razón —coincidió Kenyon—. La verdad es que el motor de vapor era una especie de humidificador, sólo que más grande y más complejo.

Ya era hora de cambiar de tema, así que alabé:

—Parece que sabe mucho sobre este invernadero.

A Kenyon se le iluminó la cara.

—Me gusta la horticultura. Es una afición. Las orquídeas del viejo Preston eran famosas en toda California, sobre todo sus orquídeas epifíticas.

—¿Sus orquídeas epi-qué?

—Orquídeas que crecen en árboles de los bosques húmedos tropicales. —Sonrió al verme arquear las cejas, impresionada como estaba ante su lección de botánica—. Me leí los dos libros que escribió sobre el cultivo de plantas tropicales raras —prosiguió—. Odiaba el término "exóticas". Todo lo era en este mundo, solía decir; ni siquiera dos plantas del mismo género y especie se parecían en realidad. Todo dependía del punto de vista. En cualquier caso, yo conocía este invernadero por las descripciones de Preston en sus libros.

Kenyon parecía bastante animado; incluso su rostro, normalmente pálido, había adquirido cierto color. Recogió un palo largo del suelo, y, con él, se adentró en el invernadero.

—Y se le ocurrió que el asesino sabría que las reuniones de los Santos tenían lugar aquí, y lo del pequeño invernadero. —Miré las paredes cubiertas de azulejos y los ventanucos. Algunas de las contraventanas parecían rotas, pero no podía decir si tenían agujeros o no—. Pero el cristal parece roto en algunas partes. ¿No se saldría el vapor? Si mataron a Mando aquí, ¿cómo podía mostrar signos de deshidratación?

—Vuelva a mirar. —Kenyon estaba señalando las dos ventanas superiores—. Son ventanas dobles. Aunque se rompa una, la otra impide que se salga el vapor —aclaró mientras apuntaba a un marco

con el palo—. Y la goma se usaba para que la ventana estuviera bien
sellada. Aunque esta cinta aislante parece bastante nueva. Por alguna
razón, alguien se tomó la molestia de reemplazar las tiras antiguas.

—Pero, ¿por qué? ¿Por qué el asesino del pequeño Michael se
tomaría tantas molestias para silenciar a Mando? ¿Por qué no limi-
tarse a matarlo y ya está? Y si sus cálculos son ciertos, Kenyon, ¿por
qué esta persona le pidió a Joel que lo hiciera?

—Se trata de alguien que es tremendamente cruel y que se jacta
de trazar y ejecutar un plan a la perfección. Es un estratega, téngalo
por seguro; y tiene una misión. Por personal que sea la razón que lo
llevó a acabar con la vida de un niño, y dudo mucho que la razón sea
personal, no podía permitir que Mando le causara problemas, así que
buscó ayuda para acabar con él. Es el jefe y está pavoneándose. Nos
reta a que lo atrapemos.

Asumí que el uso de aquel pronombre plural se refería a la comisaría de policía, y no a él y a mí. Habíamos unido nuestras fuerzas en
medio de la lucha. Mis razones para acceder a ayudarlo le eran evi-
dentes, pero las suyas aún no me resultaban tan claras a mí. Si, como
sospechaba yo, era un hombre al que se le acababa el tiempo, preguntarle sus razones constituiría una falta de respeto a su privacidad.
Durante los dos días y medio anteriores, Matthew Kenyon me había
resultado primero molesto y luego, admirable. Había confiado en él
sólo para desconfiar de él después. En aquel momento volvía a ganar-
se mi confianza. Me daba cuenta entonces de que también me caía
bien, y de que con el tiempo incluso lo echaría de menos. Su presencia resultaba tranquilizadora, y su visión objetiva de las cosas estaba
ayudándome a controlar la ansiedad y el dolor un poco más.

En el invernadero no había ni herramientas, ni rocas, ni plantas;
ni siquiera tiestos. Acababan de pintar el suelo de cemento, seguramente los Santos, como bien señaló Kenyon. En realidad sí que era
una buena sauna. El suelo estaba un poco inclinado en el centro para
facilitar el desagüe. Junto al respiradero por donde entraba el vapor,
los esqueletos ruinosos de dos árboles se alzaban al lado de un macetero bajo de cemento. Fui a sentarme en el borde mientras Kenyon
bajaba a echar un vistazo a la turbina. El cemento estaba extrañamente caliente, así que me levanté enseguida, para volver a sentarme

después. Dado que aquel era el único sitio en que alguien podía apoyarse, Mando debía de haber estado allí mismo la noche anterior.

Desde el sábado, me molestaban los ojos. Los cerré para aliviar la irritación y disfruté de la calma y la brisa fresca que entraba por la puerta principal de la estancia. Mando ocupaba mis pensamientos. Miraba primero arriba, y luego abajo. El vapor penetraba sin cesar, pero él no sentía ningún miedo. Luego empezó a tratar de buscar una salida, de derribar la puerta. Imposible. Esperaba a que el asesino volviera: se enfrentaría a él. Sin embargo, al cabo de media hora, cuando allí no había aparecido nadie, el latido acelerado de su corazón le indicó que estaba en apuros. Luego vino la claustrofobia, y la sensación de ardor en la piel al aumentar el calor. Empezó a lamerse el propio sudor, pero no podía recuperar el líquido al mismo ritmo que lo perdía. Se percató de que el pánico se apoderaba de él, y empezó a rendirse ante las ganas irrefrenables de dormir. Habían empezado a cerrársele los ojos cuando se abrió la puerta. Con las energías extintas, quizá incluso sin deseo alguno ya de vivir, Mando salió de aquel invernadero exactamente en el momento en que el asesino lo había planeado.

Ansiosa por respirar, abrí los ojos. Yo había sido su última esperanza, su sola oportunidad para hacer que el asesino pagara por su crimen, y le había fallado. Se enfrentó a la hoja del cuchillo y quizá incluso la agradeció como la única salida posible. Me entró hipo mientras me esforzaba por contener las lágrimas. Volví a pensar en los motivos que albergaría Joel. Todas las preguntas que llevaba en la cabeza empezaron a flotarme alrededor como si se tratara de un enjambre de mosquitos.

—Me parece increíble que Joel Galeano pueda tener tanta sangre fría, ni que sea tan listo —le confesé a Kenyon cuando volvió—. Es que no tiene ningún sentido. ¿Por qué haría algo tan horrible?

Contuve el aliento tanto como pude para detener los espasmos de la garganta, que siguieron.

Kenyon se dio unos golpecitos en los labios con el dedo índice de la mano izquierda. Ya estaba aprendiendo a interpretar su lenguaje corporal: aquel gesto en particular significaba que estaba debatiéndose entre si compartir conmigo su teoría o no.

—¿Ha leído alguno de sus artículos alguna vez? —me preguntó tras un largo rato de silencio. Negué con la cabeza, así que Kenyon me lo aclaró—: Está muy entregado, casi hasta la obsesión, a esa causa chicana suya, de todos ustedes. Personalmente creo que está un poco alterado. Cree firmemente que las pandillas son una de las razones principales por las que esta sociedad no acepta a los mexicanos, y que su gente tiene que encontrar la forma de deshacerse de ellas. Por el contrario, piensa que, al final, las personas como Rubén Salazar son las que encontrarán la redención para la comunidad chicana.

—¡Redención! ¿Qué es lo que hay que redimir? ¿Es eso lo que dijo él o lo que usted interpreta? —pregunté a un volumen por lo menos dos decibelios por encima del suyo.

—Él usó esa palabra en un par de ocasiones en ese contexto, y yo interpreto que se refiere a lo que acabo de explicar. No estoy equivocado, Gloria. Y no estoy en contra de que los chicanos consigan lo que se les debe. —Se sentó en el macetero a mi lado—. He sido un policía de homicidios durante mucho tiempo, quizá demasiado. Al final se desarrolla un instinto para este tipo de cosas. No es magia, es sólo que uno deja que las pruebas le hablen. Y luego la mente hace el resto.

Se dirigió hacia la puerta del invernadero. Yo me quedé donde estaba.

En realidad yo no conocía tanto a Joel. Luisa se había mudado a Los Ángeles hacía apenas dos meses y conocía a los Galeano sólo desde junio. Con todo, a juzgar por la conversación que habíamos mantenido en el restaurante la noche anterior, Reyna le había contado muchas cosas de sí misma.

"Son una pareja dispareja: un extraño tándem", recuerdo haber pensado al conocerlos. Reyna era bastante guapa. Mostraba tener buen gusto en las elecciones que hacía para sí y para su casa. Con apenas unos toques aquí y allá había conseguido que su hogar resultara muy atractivo. Sin embargo, Joel no era guapo, ni siquiera atractivo. De primeras, ofrecía un aspecto tranquilo, casi hasta parecer querer pasar desapercibido; con todo, Luisa y yo habíamos visto aflorar su ira oculta.

Hasta entonces, me las había arreglado para no considerar los sentimientos de Reyna o el aprieto en que se verían metidos sus niños. ¿Qué les ocurriría? ¿Sería ella capaz de mantener a su familia? ¿Y si estábamos equivocados y Joel no tenía nada que ver con aquel lío? Entonces no tenía de qué preocuparme aparte de mi vergüenza política, un pensamiento que resultaba en cierto modo reconfortante si tenía en cuenta las otras opciones.

Mientras me acercaba a la puerta de entrada del almacén, el olor a excremento se tornó aún más acre. A aquellas alturas ya estaba segura de que provenía de una fuente orgánica cercana, y no de mis recuerdos. Guiada por el olfato llegué hasta una zona del exterior, justo a un metro más o menos a la derecha de la puerta, donde había una hilera de heces que aún atraían alguna mosca de vez en cuando.

De forma bastante inconsciente, apelé a mis poderes recién descubiertos para obtener más detalles sobre el asesino, pero no fui capaz de visualizar nada en aquella ocasión. Más decepcionada ante la falta de resultados que enojada por haberlo intentado, me volví y emprendí la marcha hasta el carro. Kenyon ya había avisado al equipo forense para que recogieran pruebas, así que le conté lo del excremento que había encontrado.

—Tenemos que retrasar su visita a casa de los Galeano un par de horas. Es importante que el equipo forense vea todo esto antes. Lo ideal sería que le hiciéramos sentir que tiene que volver aquí, a la escena del crimen. Puede que se traicione a sí mismo en algo.

—Si lo hace —apostillé—. Puede que vuelva sólo por curiosidad. Después de todo, es un periodista. —Vi que Kenyon negaba con la cabeza, así que añadí—: Está muy seguro de que mató a Mando, ¿verdad?

—Tan seguro como de que el sol está brillando ahora mismo —respondió. El labio superior se le tensó un poco más de lo normal.

—¿Y qué le hace estar tan seguro? ¿Una corazonada?

Al darme cuenta del tono retador de mi pregunta, hice un gesto de arrepentimiento. Por muy difícil que me fuera aceptar el cambio de personalidad que experimentaba, debía admitir que estaba convirtiéndome en una contradicción andante. Mi reacción emocional ante el comentario de Kenyon y mi llamada a los poderes psíquicos para ayudarme a identificar al asesino me tenían completamente confundida en aquel momento.

—Hace que suene como si fuera una palabrota —se rio.

—Es que creía que investigar consistía en analizar las pruebas y echarle muchas horas desgastando las suelas de los zapatos tras las pistas. Esas pequeñas "sélulas gdises", mon ami —bromeé—. ¿Acaso los detectives no han de ser una combinación entre Hércules Poirot y Philippe Marlowe? —Me di unos golpecitos en la sien con el índice. Durante el primer verano de bachillerato había tenido que guardar reposo con un pie roto, así que me había leído la mayoría de las novelas policíacas de Agatha Christie y Raymond Chandler. Sin embargo, Matthew Kenyon estaba lejos de parecerse en actitud o aspecto a cualquiera de los dos detectives de ficción—. ¿De verdad cree en las corazonadas?

—¿Usted no? —rebatió mientras me miraba fijamente a los ojos, hasta el punto de incomodarme. "Así que, Gloria, sigue usted atemorizada ante sus propios poderes", parecía decirme con su mirada. Una asunción ridícula, pues él no tenía forma de saber nada sobre mi experiencia voladora.

—Odio cuando la gente me responde con una pregunta —contesté sin esperar a su reacción. Luego me di la vuelta y volví al almacén.

—¡No toque nada! —me advirtió—. Y vuelva cuando haya acabado. Tenemos que hablar de su visita a la casa de los Galeano.

Cambié de opinión y volví adonde estaba.

—Acabo de hablar con mi compañero —empezó a contarme—. Se ha producido hace nada un intercambio de dinero. Los Galeano efectuaron un primer pago de 25,000 dólares por la casa donde viven ahora.

—¿Cuándo lo hicieron?

—Hace un mes más o menos. La casa estaba a nombre de Sylvia Castañeda, la suegra de Galeano. —Kenyon empezó a sudar. Sacó un par de pastillas del frasco y se las metió en la boca. Esta vez no se escondió de mí. Se las tragó y luego prosiguió—: Y sólo acabamos de empezar a escarbar. Le apuesto a que su cuenta bancaria revela mucha actividad en las últimas semanas. —Se secó el sudor de la frente con el pañuelo—. Galeano sólo trabaja por encargo para periódicos. Es imposible que haya reunido esa cantidad en tan poco tiempo. Dado que no tienen un trabajo fijo, un banco revisaría sus cuentas de ahorro, su historia crediticia y otras propiedades para garantizar la hipoteca. A lo mejor por eso permitió que fuera Sylvia Castañeda quien solicitara el préstamo. Aun así, creo que podemos asumir sin miedo a errar que había mucho más dinero por medio.

—Luego, como le conté anoche, unos pocos minutos después de que yo le diera la señal a mi compañero con la linterna, él vio a un hombre que se parecía a Galeano meterse en un carro que había cerca de la iglesia de San Agustín. Estamos casi seguros de que él no sabía que usted y Luisa estaban allí. Creo, en cambio, que sí había visto a Mando meterse en el parque que hay al lado del patio del colegio. Después, cuando Mando volvió a irse, Galeano se fue tras él. McGuire no tenía ni idea de lo importante que era haber visto a Galeano en la zona del colegio hasta esta mañana, después de que usted, Luisa y yo habláramos de la persona que puede haber matado a Mando.

—Recuerde: si no puede grabar la conversación con él, no se preocupe. Aunque admitiera el asesinato o su complicidad en él, no podríamos usarlo en un tribunal de ningún modo. Sólo espero que diga algo que pueda ayudarnos a dar con el cerebro que hay detrás de todo esto. No se ponga en peligro innecesariamente. Usted es inteligente, pero no está acostumbrada a gente con doble cara como esta. Y, por Dios, ¡no se confíe demasiado!

Se interrumpió. Había palidecido. El tono de la piel próxima a la nariz y los labios se había tornado cetrino, y tenía pesadas gotas de sudor alrededor los ojos. Debía de estar sufriendo un dolor inmenso, pero se mostraba dispuesto a no dejar que los demás se enteraran de su enfermedad.

—¿Lo está viendo algún médico por su . . . estado? —le pregunté. Traté de sonreír, aunque sabía bien que era una impostura. No me sentía muy animada.

Kenyon también logró esbozar una sonrisa, pero era evidente que estaba costándole horrores.

—Vaya, hace que suene como si estuviera embarazado.

—¿Le traigo algo? —Me ofrecí. Kenyon ya no sonreía y había dejado de fingir que no le dolía.

—Sí. Tráigame al asesino, o a los asesinos. —Suspiró, y una ligera onda de color le ascendió a las mejillas. El combate había terminado—. Sólo dígale a Galeano que vamos a peinar esta zona para buscar pruebas materiales; que ya sospechamos de alguien, pero que no sabe de quién. Dígale que mencioné un invernadero y al viejo Preston, y que usted no entendía la mitad de lo que yo le estaba contando. Dejemos que trate de sonsacarle información, pero tenga cuidado. Usted tiende a soltar lo que se le viene a la mente con demasiada frecuencia. Limítese a dejar que él se entere de lo que estoy contándole ahora, y nosotros haremos el resto.

Accedí. Consciente en mi fuero interno de que Matthew Kenyon estaba en lo cierto, quise rezar por Joel, pero quizá ya fuera demasiado tarde y ni todas las oraciones del mundo podrían salvar al asesino de Mando de sí mismo.

Contemplé nuestras sombras ondeantes y acortadas en el suelo: almas atrapadas en un espejismo del infierno. Era casi mediodía.

ONCE

En el ojo de los ojos

K enyon y yo ascendimos por La Verne, la calle que daba a la cafetería Silver Dollar.

—Esa es la cafetería donde mataron a Rubén Salazar —informé al señalar un pequeño edificio de una planta en Whittier Boulevard.

Antes, aquella mañana, la oficina forense había remitido un informe inicial sobre la muerte de Rubén Salazar, en el que se afirmaba que había fallecido por la herida causada por la explosión de un bote de gas lacrimógeno con forma de misil y de unos 24 centímetros de largo. Se llevaría a cabo una investigación pasados unos pocos días.

—Ahí es donde ocurrió. Sí.

—En casos como el de Rubén Salazar, ¿la policía de Los Ángeles lleva su propia investigación? —inquirí.

—Sí, normalmente sí. Y sobre todo en este, les costará sudor y lágrimas demostrar que fue un insólito accidente.

—¿Es eso lo que cree?

—Sin comentarios. —Kenyon me miró y sonrió—. No me interesan ni los descubrimientos de la comisaría central ni su investigación.

—Habla de la comisaría como si no fuera la suya. ¿No le gusta lo que usted hace?

—Sí, pero no tiene por qué gustarme todo de la institución en la que hago lo que me agrada.

Miró al frente y yo me tomé el gesto como una indicación para que dejáramos el tema.

Kenyon dobló a la derecha en Whittier Boulevard y condujimos en silencio hasta que pasamos la residencia de los Galeano. Las cor-

tinas estaban corridas en la sala, y no había ningún juguete en el porche. Aunque el carro de Joel sí estaba en la entrada, y había ropa
secándose en la cuerda de tender, no había señal alguna de actividad
dentro de la casa.

Kenyon detuvo el vehículo un par de cuadras más adelante.

—Tenga mucho cuidado —me advirtió cuando salí para dirigir-
me al domicilio de Joel.

Kenyon se fue a estacionar a la vuelta de la esquina.

Aquellas dos cuadras me parecieron las más largas que había
recorrido en mi vida. Jadeante y sudorosa, subí los pocos escalones
que había en la entrada y toqué el timbre. No hubo respuesta. Probé
con la perilla: la giré y empujé la puerta.

Me dio la bienvenida una ráfaga de viento cálida. Estaba abierta.
Un olor desagradable, que empeoraba a medida que me acercaba a la
chimenea, lo impregnaba todo, pero no hice nada entonces por descubrir de dónde provenía. Mi "hola", bien alto, no obtuvo respuesta
alguna. Tampoco había nadie en el patio.

Allí estaba ocurriendo algo fuera de lo normal, claramente. Al
principio no estaba segura de lo que notaba, hasta que eché en falta
unos objetos en particular: las mini tallas de Reyna, que había estado
enseñándome y explicándome en detalle, ya no estaban sobre la repisa de la chimenea. Los juguetes de los niños, el tren de motor, el
favorito de Mario, y la muñeca de Vida tampoco estaban a la vista
como las otras veces en que había estado allí.

La chimenea me pareció estar extrañamente cálida, y de ella provenía un olor muy intenso. Eché un vistazo más de cerca a las
cenizas, y vi que se trataba de restos de fotografías y negativos que-
mados. Quienquiera que los hubiera tirado al fuego no se había
parado a pensar en el riesgo de hacer arder tanto papel de fotografía
en una chimenea abierta situada en una estancia cerrada. Como fotógrafo, Joel sabría algo del tema sin lugar a dudas y probablemente
habría abierto la parte de atrás para airear la sala. Ahora bien, ¿dónde
se hallaba en aquel momento?

No todas las fotografías se habían reducido a cenizas, según
observé al recoger algunos de los pedazos. Con las ansias por sacar-
las rápidamente, me di un golpe en la cabeza con la campana de la
chimenea de modo que me chocaron los dientes de arriba con los de

abajo. El dolor, tan agudo que hizo que se me saltaran las lágrimas, me descendió en zigzag por las mejillas. Antes de volver a los trozos de foto, me froté la cabeza y me enjugué los ojos con los dedos.

En una de las imágenes se veían unas escaleras de ladrillo que llevaban a una casa de estilo sureño. En otros fragmentos se veían los pies o las cabezas de hombres en uniformes de combate o de faena. En otra estaba Joel, mucho más joven. Luego el corazón me dio un vuelco cuando vi las piernas de un niño al que sólo se le veía un calcetín y un zapato. Sin lugar a dudas se trataba del pequeño Michael. Alguien lo llevaba a cuestas. Era imposible decir mucho salvo que la persona que cargaba con él vestía unos pantalones negros en cuyo bolsillo trasero se veía claramente una insignia bordada, o quizá una etiqueta de la marca.

Los Galeano almacenaban un montón de cosas en la barra del desayunador, así que me puse a buscar una lupa para examinar de cerca el emblema de los pantalones, pero no di con ninguna. Como Joel revelaba sus propios rollos, probablemente guardaría una en el cuarto oscuro, así que me dispuse a dar con él.

Me moví por la casa con rapidez y sigilo. Al cabo de una breve e infructuosa búsqueda, salí por la puerta de atrás. Fuera, hallé el acceso al sótano. Cuando ya tenía la mano en la perilla, oí un portazo de la puerta principal. En el acto, me metí los restos de fotos en un bolsillo del chaleco, apreté el botón de grabar en la grabadora, y me aseguré de que aún llevaba el transmisor en el bolsillo derecho de los jeans. La mano me temblaba visiblemente, así que la dejé allí mismo. El tacto del transmisor me devolvió la confianza, y partí hacia la casa otra vez. Me detuve en la puerta trasera.

Joel estaba en medio de la cocina de espaldas a mí. Los golpes que di en la puerta lo asustaron y se volvió con rapidez. Contuve un grito. En el lado izquierdo de la mandíbula llevaba un trozo de gasa con esparadrapo, y tenía unos cuantos rasguños en la mejilla por encima del vendado.

—¡Dios mío! ¿Qué te pasó? —pregunté.

—¡Gloria! ¿Qué haces aquí? —su voz reveló más sorpresa que preocupación.

—Toqué a la puerta, pero no había nadie. La de entrada estaba sin llave y la de atrás, abierta. —Me quedé donde estaba, junto al dintel— ¿Tuviste un accidente?

Joel se sentó y rompió a llorar. Toda aquella escena era totalmente distinta de la que yo había imaginado cuando Kenyon y yo recorríamos el bulevar. Mi primer impulso fue el de acercarme y consolarlo, pero me contuve. Al cabo de unos minutos, se tranquilizó, se incorporó, cogió un pañuelo desechable de la caja que había en la barra del desayunador y se sonó la nariz.

—Lo siento —se disculpó—; ha sido un día horrible.

—Han sido tres insufribles, diría yo —respondí.

Parecía tan sencillo estar allí y hablarle a aquel hombre como si fuéramos viejos amigos. Él se veía tan vulnerable . . . Lo único que me provocaba era pena. El barrizal se tornaba ciénaga a toda prisa, me advirtió una voz en mi interior.

—Ya lo sé. La muerte de Rubén. La revuelta. Y ahora esto —concluyó mientras se tocaba la gasa con delicadeza.

—¿Qué te pasó?

Si algo de aquello tenía que ver con la muerte del pequeño Michael, sabía que él no se vendría abajo y me lo contaría. Su mirada traslucía arrepentimiento mas no miedo. Y su rostro reflejaba, sobre todo, dolor.

—Reyna me dejó. Se marchó con los niños esta mañana. Cabrona. —Dio un puñetazo en la mesa de la cocina, y a mí el corazón me dio un vuelco tan alto que casi alcanza al azucarero—. También sacó todo el dinero del banco.

Joel alcanzó las tijeras. Yo quería gritar o apretar el botón rojo del transmisor, pero me controlé.

—Me dio en la cara con esto —explicó con las tijeras en la mano como si fuera un cuchillo con el que cortara el aire.

La visita estaba siendo más de lo que yo había querido. Debía desviar la conversación del tema que nos ocupaba.

Joel se sentó y dejó las tijeras en la mesa.

—¡Qué terrible! —Me compadecí—. Primero la muerte de tu amigo, y ahora lo de Reyna. —Después de recuperar el control sobre mí misma y de la situación, para evitar darle tiempo a reaccionar a mis comentarios, añadí—. Estuve con Matthew Kenyon esta mañana.

Me dijo que va a haber una investigación sobre la muerte de Rubén Salazar pronto.

Joel alzó la vista, pero parecía costarle mucho concentrarse. Me acerqué a la cocina, tomé una tetera, la llené de agua y la puse a calentar en uno de los hornillos delanteros.

—Te haré un café —le ofrecí—. ¿O prefieres té? —Me notaba la mano mucho más estable—. ¡Qué triste, esto de Reyna! —exclamé para ganar algo de tiempo.

—Es irónico. Estaba preocupada porque yo no tenía un trabajo estable: "Los niños quieren esto. Mi madre necesita aquello". Siempre rezongando. Oye, yo no quiero trabajar en un laboratorio fotográfico. Lo que quiero es trabajar para un periódico, ganarme la vida como fotógrafo. Pero no quería escucharlo. "¡Dame, dame! Gimmie, gimmie". Eso es lo único de lo que sabe. Por fin le di, y bastante —se levantó y se apoyó en la encimera—, pero no bastaba . . . It wasn't enough for her.

—Me da la sensación de que los mantienes bien a ella y a los niños. Quiero decir, que viven bien y ella no tiene que trabajar, ¿no?

—Ya no tenía que preocuparse de nada nunca más. —Empezó a ponerse nervioso y a mover los ojos en derredor. Yo me quedé callada—. Me atacó y se fue en su carro. —Se interrumpió—. No está en casa de su madre. Fui a la de su amiga Becky, a unas cuadras de aquí, en la avenida Atlantic, pero no la vi ni a ella ni a los niños. —Se llevó la mano al vendaje—. Hice toda esta mierda por ella y los niños, y ahora . . .

"¿Qué mierda . . . ?", quería preguntar, pero no lo hice. Como el café ya estaba listo, le preparé una taza a él, y otra para mí, y a continuación nos sentamos a la mesa.

—Parece que todo pasa a la vez —empecé—. Matthew Kenyon me dijo que anoche mataron a Mando. —Aguardé a la reacción de Joel, pero él seguía removiendo el café, aparentemente concentrado en los remolinos que había cuando movía la cuchara en sentido opuesto. Di un sorbo y continué—: Cree que a Mando lo mataron porque podía identificar al asesino del pequeño Michael. —Si Kenyon estaba en lo cierto, Joel también estaría al tanto de los motivos por los que el asesino querría a Mando muerto. Esperaba que lo confirmara, pero Joel no dio señal ni de haberme escuchado siquiera.

Tuve la sensación de que se habían cambiado las tornas, pero ya no podía detenerme sin levantar sospechas—. En cualquier caso, Kenyon cree que hay dos asesinos. Me explicó todo tipo de teorías, pero yo no estoy muy segura de haberlo entendido todo.

Sin dejar de rezar en ningún momento por que la mano no me temblara tanto como para hacerme derramar el café, me bebí lo que quedaba de tres sorbos, me levanté y dejé la taza en el fregadero. Por costumbre, me saqué las llaves y me di la vuelta para marcharme.

—Perdona, Gloria —reaccionó por fin—, estabas contándome algo. ¿A quién han matado?

El sonido de su voz me resultó más aterrador que el movimiento que antes había trazado con las tijeras. Estaba compuesto y no parecía afectado. Ya no hablaba con aquel tono de dolor propio de un hombre que ha perdido a su familia. Me lo imaginé con los ojos clavados, fríos, en mi espalda; con la mente a punto ya para la siguiente pregunta, planeando ya el próximo asalto. Me alegré de no estar dándole la cara, pues me habría leído el miedo y la confusión en los ojos. Volví a guardarme las llaves en el bolsillo del chaleco y me volteé. Joel me miró como si lo hiciera por primera vez. Anclamos nuestras miradas. El juego había empezado e iba a ser uno complicado.

—Te decía que anoche mataron a Mando.

—¿Cómo? —Se tomó su tiempo antes de lanzar la siguiente pregunta—. ¿Y dónde pasó?

Cómo y dónde, pero no quién: interesante omisión que había que perseguir.

—Parece que Kenyon piensa que el hombre que mató a Mando no es el mismo que acabó con la vida del niño.

En los ojos de Joel se reflejó un breve gesto de aprensión.

—¿Y qué le hace pensar que hay dos asesinos?

—Las dos formas tan distintas de matarlos. El modus operandi. ¿Se dice así? —"Distrae y sobrevive", pensé—. Luisa está emocionada, cree que se trata de una conspiración.

Joel no había insistido en saber cómo habían matado a Mando, lo que significaba que quizá estuviera midiendo mis fuerzas antes de continuar. Luego inquirió:

—¿Y tú? ¿Qué piensas?

Le sostuve la mirada, luego suspiré y la desvié. Comencé a notar-me el estómago vacío.

—No sé qué pensar, si te digo la verdad. No entiendo la mitad de las cosas que están pasando, aunque supongo que Matthew Kenyon sí.

—¿Pues qué te dijo? —preguntó con la voz inalterada antes de servirse otro café.

—Bueno, pues eso básicamente. Que al pequeño Michael Cisneros y a Mando los mataron personas distintas.

Joel regresó a la mesa.

—¿Y tiene alguna pista sobre quién los mató o por qué?

Jaque: la reina negra se queda sola. El peón de blancas saborea la victoria.

Las palabras me rebotaron en la mente.

—Pues no me lo dijo —contesté—, pero sí comentó que proba-blemente lo detendría esta noche a más tardar.

Ofrecerle a Joel la información que necesitaba me daba a mí cier-to grado de control sobre él, pero el verdadero poder residía en hacerle creer lo contrario. De otro modo, el jaque no sería posible.

—¡Ah! ¿Así que Kenyon sabe quién es el asesino? —bebió de su taza de forma casual sin quitarme los ojos de encima.

—Bueno, ya te dije que no me contó de quién sospecha, pero creo que para él todo apunta a alguien. Estaba esperando una orden para poder ir a registrar una especie de . . . invernadero . . . cerca de aquí, creo, pero a lo mejor no la conseguía hasta última hora esta tarde.

Seguramente el esfuerzo por aplastar mi miedo hizo que empe-zara a sentirme mareada. Y también muy sola.

—¿Así que al final no hay conexión entre las dos muertes?

Al mirarlo, no supe ver muy bien si se sentía amenazado o no. Se echó hacia atrás y se columpió un poco en la silla.

—Pues no lo sé, pero me da la sensación que Kenyon cree que sí la hay —rebatí—. ¿Cómo me lo dijo? A ver . . . Sí, dijo que el asesi-no del pequeño Michael es el cerebro de la operación.

A Joel se le dibujó una sonrisa burlona, pero no dijo nada. Estaba tranquilo, demasiado tranquilo. Quizá fuera el momento de partir. Miré el reloj; habían pasado cuarenta minutos desde que había pues-to un pie en aquella casa.

—También quemó todas las fotos y los negativos, la cabrona. ¿Viste? Ahí, en la chimenea. Era nuestro seguro de vida. Aunque él me prometió que se encargaría de nosotros para siempre, yo no lo creí. Siempre es mejor tener algún tipo de seguridad. —Joel se sonrojó.

—¿Él?

De inmediato me arrepentí de haber hecho aquella pregunta: demasiado tarde. Quería salir de allí corriendo, pero en cambio me puse a andar lo más tranquilamente posible. Se oyó el golpe de la silla contra el suelo al levantarse Joel. En dos pasos, ya estaba detrás de mí. Noté un cosquilleo en los brazos y en las piernas en cuanto se me aceleró la circulación, pero mantenía la cabeza concentrada en una sola cosa: salir de allí. Seguí caminando.

Joel abrió un armario mientras yo salía a toda prisa por la puerta que daba a una estancia anterior a la sala. Oí el clic cuando le retiró el seguro: un revólver del calibre .38, según me explicaría Kenyon después.

Alcancé el transmisor, pero los jeans me quedaban tan apretados que tuve que usar ambas manos para sacarlo. No lo podía agarrar.

Otro sonido metálico me indicó que Joel había vuelto a quitar el seguro. Casi se me escapa un "gracias".

—Me llevaron hasta Río, y en primera clase —empezó a contar—. Creí que éramos todos hermanos. Querían un mundo mejor para nuestros niños. And me too. Las pandillas . . . se hacen con niños y los convierten en chucos, tecatos, ladrones, thieves.

Yo no entendía muy bien lo que me estaba contando.

—¿Quién . . . ? —le pregunté con la esperanza de descubrir quién le había pedido ayuda.

Noté la boca de la pistola en el costado izquierdo. Joel me agarró del pelo y golpeó la grabadora con el cañón del arma.

—Igual que Reyna. Tú también, Gloria. Traitors. All of you. Todas las mujeres son unas traidoras. Maté a uno de los Santos por ella. Tanto la quería que . . . y me dijo que le dieron ganas de vomitar cuando vio las fotos, que me odiaba —gimoteó—. Ella tiene la culpa de todo. Tú y yo vamos a morir, y la culpa es suya . . . Ella es la culpable.

¿Tú y yo vamos a morir? ¿Era eso lo que había dicho?

Joel me soltó el tiempo suficiente como para que yo pudiera alcanzar la grabadora. Me tenía cogida por el pelo, pero mis manos estaban libres. Logré sacarme el transmisor y apreté el botón rojo. Él no se dio cuenta y me soltó la cabellera. Con una mano sostenía el arma, y con la otra estaba tirando de la grabadora, sacándomela de debajo de la blusa. Luego la estrelló contra la pared mientras me agarraba del brazo y me daba la vuelta para dejarme mirándolo a la cara. Por primera vez vi que el arma me apuntaba al corazón.

Quería rogarle que se rindiera, que le contara a Kenyon quién era el otro asesino, pero sólo fui capaz de carraspear como un gruñido ininteligible. El cañón me presionaba el pecho. Y como no quería que el rostro atormentado de Joel fuera el último recuerdo que llevara conmigo, cerré los ojos a la espera de que saltara el seguro. Con ese tercer ojo, el de mi mente, visualicé las imágenes de mi madre y mi padre, de mi marido y mi hija, y de mi amiga Luisa. Era la única forma de evitar morir angustiada, sola, lejos de mis seres queridos.

De pronto, oí que la puerta de entrada se abría de golpe. A mi vez abrí los ojos y vi a Joel apuntar hacia allá, mientras me apartaba. Luego cambió de idea y empezó a correr hacia la puerta de atrás. Caí de rodillas al intentar recuperar el equilibrio. Kenyon, seguido de McGuire, saltó por encima de mí para perseguir a Joel. Mi propio cuerpo me parecía un saco lleno de rocas. Me costó un buen rato ponerme de pie y dar algunos pasos vacilantes. A apenas unos metros del acceso al sótano, oí a Kenyon rogar a Joel que se entregara, y, unos segundos después, un disparo.

—¿Kenyon? ¿Está bien? —grité mientras bajaba a trompicones los peldaños que descendían al sótano.

—Estoy bien, Gloria. No baje. Se pegó un tiro.

El olor a sangre impregnó el aire enseguida. Me quedé fuera de la puerta que daba al cuarto oscuro. Aún así, vi por un instante parte de la cabeza ensangrentada de Joel. Tan rápido como pude, volví a entrar en la casa dando tumbos. Una sensación de alivio, de tristeza y de rabia me envolvió el alma al darme cuenta de que entonces quizá ya nunca sabríamos quién había matado al pequeño Michael. Desde fuera, en el patio, oí el fuerte maullido de un gato, el único lamento que merecía Joel Galeano.

DOCE

Abejas y entierros

Cuando las emociones amenazan con saturar el sistema nervioso, a algunas personas les sangra la nariz. A otros les sobrevienen periodos de melancolía o de tartamudez. A mí me daban ataques de hipo. En cierto modo, suponían un verdadero alivio de tensión, pues no resultaban ni dolorosos ni peligrosos. Ninguno de los remedios habituales parecía funcionarme. Los ataques me duraban unos quince minutos: el tiempo que me llevaba liberar toda la energía acumulada. Con todo, para Luisa, como para otras personas de alrededor, el hipo que me daba era motivo de preocupación.

En cuanto Luisa se enteró de que me había visto con Joel, pidió la tarde libre y se vino a pie hasta la casa de los Galeano, justo cuando yo estaba con el ataque de hipo. Apenas entró por la puerta, se fue corriendo a la cocina para traerme un vaso de agua, que me bebí a sorbos convenientemente para darle gusto. Luego humedeció un trapo en el resto del agua y me lo pasó por la frente y la mejilla derecha. Cuando vi los manchones de ceniza mojada en la tela, me sentí verdaderamente idiota: Joel había sabido desde el principio que yo había estado husmeando en la chimenea.

—Podría haberme matado, pero no lo hizo —le conté a Luisa después de relatarle los acontecimientos que me habían llevado al encuentro con Joel.

—Quizá sufriera una enajenación transitoria —sugirió Luisa—, y eso le impidió acabar contigo.

Al principio, aquella explicación me pareció irracional, pero al pensármelo dos veces me di cuenta de que a lo mejor Luisa tenía razón. Para Joel, de algún modo extraño, asesinar a Mando había sido un asunto de negocios, un acto cuerdo y racional. Lo que él quería era acabar con las pandillas. Por un giro de la lógica, el astuto asesino del pequeño Michael le había dado a Joel la oportunidad de hacerlo, y hasta de recibir una generosa recompensa por ello, con lo que el círculo se cerraba en él. Joel había supuesto que ese dinero le granjearía el respeto y la eterna gratitud de su mujer y sus niños; pero no había sido así, y, tras la violenta desaprobación de Reyna, nada había cobrado sentido para él.

A lo mejor Luisa estaba en lo cierto; aún así, yo quería creer que Joel me había perdonado la vida en un último esfuerzo por recuperar el respeto hacia sí mismo.

Salvo por algunos moretones que tenía en la espalda, y el estado agitado de mi alma, me sentía agradecida por poder salir con vida de aquella casa. Con todo, estaba enojada con Joel por haberse matado, se había llevado con él la identidad del asesino del pequeño Michael. Me sentía igualmente furiosa conmigo misma por no intentar sonsacárselo, por atenerme a las normas que Kenyon me había dictado. Por otra parte, ya era evidente que yo no había estado a la altura de Joel, así que ¿cómo podía siquiera imaginar que pudiera ser más lista que el otro asesino, el cerebro, que nada había dejado al azar?

Puede que Kenyon tuviera razón desde el principio, y que lo mejor que podía hacer era volverme a Oakland y dejar aquellos asuntos de la identificación en sus manos. Sin embargo, él mismo había reunido tan pocas pruebas que le llevaría mucho tiempo, si no un milagro, resolver el asesinato del pequeño Michael.

Y tiempo era precisamente lo que no le quedaba a Kenyon, pensé mientras lo observaba en la misa por la corta vida del pequeño Michael. Tras lo ocurrido en la casa de los Galeano, me había tomado un tranquilizante, y los recuerdos de lo que había pasado en la iglesia se me mostraban un tanto confusos. Aún así, sabía bien que el dolor había acompañado a Kenyon durante el servicio en todo momento.

En la iglesia, durante los ratos de alivio, Kenyon se había fijado atentamente en Lillian Cisneros. Me pregunté qué le resultaría tan interesante de ella. Sí, era guapa. Morena y con curvas, si bien no gorda. Medía unos seis centímetros más que yo y quizá fuera unos años mayor que Luisa y que yo. Llevaba el pelo largo recogido atrás en una única trenza apretada. Bajo el velo negro y corto, su rostro de forma oval mostraba una tez inmaculada, salvo por las marcas rojizas que el dolor le había formado temporalmente alrededor de los ojos y en la punta de la nariz. No contaba con ningún rasgo especialmente atractivo si se la observaba por partes, pero al contemplarla en su conjunto, resultaba agradable a la vista. A las mujeres como Lillian Juárez Cisneros se las solía criar para ser las esposas de hombres ricos y poderosos. ¿Era esa la mujer que Kenyon observaba tan aplicadamente? ¿O era más bien la joven vulnerable a la que habían encontrado al pie de la fuente de la Pietà culpándose por la muerte de su hijo?

Mis pensamientos pasaron a Michael Cisneros, al aspecto que tenía, de pie, junto a su esposa. La impresión que me había producido cuando le di la mano por primera vez había sido la de un alma muy vieja en un cuerpo de no más de treinta y tres años: la misma edad que Darío. Quizá fuera lo que me había parecido por su voz tranquila y sus formas corteses; o puede que por la mirada dulce de sus ojos color miel bajo las pestañas lisas y definidas, y sus cejas, bien torneadas. Michael Cisneros no tenía aspecto dócil para nada, pero su porte discreto no era en absoluto lo que uno esperaría del presidente de una empresa que había ampliado su espectro considerablemente y cuadriplicado sus ganancias en los dos años en que había estado bajo su dirección. ¿Hasta qué punto habría sido él el verdadero objetivo del asesino del pequeño Michael? ¿O lo había sido Paul, el hermano de Michael?

Suponía que Paul también habría tenido algo que ver con ese crecimiento inusual de la empresa. Sin duda era la mano derecha de su hermano y su socio de mayor confianza, aunque su poder quedaba limitado por el hecho de que sólo era dueño de un tercio del grupo Black Swan. Paul era encantador, abierto y un as en las relaciones públicas, según me había explicado Otilia. Parecía ser la persona adecuada para liderar el programa de expansión de la empresa bajo la dirección de su hermano.

Era difícil adivinar quién había atraído la envidia o la ira del asesino del pequeño Michael: Lillian, Michael o Paul Cisneros. Los tres parecían desenvueltos y exitosos. Con todo, cualquiera de ellos podría haber hecho algo a alguien de forma inadvertida, algo que hubiera adquirido una gran importancia para la parte perjudicada. ¿Acaso esa persona había alimentado unos sentimientos negativos y por tanto tiempo que se habían convertido en un odio desquiciante, el tipo de energía que se requiere para matar a un niño de cuatro años?

Más tarde, mientras me daba un baño caliente en casa de Luisa, consideré las opciones que había de que se llegara a atrapar al asesino. Obviamente, las pistas sobre la identidad del asesino las había quemado Reyna. El resto había muerto con Joel Galeano. Por duro que resultara aceptarlo, tendría quizá que aprender a vivir con la idea de que el asesinato no se resolvería jamás. ¿Qué haría entonces con mis visiones, con los pedazos de fotos que conservaba aún en el bolsillo del chaleco y con los otros datos y la información que almacenaba en mi cabeza? Había tres personas muertas, y yo había conocido personalmente a dos de ellas, aunque sólo fuera por poco tiempo.

El baño de burbujas caliente, al que siguió una breve siesta, me había ayudado por fin a recobrar algo de fuerza física y mental. Aquel lunes, treinta y uno de agosto, se acercaba rápido a su fin de manera tan inexorable como las vidas de Michael David Cisneros, Mando y Joel Galeano habían alcanzado sus destinos.

Al abrir los ojos vi a Luisa sentada en su despacho, con la barbilla apoyada en la palma de la mano. Estaba tan quieta que por un momento me pareció que se había quedado traspuesta. Sin embargo, la mano izquierda se le movía de forma rítmica sobre una hoja de papel. Estaba escribiendo un poema: lo sabía.

Piel canela y ojos de gato: Cinnamon skin and cat's eyes. Así era como Mami Julia solía describir a Luisa. La familia de su madre provenía de algún lugar en el estado de Jalisco, en México, donde, según me había contado la señora Cortez, mucha gente tenía orígenes daneses y mexicanos. Esa debía de ser la razón de que muchos de los nativos de aquella zona tuvieran los ojos verdes o azules. Los de Luisa eran redondos y verdes. Cuando íbamos al colegio, en primaria, yo solía decir que tenía los ojos amarillos, y corregía a todo el que dijera cualquier otra cosa.

Al pasar del cuarto año, Luisa y yo habíamos pasado todo un verano comparando apuntes sobre el color de las cosas que nos rodeaban y discutiendo sobre lo que habíamos visto. Nunca nos poníamos de acuerdo si discrepábamos porque yo no podía ver con sus ojos, ni ella con los míos. Cuando ella recordaba a la gente y las cosas, sus descripciones eran muy vivas y detalladas; y yo solía decirle que eso era por sus ojos amarillos. Los míos eran café oscuro, y durante años viví convencida de que el color de mis ojos tenía mucho que ver con mi "mente impresionable", con mi querencia hacia lo oscuro.

La primera vez que Luisa me dejó leer su poesía teníamos diecisiete años y estábamos a punto de terminar el bachillerato. Se rio cuando le dije que era poeta porque tenía los ojos amarillos. Me daba la sensación de que en Luisa convivían dos personas opuestas, pues nunca había sabido de nadie a quien le hiciera tanta gracia todo lo que experimentaba y que, en cambio, fuera capaz de darse la vuelta y redactar los poemas más increíblemente melancólicos. La poesía era el elemento que aportaba armonía a su vida, "la que volvía todo soportable", me dijo una vez.

Yo empezaba a encontrar parecidos entre Luisa y yo, pero en absoluto vinculados a la lírica. Más bien, parecía yo haber desarrollado dos partes incongruentes de mi personalidad, cada una siempre enfrentada a la otra. Sin embargo, al contrario que Luisa, no había logrado descubrir aún cómo hacer que ambas trabajaran en armonía. Cuando las cosas se calmaran, tendría que trabajar en ello, pensé al cerrar los ojos y dejar que mi mente divagara.

Primero hubo silencio, interrumpido apenas por unos chispazos de color. Luego empezó a formarse una melodía. Una voz de soprano arrancó con una canción triste e inquietante. Las palabras me salían de la memoria como abejas de luz que volaran hacia su panal. Era un aria de una ópera, estaba segura, aunque no sabía de cuál. Me hizo pensar en la mariposa que había visto temprano aquella mañana, en Lillian y en los poemas de Luisa, en miel y limón, en el cementerio que había a los pies de la colina neblinosa de Oakland donde el pequeño Michael David descansaría por toda la eternidad. Quizá fuera hora de volver a casa, de enterrar la conciencia de la muerte con los cadáveres, de seguir con la tarea de vivir tan bien como pudiera.

TRECE

Familia de Santos / Familia de mujer

Era temprano en la tarde de un martes, uno de septiembre de 1970, cuando Luisa y yo nos dirigimos a casa de Mando en la calle Rosa. En aquella parte del Este de Los Ángeles, sin el preámbulo de las cercas de alambre o de los patios delanteros, la calle irrumpía con todo su ruido y violencia directamente en las salas de la gente. El único verdor que se veía era el de las dentadas plantas de anís que crecían tozudas en las grietas de la acera.

—Soy Gloria Damasco —me presenté a la mujer que abrió la puerta. Tendría mi misma edad, así que asumí que se trataba de la hermana de Mando. La niña de seis meses que llevaba apoyada en sus caderas alzó los brazos y nos saludó con una sonrisa babosa que le pronunció los hoyuelos mientras la joven nos observaba—. Esta es mi amiga Luisa Cortez —añadí—. Conocíamos a Mando.

—Sí, Gloria. Claro. Pasa. Come in. Soy Cecilia Cadena —explicó mientras caminaba hacia el corralito y dejaba allí a la niña—. Está bien, hermanita, pórtate bien. ¿Eh? Quédate ahí.

Luisa y yo nos miramos. Habíamos supuesto que las dos eran madre e hija.

—¿Cómo se llama tu hija? —preguntó Luisa, aún deseosa de aclarar el parentesco.

—Es mi hermana. Beni. Benita. —Cecilia le dio un chupón a la niña, aunque se estaba chupando la manita apaciblemente—. Mando me habló de ustedes. Fueron las que encontraron al niño muerto, ¿no? —Tragó una buena bocanada de aire, que un instante después retornó en forma de suspiros entrecortados—. Me alegro tanto de que esté muerto ese hijo de puta, ese viejo, ¿cómo se llama?

—Joel Galeano —respondió Luisa.

—Me alegro de que se quitara la vida. Y de que muriera como un perro callejero: solo. Aunque sé que eso no nos devolverá a Mando. Nada lo hará.

Se apretó la punta de la nariz con el índice y el dedo gordo mientras inspiraba.

Enseguida sentí una conexión con Cecilia, puede que porque, como me había ocurrido a mí, se esperaba de ella que se ocupara de los pequeños de la familia. Tal y como Luisa señaló después, éramos de la misma edad y, aunque en realidad no nos parecíamos, podríamos haber pasado por hermanas. No cabía duda de que ella era la persona más cercana a Mando y de que, por ello, él había confiado en mí.

La piel reseca de los párpados y el brillo febril que se le reflejaba en los ojos atestiguaba las largas horas que había pasado llorando, pero en aquel momento ya no lo hacía. Por razones prácticas, como pronto descubrimos, Cecilia se ocupaba de la casa, pues su madre era la única que ganaba un sueldo. También era ella la responsable de resolver los problemas que pudieran surgir respecto a su hermano y a su hermanita.

Observé la pequeña sala y las fotografías familiares que había dispuestas encima del mueble de la tele: las típicas. Mando y Cecilia de bebés en blanco y negro, su madre, fotos en color de la quinceañera de Cecilia, de Mando a los seis años, y a los quince, y de la pequeña Benita. No había fotos de boda, ni siquiera de un hombre.

Luisa jugó con Beni un rato, y luego se reunió con nosotras.

—Es una bebita buena y feliz —le dijo a Cecilia—. La cuidas muy bien.

—Gracias. Mi madre trabaja seis días a la semana. Es cajera en el restaurante Jardines de Villa, en Sunset Boulevard. Ayer la dejaron tomarse el día libre, pero hoy tuvo que ir a trabajar. Por ahora sólo tengo trabajo de medio tiempo por las mañanas aquí mismo, en el Este de Los Ángeles, así que puedo echar una mano con Beni. —Cecilia miró las fotos del mueble—. Mando era tan bueno con ella. La cuidaba cuando yo estaba en el trabajo.

—No conocí muy bien a tu hermano, pero me dio la impresión de ser una buena persona, un joven decente —alabé.

—Pues sí, lo era. —Cecilia sonrió. Tenía una sonrisa preciosa.

Luisa le preguntó entonces algo que a mí también me rondaba la mente:

—¿Llevaba Mando mucho tiempo siendo miembro de la pandilla los Santos?

—Sí. Últimamente estaba pensando en salirse. —Beni empezaba a lloriquear. Cecilia se miró el reloj—. Vamos a la cocina: tengo que prepararle la comida.

Luisa retomó la tarea de indagar sobre los Santos y la pertenencia de Mando a la pandilla. Por experiencias pasadas, sospeché que sabía lo que quería probar o comprobar.

—¿Y cómo es eso?

Cecilia se quedó mirándola, y luego a mí. Nos dedicó una sonrisa consciente.

—Seguramente creen que todos los de las pandillas son malos, right? Pues no. Al menos los Santos no lo eran. No hasta hace unos meses, en cualquier caso. —Llenó una olla de agua y, tras introducir en ella el biberón de Benita, encendió un hornillo para calentarlo—. Algunas pandillas, como la de los Santos, son como una verdadera familia. Están muy unidos, very close-knit. Se protegen y se apoyan unos a otros. Los Santos fueron buenos con Mando. ¿Saben? Mi padre nos dejó cuando él nació. A cierta edad, necesitó a un hombre del que aprender a serlo. Algunos de los miembros mayores de los Santos se portaron como un padre con él, siempre estaban si los necesitaba. Ahora, sin embargo, están cambiando. Eso es lo que Mando me contaba últimamente. No sé bien si él sabía por qué.

Cecilia entró en la sala para ir por Benita.

—A lo mejor es verdad que las pandillas acaban volviéndose violentas . . . Quizá es lo que esté ocurriéndoles a los Santos —sugerí.

—Sí —respondió Cecilia, que volvía a la cocina—. No sé exactamente por qué. A lo mejor les dan miedo las otras pandillas. Antes nadie se atrevía a entrar en el barrio. En cierto modo, los Santos nos protegían, pero ahora . . .

—Ahora puede que los polis anden tras ellos —comentó Luisa.

—No —contestó mientras se encogía de hombros—, los polis siempre han andado tras ellos. Está pasando algo más. Andan un poco locos. Real crazy.

—¿Por asunto de drogas? —pregunté.

Cecilia negó con la cabeza.

—Siempre han movido algo de mota, pero nada más. Los Santos no son verdaderos vatos locos. Los vatos locos son los tipos que prueban todo lo que se les ponga delante. Disparan, fuman, beben o esnifean: todo y lo que sea . . . , pero los Santos, ¡qué va!

—Deja que le dé yo —pidió Luisa cuando estuvo listo el biberón de la niña.

Cecilia estudió a Luisa un momento y luego le pasó a la niña y al biberón.

—Para serte sincera —intervine al cabo de un rato—, oí muchas cosas de lo que ocurre en las pandillas y lo de los Santos suena, sencillamente, demasiado perfecto para ser verdad.

Cecilia me miró fijamente, luego supongo que decidió que, por ser yo, me permitía hablar de aquel modo.

—No los defiendo porque sí. Los Santos han hecho mucho bien, como por los mayores. Me refiero a que, por ejemplo, los viejitos nunca tenían miedo de caminar solos por las calles cuando los Santos estaban por aquí. —Cogió el trapo de cocina y le limpió el sudor de la frente y el cuello a Benita—. Ya sé que deben de hacer Dios sabe cuánto más; pero no, no trafican con drogas. Están convirtiéndose en un verdadero ejército, con armas pesadas, como las que se usan en la guerra. Yo no sé nada de armas, nunca he visto una siquiera, pero eso es lo que Mando me contó.

—De algún modo, funcionan como uno, ¿no? Me refiero a la forma en que vigilan su territorio —comentó Luisa, que añadió—: Los miembros de la misma banda llevan el mismo uniforme, ¿verdad?

—Si no recuerdo mal —añadí—, el de los Santos es un chaleco de piel negra con una calavera nimbada grabada en la espalda, y pantalones negros. Mando no llevaba camisa, así que supongo que en verano no las usan, ¿cierto?

—Sí —confirmó Cecilia—, vestir su uniforme les ayuda a reconocerse entre ellos enseguida, en cualquier parte.

—¿Y se le permitiría a alguien que no pertenezca a la banda llevar el uniforme? —pregunté. Cuando Cecilia negó con la cabeza, seguí—: ¿Te habló Mando alguna vez de alguien que se vestía como los Santos, alguien que no era parte del grupo?

—Sí —afirmó sin dudarlo—, pero el propio Mando vio a uno así sólo una vez. El tipo alto que llevaba en brazos al niñito. Mando se lo mencionó a El Lucio, el padrino de Mando y un miembro importante de los Santos —explicó—. Es un hombre amable, con todo tipo de conexiones en el barrio y fuera de él. Con todo, ni siquiera El Lucio pudo enterarse de quién era aquel tipo alto. Los Santos lo agarrarán si el tipo vuelve a cruzárseles por el camino, pero es como si hubiera estado aquí y se hubiera esfumado, como de rayo. Así, sin más: just like that —concluyó tras chasquear los dedos.

Benita se apartó de la tetera y empezó a reírse.

—¿Y por qué los Santos no protegieron a Mando? —inquirí, consciente de que mi voz traslucía rabia y no traté de esconderlo.

—Yo también me hice esa pregunta —contestó tras asentir—, pero no los culpes a ellos. Digo . . . Mando no les contó todo lo que sabía. Ni siquiera El Lucio estaba al corriente de todo lo que Mando había visto. Mi hermano no quería que el resto de los Santos se vieran involucrados. —Tragó un par de veces—. Y yo no creí que de verdad estuviera en peligro.

—No te culpes. Has hecho más de lo que cualquiera esperaría —animó Luisa con tanto fervor que Cecilia se sonrojó.

—¿Y te dijo Mando qué aspecto tenía el hombre, el que llevaba en brazos al pequeño Michael? ¿Te lo describió? —quise saber con el corazón acelerado.

—Mando me contó que era un tipo que le sacaba como una cabeza, y él medía uno setenta, así que el hombre debía de medir uno ochenta, y era delgado, me dijo. Y llevaba peluca y un bigote falso. —Miró a la niña, que ya se había acabado el biberón y se adormilaba en brazos de Luisa. La tomó y fue a acostarla en su cuna. Luisa y yo nos quedamos esperándola en silencio, casi como si las dos presintiéramos que si hablábamos Cecilia perdería el hilo de su relato—. Mando lo siguió —continuó al volver a la cocina—. Había estado contemplando la revuelta desde una tienda de licores situada frente a la cafetería Silver Dollar. ¿La conocen? ¿Donde ese poli mató a Rubén Salazar?

Le indiqué con un gesto que sí sabíamos dónde estaba. Luego, Luisa preguntó:

—¿Y Mando estaba allí cuando mataron a Rubén Salazar o antes?

—Un poco antes —aclaró Cecilia. Después, prosiguió—: Bueno, vio al desconocido que iba vestido como los Santos y con un niño en brazos, y empezó a seguirlo. Joel Galeano salió de la cafetería un par de segundos después de que pasara por delante el tipo alto. Mando me contó que se había fijado en Galeano porque estaba tomando fotos, pero no estaba seguro, porque la cámara le tapaba la cara casi todo el tiempo. Mi hermano me dijo que por eso no reconoció a Galeano la primera vez que lo vio con ustedes, después de que encontraran al niño.

—Se llamaba Michael David Cisneros —susurró Luisa.

—Michael David —repitió Cecilia en voz baja. Luego retomó el relato—: La multitud estaba retirándose cuando esos cerdos empezaron a lanzar botes de gas. Mando me dijo que también oyó un tiro, pero nuestro vecino Tobías también estaba allí, en la acera de enfrente al local, y dice que no se disparó contra la cafetería donde estaba Rubén Salazar. En cualquier caso, Mando siguió al tipo alto. Se fijó en que el niño no se movía, que estaba sin fuerzas. Había mucha gente que huía corriendo de la policía y del gas. Alguien empujó a Mando. De pronto, él y el tipo alto quedaron así de cerca —Cecilia indicó la distancia de apenas unos centímetros con el índice y el pulgar—. El desconocido miró a Mando a la cara, y Mando pudo ver la cicatriz que tenía en el brazo, aunque decía que también parecía falsa.

—¿Y sabes si hubo alguien más que viera a ese hombre? —pregunté por si alguien más había informado al respecto.

—Nuestro vecino Tobías mencionó haber visto a Mando y a otro miembro de los Santos, pero no les prestó mucha atención. —Cecilia se encogió de hombros—. ¿Quién tiene tiempo de mirar atrás cuando los cerdos se salen del chiquero?

—Ya sé.

Me estremecí al recordar el ruido de gritos, el olor de la sangre y la peste a gas lacrimógeno.

—¿Y el tipo alto se dio cuenta de que Mando lo seguía? —preguntó Luisa, que trataba de reconducir la conversación al tema que nos ocupaba.

—Mando creía que no —replicó—, pero no estaba seguro. La multitud empujaba mucho, y perdió al tipo. Luego, cuando estaba cruzando la calle Marigold, vio al mismo niño echado en la acera. Empezó a sospechar del tipo alto, pero no supo qué hacer, así que se quedó esperando en la esquina. Creo que esperaba que el pequeño se despertara. Al final, optó por acercarse y moverlo.

—¿Te dijo que había encontrado un recorte de periódico? —pregunté.

—Sí, pero para él no tenía ningún sentido.

—¿Y cómo es que no llamó a la policía o a uno de los Santos?

—¿Lo dices en broma? Los Santos nunca llaman a la policía. Mando se habría metido en un lío si lo hubiera hecho. Tenía que esperar a que alguien descubriera el cuerpo. Me dijo que se sintió muy aliviado cuando ustedes dos se toparon con él, pero entonces volviste con aquel hombre, el tal Galeano.

—Aquí hay algo que no tiene ningún sentido —rebatí—. Cuando llegué a casa de los Galeano, Joel estaba allí, pero tú dices que Mando lo reconoció cuando Joel volvió conmigo como el hombre de la cámara que había tomado fotografías del asesino, ¿no?

—Eso es lo que Mando dijo. También me contó que el tipo que luego resultó ser Galeano desapareció antes de que Mando llegara a la calle Marigold, pero que estaba absolutamente seguro de que ese Galeano sabía lo que el tipo alto había hecho. Los Santos sabían que Galeano quería que la policía acabara con las pandillas, pero no lo tenían por alguien de cuidado, ¿saben?; not real dangerous.

—Contuvo el aliento, y luego lo intentó con las lágrimas—. ¡No lo consideraba un verdadero peligro!

Cecilia estaba sentada frente a mí en la mesa de la cocina, y le puse la mano sobre la suya.

—Lo siento. Lo siento mucho. —Me condolí—. De alguna manera, me siento responsable de lo que le ocurrió a Mando.

—¿Por qué? ¿Acaso sabías que Galeano iba a matar a mi hermano? —interrogó con el tono duro. Aunque yo sabía que no lo hacía intencionadamente, su pregunta sonó a reproche.

—No —respondí—. No sabía que Joel estaba metido en todo esto. Se suponía que iba a reunirme con Mando en el colegio de San Agustín. No sabía que nos seguían los detectives Kenyon y McGuire, así que no pude hablar con tu hermano. Mira, Kenyon y yo habíamos hablado de un trato mejor para Mando, y se suponía que yo tenía que contárselo entonces, pero, como yo no me fijé en que la policía nos seguía, nunca tuve la oportunidad de contarle a Mando la propuesta. Si hubiéramos podido hablar, a lo mejor . . .

—No creo que Mando te culpara por eso.

—¿Quieres decir que lo viste después de nuestra cita en el patio del colegio?

Esa posibilidad era algo inesperada. Ni Luisa, que me miraba de hito en hito, ni yo habíamos contado con ello.

—Ajá —suspiró Cecilia sonoramente—. Pasó por aquí para agarrar una chaqueta y cambiarse de ropa. Me dijo lo que había pasado, pero también que volvería a buscarte.

—¿Y adónde iba? ¿Te dijo?

—No, tanto no me contó. A su manera, estaba tratando de protegerme, pero sé que los Santos tienen chantes, dos o tres lugares donde se aloja la familia; no sé dónde están.

—¿Quién compone esa familia?

—Cualquiera de ellos. Todos.

Me sentía tan tentada a contarle a Cecilia dónde estaba uno de esos lugares, y lo que le había pasado a Mando allí, que los espasmos de la garganta pronto se transformaron en hipo. Enseguida, Luisa y Cecilia procedieron a colocarme en la posición de aguanta-la-respiración-mientras-bebes-agua, y yo les di por su lado.

—¿Vino a verte el detective Kenyon? —quiso saber Luisa, mientras me daba la oportunidad de que se me pasara el hipo.

—Huy, sí; él y otro policía han estado haciendo preguntas por todo el vecindario. Primero buscaban a los Santos, pero los Santos, todos saben cómo estar siempre un paso por delante de la policía. Luego, Kenyon y McGuire vinieron a verme y a preguntarme por Mando.

—¿Y qué les dijiste?

—Nada. Luego, ese mismo poli, Kenyon, volvió para contarme que Mando estaba muerto. Tuve que identificar el cuerpo. Y el otro policía, ¿McGuire?, me llamó para contarme que Galeano había asesinado a Mando, y que luego se había matado. —Cecilia bajó la vista para contemplarse las manos—. Quizá debería haberles contado a esos dos polis lo que sabía la primera vez que vinieron. —Entrelazó los dedos, y luego se puso las manos en el pecho y negó con la cabeza—. ¿Pero cómo iba yo a saber que estos dos eran buenos o, al menos, no tan malos? No saben lo terribles que son por aquí. No sé qué es lo que los hace odiarnos tanto.

Ni Luisa ni yo respondimos. ¿Qué podíamos decir? Yo había tomado un riesgo calculado con Kenyon, una sola vez, pero sus buenos actos no borrarían las huellas de sangre que habían dejado sus compañeros. Aquel violento sábado en el parque Laguna se quedaría con nosotros para siempre.

CATORCE

Los sueños de los muertos

Mi padre nunca se fió de los aviones. Además del precio prohibitivo de un vuelo para una familia de cinco con un sólo sueldo, la posibilidad de que la aeronave se hundiera en el azul profundo del océano o en un espeso bosque verde lo aterraba. Y como no íbamos a ningún sitio al que no pudiera llevarnos en carro, yo no monté en avión hasta que volví al Este, con Darío, para conocer a los suyos. Para él, que provenía de una familia de clase media-alta de Puerto Rico, volar era tan común como ir al cine. Para mí, hacerlo siempre implicaba algún riesgo. En vista de mis experiencias voladoras de los últimos tiempos, no pude evitar sonreír.

Mientras pensaba en esas cosas, caminé por la pasarela para embarcar en el avión de vuelta a Oakland. Era la tarde del miércoles dos de septiembre de 1970, y Matthew Kenyon me había llevado al aeropuerto. Aunque no lo vi al darme la vuelta para despedirme, noté su presencia en la sala de espera como la luz de una estrella púlsar en mi subconsciente.

Tal y como me había ocurrido con Mando cuando lo había visto aquel domingo por la noche en el patio de San Agustín, sabía que el detective sargento Matthew Kenyon y yo no volveríamos a vernos las caras.

Antes, aquel mismo día, cuando había ido a su despacho para informarle de que partía por la tarde, y para preguntarle si había habido algún avance, lo encontré mirando por la ventana. Volvió la cabeza hacia mí y me preguntó: "¿Ya se encuentra bien?". Luego retomó la ociosa vigilancia del estacionamiento que había en la trasera de la comisaría.

Kenyon no era el tipo de hombre que se prestaba a la conversación de cortesía. Aún así, se esforzaba en ser amable conmigo. Era divertida y triste al mismo tiempo, aquella charla sobre la niebla y los vientos helados del encantador San Francisco, y la bruma de la ciudad de Los Ángeles. Con todo, la cháchara sobre el tiempo ocupó apenas territorio emocional, así que al cabo de un poco, ambos dejamos de hablar.

Fue él quien rompió el silencio:

—Así que ahora regresa a la zona de la bahía —comentó.

Asentí, suspiré y tomé asiento.

—Odio tener que marcharme. Quedan tantas preguntas sin respuesta . . .

—Todavía estamos buscando a Reyna Galeano. Ha desaparecido sin dejar rastro, y su madre, Sylvia Castañeda, no suelta prenda. —Kenyon se volvió y se sentó en el alféizar de la ventana—. ¿A qué hora se va?

—Por la tarde.

—¿La lleva Luisa al aeropuerto? —Se veía inquieto, incómodo.

—No. No puede —respondí—. Tiene que trabajar. Me iré en el bus que hay al aeropuerto.

—¿Puedo —sonrió nervioso— llevarla?

—Estupendo. Gracias. —Su ofrecimiento me tranquilizó.

—Quiero preguntarle algo, y quiero que sea honesta conmigo.

Se sentó recto en la esquina de su mesa, con la cabeza un tanto inclinada adelante para poder verme con los bifocales.

—Adelante —lo invité—. Pregunte lo que quiera saber.

—¿Qué opina de Lillian Cisneros? Quiero decir, como mujer que mira a otra mujer —especificó mientras lanzaba una mirada fugaz por encima del hombro.

Esperé a que alguien hablara detrás de mí, pero nadie lo hizo.

—Es muy refinada y atractiva. —Fui muy seca. No quería hablar de Lillian, no tanto por respeto personal, pues apenas la conocía, sino porque era la madre del pequeño Michael, y la hija de Otilia. El escrutinio al que Kenyon había sometido a Lillian en la iglesia y aquella pregunta me picaron la curiosidad—. ¿Sospecha de ella o es que quiere protegerla? —pregunté en tono de burla.

Kenyon encogió un hombro y rechazó mi comentario con un gesto. De nuevo se dio la vuelta para contemplar el estacionamiento. Sentí la presión de las lágrimas alrededor de los ojos, como cuando a una niña la regaña su profe favorito delante de sus compañeros. Al mismo tiempo, estaba furiosa conmigo misma por dejarlo a él, un hombre y un policía además, ejercer aquel tipo de autoridad sobre mí. ¿Por qué le permitía aquel poder?

—No mataría a su propio hijo —acabé diciendo. Él no reaccionó, así que proseguí—: Si supiera quién lo mató, ya se lo hubiera dicho a usted, ¿no? Que yo sepa, quiere a su marido . . . y parece ser una buena esposa. Probablemente también fuera una buena madre. No me produce malas . . . —dudé.

Kenyon se volvió y me sonrió.

—¿Por qué no lo dice? Vibraciones.

—Odio las modas, sean lingüísticas o de otro tipo. —Me gustó verlo sonreír, y aun así, casi no podía controlar la necesidad imperiosa que sentía de llorar cada vez que lo miraba. A lo mejor no era más que mi incapacidad para aceptar que su enfermedad era terminal, pero sabía que estrechamente unida a mi renuencia estaba la sensación de desesperanza, pues podía ser que el caso nunca se resolviera. Con todo, le pregunté—: ¿Qué es lo que sospecha de Lillian?

—Me gustaría poder contárselo. La verdad es que no lo sé. Tiene que ver con lo que le dijo a su madre. "¿Qué he hecho?". Eso es. Eso es lo que no me cuadra. —Enarcó las cejas y me miró como si esperara que yo compartiera su sospecha.

Me tomé un momento para responder, sobre todo para sondearme en busca de alguna duda subconsciente que hubiera albergado, pero no me salía nada de la cabeza. Pensé en la mariposa y en el rostro de Lillian, y en la canción que de algún modo mantenía una conexión con ella. No obstante, ¿cómo compartir con él aquello? En un intento por continuar siendo lógica y de ofrecer una posible explicación, comenté—: Quiso decir que tendría que haber estado allí con su hijo en lugar de en la manifestación.

—Eso es lo que pensé la primera vez que usted me lo contó.

—Y ahora cree que hay algo más . . .

—Estoy casi seguro. No encaja con . . . —negó con la cabeza.

—¿Qué es exactamente lo que no encaja?

Oí que la puerta se abría detrás de mí. Me volví y vi a Todd, el poli que había ayudado a Kenyon y al forense el sábado, cuando la policía se había ocupado por primera vez del asesinato del pequeño Michael. Estaba de pie en la puerta, y agitaba un par de carpetas de archivos. Kenyon lo invitó a pasar.

—Esto es todo lo que he podido encontrar —se excusó—. Los federales son los que tienen casi todo sobre él, y es poco. Y tienen menos aún sobre ella. McGuire y yo hemos hablado con algunos de sus amigos y parientes, excepto con el hermano de Michael Cisneros, que aún está en Alemania, pero no hemos recabado mucha información sobre ellos. Todo lo que tenemos está ahí.

Le entregó a Kenyon las carpetas; luego me sonrió y se marchó. Me di cuenta de que no conocía el apellido de Todd, así que evité llamarlo por su nombre al despedirme.

En el acto volví a prestarle toda mi atención a Kenyon.

—Verdaderamente sospecha de ella, ¿no?

La sorpresa que desveló mi voz hizo que Kenyon cerrara la carpeta y me mirara.

—Sí, pero ella no es la única a la que se está investigando. —Kenyon volvía a hablar como si no tuviera que ver con aquellos trámites—. Veamos qué hay sobre Michael . . . —anunció mientras abría una de las carpetas.

—Antes de que siga . . . Todavía no entiendo qué le hace sospechar de Lillian. ¿Por qué está investigándola?

Kenyon volvió a sentarse en la esquina de la mesa.

—Usted es madre. Deje que se lo explique como si se tratara de usted. Imagine que deja a su hija con su madre, en quien confía de forma natural. Se marcha, segura de que la abuela no permitirá que le pase nada a su nieta; pero le pasa algo. ¿Por qué no culparla a ella en lugar de a usted misma?

—Ya veo a qué se refiere. Sin embargo, no es un buen argumento. A nosotras, las madres, se nos dice constantemente que nuestro sitio está junto a nuestros hijos, cuidándolos siempre. Yo estoy aquí y mi hija está en Oakland con mi marido. La cuida bien, estoy segura, pero yo me siento culpable igual por no estar allí con ella. Además, Lillian lleva acumulando algún tipo de sentimiento de culpa, según parece, durante un tiempo. De forma algo irracional, se siente responsable de la muerte de su padre. Y luego van y matan a su hijo. No soy psiquiatra, pero creo que ella siente que está pagando por algo.

—Puede ser. Este es el dossier del FBI sobre Michael Cisneros hijo . . .

—Así que tienen uno sobre cada uno de nosotros.

Primero Kenyon optó con buen juicio por ignorar aquel comentario espontáneo por mi parte.

—No se crea. J. Edgar Hoover, el director del FBI, cuenta con informes hasta sobre su madre y él mismo. —Kenyon rio mientras ojeaba las páginas del archivo. Se ajustó las gafas y vaticinó—: Michael Cisneros debe de tener alguna historia para que los federales se hayan preocupado por él. Lo que me interesa es la información sobre la familia y su pasado personal.

—¿Cómo consiguen todos esos datos sobre la gente?

—Todos los datos personales y familiares los obtenemos de parientes, amigos, familia inmediata, y de los propios Lillian y Michael Cisneros. También les enviamos una petición a los federales, y nos mandaron lo que tenían.

—Así que hacen un informe con dos archivos.

Kenyon lo confirmó asintiendo. Luego, en silencio, se dispuso a revisar la información, y fue leyendo en alto y haciendo comentarios todo el rato.

—Nació el cinco de mayo de 1937 en Ciudad de México cuando sus padres vivían allí. Lo llamaron Michael Cisneros, hijo. Su padre, Miguel Eduardo Cisneros Belho de nacimiento, se cambió el nombre a Michael Cisneros cuando llegó a los Estados Unidos. Cisneros padre provenía de una familia adinerada que huyó de México durante la Revolución Mexicana, alrededor de 1921, y que volvió años más tarde, a finales de los años treinta, como ejecutivo con la empresa Ford Motor. Él y su mujer, Karen Bjorgun-Smith, vivían en Puebla y registraron a Michael hijo en la Embajada Norteamericana como ciudadano norteamericano el diez de junio de 1937. Un año después, murió el padre de Michael Cisneros padre y le legó el negocio familiar: tres ferreterías y dos aserraderos en el norte de California.

"Aquí está el informe militar del hijo. Interesante. Tenía una *clasificación 1-A* cuando era estudiante, o sea, que podía haberle tocado servir, pero no hay pruebas de que se le llamara a filas en ningún momento. Mmmm . . . Y de pronto se le concede una *4-F*, que le exime del servicio totalmente. No se ofrece explicación alguna al respecto, salvo que un agente . . . Peterson indica que la familia Bjorgun, gente bien conectada social y políticamente, movió algunos hilos. También tenían influencia financiera.

—¿Y cuándo se alteró esa clasificación? ¿Ya estaba casado por entonces? —Un minuto después respondí a mi propia pregunta—: ¿1956-1960? ¿No fue entonces cuando estaba en la universidad?

—Me interrumpí para concluir—: ¿Es interesante que el FBI investigara a la familia Bjorgun-Cisneros?

J. Edgar Hoover, como el Señor, pensé, actuaba de manera inescrutable, pero Kenyon pensaba de otro modo.

—Si estaban bien conectados políticamente y eran ricos, eso puede haberle bastado a Hoover para investigarlos, pero aún no hay nada de eso aquí.

—¿Y qué hizo Michael hijo tras licenciarse?

—Estoy llegando a esa parte —Matthew Kenyon continuó leyendo—, Michael hijo se licenció en Administración de Empresas en Harvard, viajó por Europa durante un tiempo y luego volvió para trabajar con su padre hasta que . . . ¡Ah! Aquí hay una posible razón para que se le abriera un expediente de investigación. Pasó dos años como voluntario del Cuerpo de Paz, ayudando primero en Colombia y luego en Chile. Regresó a los Estados Unidos en 1964, y a la Universidad de California, en Berkeley (UCB-California), para cursar un máster en Dirección de Empresas. Se involucró bastante en el Movimiento por la Libertad de Expresión y otras actividades políticas estudiantiles allí, otra razón por la que el FBI podría haberse interesado en sus movimientos. Aquí, vamos a ver las entrevistas . . .

—Kenyon leyó rápido las siguientes páginas hasta que encontró la información que parecía estar buscando. Luego dijo—: Su madre siempre parecía actuar en su defensa, incluso en contra de las órdenes de su marido. Aunque a Michael hijo le fue bien en los estudios, y quería seguir los pasos de su padre, el señor Cisneros desaprobaba las actividades políticas de su hijo en Berkeley. Padre e hijo discutieron, pero al final el señor Cisneros acabó perdonándolo ante la insistencia de su esposa. Al terminar, Michael hijo se fue a trabajar con su padre. Todo quedó olvidado, y bien está lo que bien acaba.

—No tan rápido. ¿Cuándo conoció a Lillian?

—Vamos a ver . . . Eso estará probablemente en el informe de ella. Sí, aquí está. Bárbara Nuncio, la amiga de Lillian Cisneros, dice que en 1964, ella y Lillian estudiaban en la Universidad Estatal de California, en Long Beach. Asistieron a un congreso estudiantil estatal en la Universidad de Califonia-Los Ángeles (UCLA) al que también acudieron Paul y Michael Cisneros. Michael no fue el primero de los hermanos que conoció a Lillian. En realidad fue Paul, que la invitó a salir con él un par de veces, pero como "no había química", ambos perdieron el interés mutuo pronto. Al término del congreso, Paul le presentó a Bárbara y a Lillian a Michael, y éste se enamoró de Lillian enseguida. Desde entonces, Michael viajó regularmente a Los Ángeles para verla. Anunciaron su compromiso en diciembre de 1964, y se casaron en febrero de 1965. Michael David nació el quince de marzo de 1967.

Tres años después matan a su hijo: no es un final tan feliz después de todo, ¿no?

Aunque la actitud de Kenyon hacia Michael me molestaba, seguía cayéndome bien. Imaginaba que sus superiores estarían presionándolo por no avanzar en el caso. Otilia también había mencionado que Michael quería contratar una agencia privada para llevar a cabo una investigación independiente. El suicidio de Joel no había calmado la ira de nadie. En todo caso, había abierto más cuestiones que había que resolver.

Tras cerrar la carpeta, Kenyon la dejó en su mesa.

—¿Por dónde seguir desde aquí? —le pregunté—. Me da la sensación de que no está más cerca de descubrir quién es el asesino del pequeño Michael que el sábado anterior.

—Habla igual que él —replicó antes de quitarse los lentes y frotarse los ojos.

Consciente de que Kenyon se refería a Michael Cisneros, le pregunté:

—¿Acaso ha estado presionándolo?

Kenyon se limitó a asentir.

—Cuenta con amigos en las altas esferas, ¿sabe?

—¿Está en apuros? Quiero decir . . . ¿en la comisaría?

Negó con la cabeza.

—Se está haciendo todo lo que puede hacerse, pero este es un caso complicado, no hay duda . . .

Tras mi encuentro con Joel, primero había intentado darle a Kenyon los trozos de fotografías, pero luego había decidido quedármelos; sobre todo para enseñárselos a Otilia, que, con todo, no había reconocido el extraño emblema de los pantalones del asesino. La otra pista que había obtenido tenía que ver con la cicatriz que Mando le había visto. Al final se lo conté a Kenyon, y le expliqué que Mando creía que formaba parte del disfraz del asesino. Kenyon había inclinado la cabeza y había asentido, como si estuviera de acuerdo con la interpretación de Mando.

—Quizá esto también ayude —le dije al entregarle el sobre donde había metido los restos de fotos.

—Gloria, Gloria, niña mala.

Dado que no había sido mi intención decepcionarlo, ignoré el comentario y le expuse mis ideas sobre el posible significado de las fotos.

—Antes de que Joel huyera de ustedes el lunes —le recordé—, dijo que lo habían llevado a Río, y que le habían prometido cosas. No sé qué pensará usted, pero para mí que la gente que lo contrató, incluido el mero mero, lo llevó a Río de Janeiro. Y a lo mejor estas personas de Río son parte de un grupo, de una logia, quizá, que tiene esto por emblema. ¿Qué le parece?

Kenyon asintió mientras observaba los fragmentos fotográficos sirviéndose de sus lentes de lectura como lupa.

—Se trata de un símbolo bastante extraño —comentó al examinar la imagen del bolsillo trasero de los pantalones del asesino—. Mmm . . . Es una mano humana que agarra la zarpa de un león. Encima tienen un círculo de fuego a modo de corona, de la que parece ascender una cruz. ¿Qué cree que signifique?

—Ni Luisa ni Otilia ni yo sabemos qué pueda ser. Esperaba que usted supiera aclarármelo.

—Pues no, me temo que no, pero cabe que el profesor Rivers de UCLA, nuestro experto en genealogía y heráldica, se haya topado con algo así o parecido alguna vez en sus investigaciones.

—¡Pues sí que andamos de suerte! —exclamé, con el ceño fruncido, si bien contenta, en este caso, de que alguien hubiera seguido una vía tan esotérica de estudio.

—¡Amén! —Kenyon volvió a la ventana. Con la esperanza de ver algo peculiar o significativo, lo acompañé, pero me equivoqué, pues no se trataba más que de otro día cualquiera en el estacionamiento de la comisaría. Puede que, para un policía cuyos días estaban contados, una jornada normal fuera casi un acontecimiento importante.

—Ahora que me voy a ir, ¿me dirá al menos cómo se llama esta . . . condición que lo aflige?

Kenyon se señaló la sien, como si su dedo índice fuera el cañón de una pistola.

—Un aneurisma o tumor cerebral —me dijo con ese gesto. Aunque, fuera cual fuera aquella enfermedad, acabaría con su vida con tanta certeza como una bala que le atravesara el cerebro. Tras un momento de silencio, añadió—: Supongo que no servirá de nada que le pida que se olvide de todo esto, ¿verdad?

Y obtuvo una sonrisa por toda respuesta.

Unos minutos después, nos pusimos en marcha por las autopistas de Los Ángeles, primero hasta el apartamento de Luisa para que yo recogiera mis cosas, y luego al aeropuerto. Tras hacer pacientemente la cola a mi lado mientras esperaba para facturar, Kenyon me acompañó hasta la zona de embarque. El resto de pasajeros habían empezado ya a entrar. Me dio la mano y, sin decir una palabra, se volvió para marcharse.

—Lo llamar . . . —empecé a decir, pero cambié de idea. Al avanzar por la pasarela, la luz titilante de la estrella de Matthew Kenyon empezó a desvanecerse; para cuando llegué a mi asiento, ya había desaparecido. En su lugar, se aposentó la certeza de que al día siguiente, bajo un abeto o un magnolio, con la bahía de San Francisco a sus pies, Michael David descendería bajo tierra para soñar los sueños de los muertos.

La única forma en que podía evitar pensar en que el avión se hundiría en el profundo abismo era olvidarme de ello: así que tras instalarme en mi asiento, me quedé dormida. Cuando volví a abrir los ojos, el sobrevuelo había reducido la intensidad de las luces de cabina. Miré por la ventana. Abajo, el reguero luminoso de los faros de los carros en el puente entre San Mateo y Hayward le anunció a mi alma y a mi mente exhausta la cercanía de unos brazos cálidos y amados. En el transcurso de cinco días, había viajado cien años. En el último tramo del avión, las luces volvieron a encenderse. Me vi reflejada brevemente en la ventana. Aparté la mirada por miedo a encontrar a una mujer centenaria contemplándome.

Interludio

¿Quién será?
Y cuando llegue . . .
¿Qué dirá él? ¿Qué dirá?
De lejos llamará a "Butterfly".
Y yo, sin dar respuesta,
me quedaré escondida
un poco para engañarlo,
un poco para no morir . . .
en nuestra primera cita.

De "Un bel dì",
Madama Butterfly
de Giacomo Puccini

QUINCE

Voces y visiones

Durante el periodo de seis meses tras mi regreso a Oakland, con frecuentes pérdidas de sueño y apetito, y en un tiempo de atención que pertenecía a Tania y a Darío, reuní toda la información que pude sobre las familias Cisneros y Peralta. Enseguida llené una caja entera con informes de negocios del grupo empresarial Black Swan y de columnas de cotilleo de las páginas de sociedad con fotografías de Michael y Lillian, y Paul Cisneros en varios actos sociales y culturales.

Temerosa de olvidarme de algo importante, puse por escrito las actividades diarias que había desarrollado con Kenyon en Los Ángeles, y llevé un diario con todas las pistas imaginables con que me había topado desde los asesinatos.

Seguí incansable cada cabo suelto que pudiera aclarar la conexión entre los Peralta, los Cisneros y Cecilia Castro-Biddle.

A principios de diciembre de 1970, mientras leía unos archivos de la Sala de Historia de Oakland, descubrí dos datos de interés. En 1957, un artículo de periódico mencionaba que la hija de Cecilia Castro-Biddle vivía en las montañas de Santa Cruz. Unos años más tarde, otro artículo aludía a un pequeño parque que había recibido su nombre en honor a los Peralta, y estaba situado en el distrito de Fruitvale, el corazón de la comunidad hispanohablante de Oakland. De modo que, en cuanto el tiempo lo permitió, me llevé a Tania a jugar a mi recién descubierto parque Peralta, y, fruto de una feliz coincidencia, o eso pensé al principio, conocí a Charlotte y Célie Lamont, dos ancianas que vivían frente al parque. Luego me enteré de que la casualidad poco tenía que ver con que las hubiera conocido, pues a menudo estaban fuera, incluso en invierno, para ocuparse de sus jardines y saludar a todo el mundo que visitaba el Peralta.

Charlotte y Célie se fijaron enseguida en Tania y en mí, y nos invitaron a tomar unos refrescos con ellas. Después nos pidieron que volviéramos a visitarlas. A mí ellas también me agradaron, así que en varias ocasiones después me acerqué a verlas mientras Tania se entretenía en el parque.

Charlotte era una apasionada de la ópera, y un día me la encontré escuchando una grabación de *Madama Butterfly*, de Puccini. En cuanto la soprano comenzó las primeras frases del aria "Un bel dì", reconocí la música que había estado resonándome en la cabeza muchas veces desde la tarde en que Luisa y yo nos habíamos encontrado el cuerpo del pequeño Michael.

—¿Qué canción es la que escuchamos? —le pregunté a Charlotte.

En lugar de responderme, me replicó:

—¿Conoces la historia de *Madama Butterfly*?

—No —le respondí.

Charlotte, siempre ansiosa por hablar de los libretos de sus óperas favoritas, se mostró encantada con la idea de contarme todo sobre aquella.

—Pinkerton —comenzó— es un oficial de la marina norteamericana destacado en Japón y se enamora de Cio-Cio San, una dama japonesa. Decide casarse con ella según el protocolo nipón. De cariño la llama mariposa: "Butterfly". A Pinkerton lo regresan a los Estados Unidos, pero le promete a Butterfly que volverá por ella. Con todo, su matrimonio con Cio-Cio San no es válido en los Estados Unidos, así que, cuando allí se enamora de otra mujer, Kate, contrae matrimonio con ella. Mientras tanto, Cio-Cio San da a luz a un hijo y espera el regreso de Pinkerton. Pasan tres años, que, según parece, es el tiempo necesario en Japón para poder solicitar el divorcio. El príncipe Yamadori le pide a Cio-Cio San que se case con él, pero ella lo rechaza. Entonces Pinkerton regresa a Japón acompañado por su nueva esposa, y su mejor amigo en Japón, el cónsul Sharpless, le informa de que tiene un hijo. Pinkerton decide llevárselo con él a los Estados Unidos. Al darse cuenta de que él nunca la ha querido, Butterfly se practica un hara-kiri. ¡Pobre Butterfly! —se lamentó—.

Literalmente se abrió las entrañas por tan poca cosa como ese tal por cual, mientras el príncipe Yamadori, uno perfectamente decente, estaba enamorado de ella.

—Me gusta mucho esta aria —intervine.

—Se llama "Un bel dì" —aclaró Charlotte, que acto seguido pasó a interpretarme la letra—: Butterfly está contemplando el océano, trata de imaginar cómo será todo cuando el navío de Pinkerton arribe a puerto. Se imagina su alegría al verlo acercarse a la casa y llamarla. Entonces ella saldrá a saludarlo y se amarán con tanta pasión como la primera vez. —Charlotte concluyó su explicación cuando Célie entró en la sala. Luego preguntó—: ¿Por qué te interesa esta aria, Gloria?

Sin entrar en detalles sobre mis visiones, les expliqué a las hermanas Lemont lo del asesinato del niño y cómo en mi mente relacionaba aquella aria con su madre. Cuanto más les contaba, más intrigadas estaban con mi relato. Al mencionarles que tenía un archivo del caso, me pidieron ver algunos de los artículos de periódico y fotografías que había guardado.

Al día siguiente, les llevé algunos de mis informes para enseñárselos. Primero se fijaron en las fotos de los hermanos Cisneros que iban con una columna de negocios sobre el grupo empresarial Black Swan. Célie señaló la foto de Paul y comentó:

—Yo he visto a este señor. Estoy casi segura de que Charlotte y yo lo hemos conocido.

Charlotte se asomó por encima de su hermana para echarle un vistazo:

—Sí, me resulta conocido. Creo que es ese joven guapo al que le secuestraron al hermano, y luego abandonaron aquí, en el parque, unas horas después de llevárselo.

—¿Me está diciendo que al hermano de este joven lo secuestraron hace poco? —pregunté, sin tener muy claro lo que Charlotte quería decir.

—No. No es eso lo que estoy diciendo. Conocimos a este joven aquí en el parque en febrero de este año —aclaró tras señalar la imagen de Paul Cisneros—. Fue a su hermano, en mil novecientos cuarenta y algo, al que secuestraron cuando era un niño. Y luego lo encontraron en este parque. ¿No te acuerdas de lo que nos dijo ese joven, Paul, Célie? Fue tu historia favorita del parque Peralta y durante cuatro días no pudiste dejar de hablar de ella. Creo que se la contaste a medio Oakland.

—A medio Oakland no, Charlotte —contestó Célie con una sonrisa—, pero tienes razón. Este es el hombre y se llama Paul. —Célie se volvió y me aclaró—: Paul nos contó que el secuestro había tenido lugar en 1941, mucho tiempo antes de que viniéramos a vivir a esta casa.

—¿Y les dio algún detalle sobre el secuestro de su hermano? —pregunté. Y añadí—: No sabía nada de esto.

—Paul nos contó —respondió Charlotte— que su hermano tenía unos cuatro años en el momento del secuestro. —Luego, al echar un vistazo a otra foto de periódico, preguntó—: ¿El hombre de esta otra foto es el hermano al que secuestraron?

—Michael —le recordó Célie—. Paul nos dijo que su hermano se llamaba Michael.

—Sí —confirmé—. El hombre de la otra foto es Michael Cisneros, el hermano de Paul; pero, como les decía, no tenía ni idea de que lo hubieran secuestrado.

—Paul debe de ser el hermano pequeño, ¿no te parece? —se aventuró Célie mientras miraba a su hermana, que respondió asintiendo.

—Sí —aseguré—. Paul tiene unos cuatro años menos que Michael, así que es muy posible que no hubiera nacido aún cuando secuestraron a su hermano. ¿Les contó Paul quién secuestró a Michael?

—Que yo recuerde no creo que nadie lo sepa. Paul nos dijo que su madre decía que lo había secuestrado una mujer —aclaró Charlotte—, pero me acuerdo de que Paul comentó que en el momento del secuestro sus padres no llamaron a la policía.

—Lo que dijo —intervino Célie enseguida— es que sus padres no querían un escándalo, y que por eso no se lo contaron a nadie durante mucho tiempo. De ahí que asumiéramos que no habían llamado a la policía.

—¿Y por qué un secuestro provocaría un escándalo para los Cisneros? —exclamé sin querer.

—Nosotras nos hicimos la misma pregunta, pero Paul . . . como que no sabía por qué. O al menos no nos los contó —respondió Célie.

—¿Y dicen que Paul les contó todo esto a principios de este año? —quise saber para asegurarme de la fecha.

—Fue a finales de febrero. Lo sé porque le dimos un ramo de narcisos recién cortados. ¿Te acuerdas? Y los narcisos siempre salen a finales de febrero —le recordó Célie a Charlotte.

Me fui a casa confusa e intrigada con aquel giro de los acontecimientos. Estábamos a principios de diciembre de 1970, y Paul había hablado con las hermanas Lamont en febrero, unos seis meses antes de que asesinaran al pequeño Michael en Los Ángeles.

Más tarde, después de acostar a Tania, llamé a Otilia a Los Ángeles y le pregunté si ella sabía que habían secuestrado a Michael Cisneros cuando era pequeño.

—Todo lo que sé —dijo— es que una sirvienta vio a una mujer observando la casa un par de veces el día antes de que Michael desapareciera; pero eso fue hace casi treinta años. No sé qué tiene que ver esto con la muerte de mi nieto. —Se interrumpió y luego continuó—: Todos apreciamos lo que tú y Luisa han hecho para ayudar en la investigación, pero ni siquiera el detective Kenyon . . . Lo que trato de decirte, Gloria, es que puede que haya llegado el momento de que tú . . . de que todos nosotros sigamos adelante con nuestras vidas.

Deseaba olvidarme del caso, pero sabía que no podría hacerlo, así que en cuanto colgué con Otilia llamé a Luisa y le pedí que le pasara la nueva información a Kenyon.

Empezaba a sentir que había una conexión entre el secuestro de Michael y el asesinato del pequeño Michael. Estaba cada vez más segura de que, de alguna manera, la mujer que se llamaba Cecilia Castro-Biddle era responsable de su secuestro. ¿Acaso podía haberse llevado también al pequeño Michael David de la casa de Otilia? ¿Era ella cómplice de asesinato? ¿Me había equivocado desde el principio al asumir que el asesino era un hombre en lugar de una mujer?

El columnista que había escrito sobre la familia de la señora Castro-Biddle allá por 1957 había mencionado que la hija de Cecilia vivía en las montañas de Santa Cruz, pero no había ofrecido información alguna sobre el nombre de la señora, su edad o su estado civil, ni siquiera de dónde vivía. Como sabía que Los Gatos y Saratoga eran dos ciudades importantes de la región montañosa, hice un viaje a la zona. Unas pequeñas indagaciones en la biblioteca local y en la oficina del periódico resultaron en vano. Por suerte, al salir de esa última se me ocurrió que los Castro-Biddle podían ser católicos. Mi corazonada resultó atinada cuando volví para hablar con la recepcionista de la oficina del periódico.

Una familia méxico-americana que viviera en las montañas donde las casas contaban con varias hectáreas de bosques alrededor probablemente iría a rezar a la iglesia del Sagrado Corazón, justo al norte de la zona de Los Gatos-Saratoga, según me contó la recepcionista. La gente de las áreas más modestas iba seguramente a misa en la localidad de San José.

A pesar de no gustarme lo de juzgar a los hijos por las preferencias sociales de sus padres, en aquel caso tuve que considerar que la hija de la señora Castro-Biddle, como su madre, nunca iría a misa con gente como los granjeros y meseros, así que me dirigí a la iglesia del Sagrado Corazón, que estaba en la parte más concurrida de la ciudad.

El padre John Stewart, el sacerdote de la parroquia, tendría unos sesenta y tantos años. Miraba con unos ojos pequeños y brillantes, y una sonrisa pícara, como si estuviera a punto de contar un chiste o de reírse de alguno.

—Estoy intentado localizar a la señora Cecilia Castro-Biddle. Se me ocurre que a lo mejor es una de sus feligresas.

El padre Stewart me estudió el rostro durante unos segundos y luego dijo:

—Sí, conozco bien a la familia. He sido su confesor durante muchos años. —Se calló y luego añadió—: Cecilia, la señora Castro-Biddle, falleció hace unos cuatro meses.

En cuanto lo oí decir aquello sentí como si una ráfaga de viento me saliera de los pulmones, como si alguien me hubiera dado un puñetazo en el estómago.

El padre continuó:

—Se suicidó. Se tragó un frasco entero de pastillas. Qué Dios se apiade de su alma.

—Amén —dije, y, por respeto, esperé un poco antes de seguir con mis pesquisas—. ¿Le mencionó alguna vez a la familia Cisneros de Oakland? —El padre Stewart no quiso responderme, lo que me indicó que debía de haber tocado hueso. Era evidente que no iba a ayudarme. A lo mejor no podía. Incluso aunque estuviera muerta, el padre no iba a traicionar ningún secreto que Cecilia Castro-Biddle le hubiera confesado—. Tengo razones para creer que el motivo de la muerte de un joven en Los Ángeles, un niño pequeño llamado Michael David Cisneros, tiene alguna conexión con la señora Castro-Biddle. Estaba relacionada de alguna manera con la familia Cisneros y la familia Peralta —expliqué, pero, como esperaba, el padre Stewart no hizo comentario alguno. Para intentar buscar la forma de obtener su ayuda, le propuse una alternativa—: Ya sé que no puede traicionar su confianza, pero esperaba que pudiera darme alguna información sobre la familia que no le hayan contado en confesión.

El padre consideró mi propuesta unos segundos y por fin accedió: —Sí, puede que eso sí pueda hacerlo.

Dadas las circunstancias, decidí contarle lo que había sido capaz de deducir sobre la identidad de Cecilia, con la esperanza de que él pudiera añadir algo a aquella información. Empecé por relatarle los detalles de la genealogía de la familia Peralta, empezando por el patriarca: Luis Peralta. De sus diecisiete hijos, sólo llegaron a adultos cinco, que formaron sus propias familias. Luis Peralta se había mudado a San José con la única hija que le quedaba viva y había repartido el resto de la tierra entre sus otros cuatro hijos. Vicente Peralta, el hombre del que Cecilia Castro-Biddle decía ser su antecesor directo, había recibido en herencia el rancho San Antonio, que se extendía por toda la zona que ahora era la ciudad de Oakland, al otro lado de la bahía de San Francisco.

Vicente Peralta había desempeñado un relevante papel en la política de la región, pues mientras el territorio continuaba bajo mando mexicano, Vallejo fue el gobernador de California, y Peralta había sido no sólo un buen amigo suyo, sino también un general del ejército mexicano. El diez de julio de 1846, durante la Rebelión de la Bandera del Oso, los rebeldes lucharon y vencieron a las tropas de Vallejo con la intención de dejar California fuera del dominio mexicano. Como resultado, el general Vallejo, su hermano y Vicente Peralta habían sido encarcelados en el fuerte Sutter, aunque los habían liberado posteriormente. En 1848, California pasó a ser parte de los Estados Unidos. En aquella época, se descubrió el oro, y los nuevos pobladores habían empezado a ocupar cada vez más tierra de los Peralta. En el momento de su muerte, en junio de 1871, Peralta acababa de vender lo que le quedaba del rancho de San Antonio. Se creyó que su mujer, Encarnación, y su hija, Guadalupe, eran sus únicas sucesoras directas.

No obstante, me consta que la señora Castro-Biddle reivindicaba ser descendiente de Vicente Peralta por parte de madre. Que yo sepa, Peralta tenía sólo una hija, Guadalupe. Cecilia no puede ser la hija de Guadalupe, porque los parientes de ese lado ya están reconocidos; pero en los documentos que leí en la biblioteca, me topé con la posibilidad de que Vicente Peralta tuvo quizá otra hija, una adoptada probablemente. Así que asumo que el derecho de la señora Castro-Biddle al apellido Peralta fue a través de la hija adoptada de la que no se sabe mucho.

—Sí —confirmó el padre Stewart—. Hasta aquí todo es correcto. Esta hija adoptada de los Peralta, cuyo nombre, según me contó Cecilia, era Josefa Asunción, se fue a vivir a México, a Cuernavaca. Allí conoció y casó con Ernesto Castro Carriles, y tuvieron tres hijos: dos niños, Manuel y Eladio; y una niña: Cecilia. Nuestra Cecilia Castro-Biddle.

—¿O sea que Cecilia vivió en Cuernavaca casi toda su vida?

—No. El padre de Cecilia era de una familia potentada de México, pero quería que sus hijos mantuvieran el derecho a adquirir la ciudadanía norteamericana por serlo de una madre que ya la tenía. De modo que los mandó al colegio a los Estados Unidos. Luego parte de la familia se mudó a la zona de la bahía. Cecilia fue a la Universidad Mills de Oakland, bueno, en realidad, hasta que se escapó. Nadie sabía dónde estaba, pero acabaron encontrándola en Ciudad de México.

—¿Y qué hacía allí? —pregunté.

El padre Stewart sonrió, pero no dijo nada.

—¿Estaba bien cuando volvió a los Estados Unidos? —insistí.

—No mucho. Puede que ese fuera el detonante de su condición emocional . . .

— . . . a la que puso fin al suicidarse —terminé por él.

Volvió a sonreír y me miró como si me preguntara: "¿Por qué estás tan interesada en todo esto, Gloria?", pero no dijo nada.

—Una última pregunta, padre. ¿Cuándo estudió Cecilia en Mills?

Los ojos del sacerdote mostraron vacilación mientras consideraba las consecuencias éticas de responderme. Al darse cuenta de que aquella información también estaba en los registros de la universidad, accedió por fin:

—Fue a mediados de los años treinta. Desapareció en 1936.

Me dio un vuelco el corazón.

—Gracias —le reconocí al padre Stewart.

—Me alegro de haber podido serle de ayuda. Y rezo por no haberle puesto una cruz sobre los hombros.

—Ninguna con la que no cargara ya, padre.

En el camino de vuelta a Oakland, no dejé de repasar la información que acababan de darme y algunas de las piezas empezaron a encajar. Michael Cisneros hijo había nacido en Ciudad de México en 1937, el mismo año en que Cecilia había vivido allí de forma anónima. Supuse que, temerosa de que sus padres descubrieran que estaba encinta sin haberse casado, había arreglado con los Cisneros la adopción del niño: una práctica no poco común por aquel entonces. Ahora bien, ¿había cambiado de idea al respecto? ¿Se había llevado a Michael de casa de los Cisneros cuatro años más tarde? Aún con miedo al rechazo de sus padres o quizá ya desequilibrada emocionalmente, ¿había entonces dejado a Michael en el parque luego dedicado a los Peralta?

En su día, Karen y Michael Cisneros padre no habían avisado a la policía sobre la desaparición de su hijo porque temían un escándalo. El escándalo estaría seguramente relacionado con la adopción. Quizá en 1941 la gente no tuviera una actitud tan abierta ante las adopciones por miedo a que se burlaran de los adoptados o los humillaran otros niños a su alrededor. O puede que los Cisneros, como pareja adinerada, estuvieran ya preocupados por la herencia de su hijo.

Desde la primera vez que viera las fotos de boda de Michael y Lillian, me había dado cuenta de que Michael hijo era muy distinto físicamente al resto de los Cisneros. Por muy impredecibles que fueran las leyes de la genética, era obvio que Michael era opuesto a su hermano Paul, y tan poco parecido a su padre y a su madre que nadie lo relacionaría con la familia si los conocieran por separado. Me pregunté si le habrían contado a Michael que era adoptado. ¿Acaso Lillian y Otilia lo sabían? ¿Cabía que Paul también lo fuera?

La revelación de que Michael podía ser el hijo de Cecilia Castro-Biddle no ofreció solución alguna al misterio. Simplemente lanzó un nuevo conjunto de preguntas. ¿De qué forma afectaba aquello al caso?

En cuanto llegué a casa, fui al teléfono, pero de pronto decidí no marcar el número de Kenyon. Dadas las numerosas ocasiones en que había tratado de hablar con él sin éxito en su despacho de la comisaría de Los Ángeles, Darío ya había lanzado tenues objeciones a que yo hiciera llamadas a larga distancia con tanta frecuencia. Así que, en lugar de tratar de contactar con él por teléfono, le escribí una carta larga en la que le explicaba lo del secuestro de Michael, su posible adopción y el supuesto papel que habría representado la señora Castro-Biddle en ambos hechos. También le envié copias de todos mis informes a su despacho de Los Ángeles.

Incapaz de lidiar con la frustración, a menudo llamaba a Luisa con la esperanza de que ella hubiera tenido noticias de Kenyon o de Otilia sobre algún avance en el caso; pero Luisa nunca volvió a saber nada de Kenyon y, con amabilidad si bien con firmeza, Otilia se negaba a hablar del tema.

En el fondo, sabía que me estaba obsesionando con el caso, pero ya estaba demasiado implicada como para atender a mis propias alertas.

DIECISÉIS

Los muertos también susurran

El dos de enero de 1971, recién pasadas las tres de la madrugada, me desperté de un sueño profundo sin ninguna razón aparente. Por unos segundos noté un dolor palpitante en la parte de delante de la cabeza. Cuando me levanté, la almohada estaba húmeda y me dolían los ojos. Esa tarde, cuando recogía a Tania del colegio, mi madre me dejó un mensaje para pedirme que pasara por su casa. Luisa había llamado para confirmar lo que yo llevaba tratando de ignorar todo el día: Matthew Kenyon había muerto muy temprano aquella mañana. Dado que no había sido capaz de dar con Reyna Galeano o hacer progreso alguno en el caso, el asesinato de Michael David Cisneros iba a archivarse en la sección de crímenes sin resolver.

En los días que siguieron no pensé en otra cosa más que en Kenyon. Me sentía fatal. Consciente de que mi dolor era probablemente pequeño en comparación con el de la señora Kenyon, le escribí una carta enseguida. Como no quería enviarle una nota de pésame a la comisaría, le pedí a Luisa que se enterara de adónde podía escribir directamente a la familia Kenyon. Al día siguiente, Luisa me llamó para decirme que había conseguido la dirección de los Kenyon en Santa Bárbara, pero sugirió que mejor le enviara la nota a ella. Como tenía la intención de ir a visitar a la señora Kenyon, se la entregaría personalmente.

Al cabo de unos días, Luisa me escribió para contarme que había estado en Santa Bárbara y que pronto me llegaría una carta de Annie Kenyon. Para mi sorpresa y agrado, dos semanas después, me llegó no una carta sino un paquete de la viuda de Kenyon. Al sospechar que contenía el informe personal de Kenyon sobre el caso, abrí el sobre que lo acompañaba enseguida para leer la carta de Annie Kenyon:

Le envío copias de todos los datos e informes que mi marido logró reunir sobre la muerte de Michael David Cisneros. Este era uno de los dos casos en toda su carrera en que se sentía completamente perdido. Matt le tenía mucho cariño y hablaba de usted a menudo, pero sentía que ya la había puesto en bastante peligro, así que nunca le envió estos documentos. Sé que a él le habría gustado que los tuviera usted. Le deseo mucha suerte y le envío un afectuoso saludo. Annie Kenyon

El archivo de Kenyon contenía varios documentos con información muy importante. El primero era el análisis del forense de la sangre del pequeño Michael y del excremento que tenía en la boca. Las heces contenían trazas de aceite de coco, restos de cangrejo y enzimas de fruta tropical. Toda aquella información resultaba de poca ayuda, pues las bananas, las papayas, las piñas y otras frutas semejantes se podían comprar con facilidad en cualquier supermercado de los Estados Unidos.

El segundo era el análisis químico de la sangre de Michael. Contenía una fórmula que ni siquiera me atrevía a leer, y muchas notas manuscritas por un experto forense sobre un alcaloide extraído de la corteza de pereira, la pereirina, un elemento extremadamente poco común en Norteamérica. La corteza provenía de una planta endémica de Brasil que se usaba para formar un tónico con fines medicinales, sobre todo como brebaje para reducir la fiebre.

También se aseguraba que se sabe poco sobre los usos de la corteza de esos árboles en la medicina tradicional, pero que, aparentemente, cuando se mezclaba el extracto con ron de caña de azúcar producía efectos en el rendimiento sexual, como un afrodisíaco, supuse. Por otra parte, un botánico francés defendía que este alcaloide podía presentar algunas de las características del curare, que también se encontraba en la selva amazónica, y que los hombres tribales de la región solían emplear en flechas para inmovilizar a sus presas.

De particular interés en el informe de Kenyon era la clasificación de la insignia encontrada en el hombre que había cargado con el cuerpo del pequeño Michael hasta la calle Marigold. El profesor Rivers, de la Universidad de California-Los Ángeles, había estudiado el emblema a través de los fragmentos de las fotos que yo había encontrado en la chimenea de Joel Galeano, y había informado que el emblema era sólo parte de un símbolo mayor que se había usado en una hermandad brasileña en la primera parte del siglo. Algunos de los símbolos indicaban que el original podría ser de origen germano-austriaco.

Apenas pude contener mi entusiasmo al darme cuenta de que la existencia de una hermandad brasileña encajaba con lo que Joel Galeano había dicho sobre la gente que lo había llevado a Río de Janeiro. También había mencionado que alguien que era miembro de aquel grupo le había entregado una gran cantidad de dinero.

Que yo supiera, los Cisneros no tenían intereses empresariales en Brasil, pero el grupo empresarial Black Swan llevaba ya bastante tiempo expandiéndose y diversificándose a un ritmo acelerado.

Revisé la información que había reunido sobre la empresa de Cisneros. Durante al menos dos décadas, bajo la dirección de Michael Cisneros padre, el negocio había mantenido una base financiera sólida y una buena reputación. La familia era propietaria de varias ferreterías al norte de California, además de la empresa de construcción.

Luego, a principios de los cincuenta, con el boom del desarrollo inmobiliario, Black Swan había experimentado un enorme crecimiento y el grupo había adquirido dos cementeras.

También había descubierto que en 1956, un industrial ya conocido, Soren Bjorgun, el padre de Karen Cisneros, se había convertido en socio de la empresa. Su inversión había hecho posible que Michael padre adquiriera dos siderúrgicas en Oakland, donde se fabricaban herramientas y planchas de acero para aviones y barcos.

Intrigada como estaba, cavilé sobre las posibles razones por las que, unos años más tarde, por causas desconocidas, Soren Bjorgun había abandonado Black Swan, y había transferido su veinticinco por ciento de la compañía a su nieto Paul Cisneros al cumplir dieciocho años. Según los rumores que corrían, había habido un desencuentro entre las dos partes, pero por lo que yo sabía, la empresa se había mantenido estable durante muchos años. Por aquel entonces, Karen Cisneros murió de insuficiencia renal, y le legó sus acciones a su hijo Michael.

Cuando la salud de Michael padre empeoró, Michael hijo tomó el relevo al frente del grupo, y luego se hizo su presidente y principal accionista tras la muerte de su padre, en 1967. Le cambió el nombre para convertirla en el Grupo Empresarial Internacional Black Swan, y hubo rumores en algunos círculos financieros de que Michael hijo tenía la intención de sacar a la bolsa la empresa para atraer a los inversores internacionales, pero aquello no había ocurrido. Hasta la fecha, Black Swan seguía siendo un negocio familiar.

Aunque no sabía lo suficiente sobre las buenas decisiones empresariales, sólo podía juzgar los actos de Michael por el éxito del programa de expansión de la empresa. Como parte de su plan, Black Swan había vendido un aserradero, una de las cementeras y todas las ferreterías. Los fondos obtenidos se reinvirtieron en dos siderúrgicas mayores en la zona de la bahía, y en equipar una planta para empezar a fabricar planchas de fibra y fibra óptica.

Los hermanos Cisneros estaban embarcados en la creación de un mercado para sus materias primas y sus productos manufacturados también en el extranjero. En particular, Paul Cisneros se encargaba de establecer los contactos y las negociaciones necesarias con varias compañías en otros países.

Cuando se produjo el asesinato del pequeño Michael, Paul estaba en Alemania en un viaje de negocios de la empresa. Me pregunté si Brasil sería también una de las naciones cortejadas por el grupo de los Cisneros. ¿Podía haber una conexión entre la hermandad brasileña y Black Swan?

Compartí con Luisa mi preocupación sobre la posibilidad de que así fuera, y luego acordé dejar que contactara con el policía McGuire, el viejo compañero de Kenyon, de la comisaría de Los Ángeles. Al cabo de unos pocos días me devolvió la llamada. McGuire le había dicho que allá por octubre se había puesto en contacto con la Interpol por las mismas sospechas que Kenyon albergaba. Aunque la policía internacional no negaba que pudiera existir una sociedad secreta de ese calibre, no contaba con pruebas materiales de ninguna hermandad que operara en Brasil hasta el momento.

Resuelta a ayudarme con la investigación, Luisa realizó un intento infructuoso de localizar a Reyna Galeano a través de su madre, Sylvia Castañeda, que aún vivía en Santa Mónica. Si bien no le había preguntado directamente por la dirección de su hija, Luisa había esperado acceder a la información de algún modo en alguna de sus visitas, pero nunca obtuvo ni siquiera una pista de Sylvia sobre el paradero de su hija.

Más adelante, hacia finales de 1971, más o menos un año después de que Reyna hubiera desaparecido, su madre también se marchó inesperadamente. De nuevo, con la esperanza de dar con la nueva dirección de la señora Castañeda, Luisa visitó a Betsy Hinkle, vecina y buena amiga suya. Aunque la señora Hinkle llevó a Luisa a creer que sabía dónde vivían tanto Reyna como Sylvia, no le reveló la dirección. Descorazonada, Luisa me llamó para decirme que abandonaba la búsqueda.

Aquel día, mientras hablaba con ella, empecé a notar un leve temblor en las manos que no paró en toda la tarde. Me las arreglé para que Darío no lo notara. Con todo, después de cenar, mientras ponía la lavadora de trastes, el corazón se me aceleró. Al agitarme violentamente rompí el vaso que sostenía. Recuerdo vagamente sentirme mareada y ver sangre por todo el fregadero.

Al oír el ruido del vaso roto, Darío me llamó y, cuando no respondí, entró corriendo en la cocina, donde me encontró agarrándome al borde del fregadero con las manos ensangrentadas. No dejé de decir: "No me voy a morir, no me voy a morir". Al forzarme Darío a que me soltara del fregadero, me desmayé. Más tarde, como si se tratara de un sueño, lo oí susurrarme al oído:

—Por favor, Gloria. No puedes seguir así. Te estás matando. Piensa en Tania, te necesita. Y yo también te necesito.

Ante la insistencia de Darío, pasé las siguientes veinticuatro horas en el hospital. Allí estuve conectada a un tubo de alimentación intravenosa y me sometí a una serie de pruebas. Luego me pasé una semana en cama en casa, incapaz de usar las manos, que llevaba vendadas. Mi madre y mi marido me daban de comer.

Cuando empecé a recuperar las fuerzas, me puse a buscar mis informes sobre el asesinato del pequeño Michael, pero no podía encontrarlos por ninguna parte. Mi madre, tras un repetido interrogatorio, acabó confesando que Darío se había llevado la caja el día en que había vuelto a casa del hospital. No tenía ni idea de dónde la había puesto.

Durante los años que llevábamos casados, Darío y yo nos las habíamos arreglado para evitar grandes discusiones. Así que, temerosa de que llegáramos a una acalorada, decidí esperar a la oportunidad idónea para preguntarle por mis informes. El día en que el laboratorio envió los resultados de mis análisis, que indicaban que no padecía nada más que anemia y cansancio general, mi marido se puso de buen humor. Para mi sorpresa, él solito fue a su despacho y me trajo de vuelta la caja.

—Ya sé que no tendría que haber mirado tus papeles —explicó—, pero quería saber qué era aquello por lo que estabas arriesgando tu salud y tu felicidad.

—Está bien. Me alegro de haberlos recuperado —le respondí en un intento por mantenerme tranquila.

Sabía muy bien que nunca le había mencionado el roce con la muerte que había tenido en casa de Joel Galeano, y, como esperaba, Darío me lanzó una mirada y me lo reprochó:

—Nunca me has contado que te hubieran apuntado con una pistola. ¿Qué te pasó, Gloria? ¿Jugar al detective con este caso se volvió tan importante como para arriesgarlo todo? —La voz de Darío reveló más su decepción que su enfado conmigo o su preocupación por mí—. Nunca te he dicho lo que tienes que hacer —continuó sin darme la oportunidad de explicarme—. Y nunca te he impedido que hagas lo que te ha parecido mejor, pero nunca habías sido tan imprudente. Ahora estás poniendo tu vida en peligro, sin pensar ni en el bienestar de Tania ni en el mío. —Se quedó callado mientras intentaba contener sus emociones, a la espera de mi reacción. ¿Qué podía decir yo? Negarlo o inventarme excusas para justificar mi comportamiento no me llevaría a nada. Guardé silencio—. No voy a impedirte que sigas con tu investigación —prosiguió—. Es evidente que esas experiencias extrasensoriales tuyas son más importantes para ti que tu propia seguridad. —Darío me retó claramente al decirme—: Pero piensa en esto: ¿Qué es más importante para ti, resolver este caso o mantener unido este matrimonio y tu familia? Eso es algo que tú sola tendrás que decidir.

Y acto seguido, salió de la habitación.

Conduje hasta el cementerio que daba a la bahía. Allí reflexioné sobre las palabras de Darío durante horas. Sentada junto a la tumba de Michael David, me acordaba una y otra vez de la promesa que les había hecho a él y a Mando: que ayudaría a llevar la justicia a quienquiera que fuera responsable de sus muertes. Y, sobre todo, cavilé sobre el hecho de que, años atrás, le había prometido a mi hija el día que había nacido que su bienestar sería la prioridad en mi existencia. Y también sabía que, sin Darío, mi vida era sencillamente inconcebible. Así que, a regañadientes, volví a casa, empaqué y cerré la caja con el archivo, para zanjar de aquel modo el capítulo sobre el asesinato de Michael David.

En los años que pasamos juntos, no tuve razón alguna para arrepentirme de aquella decisión, pues Darío siguió siendo un marido y padre amante y comprensivo, y mi hija no aportó a mi vida sino felicidad.

En lo que respectaba a todo el mundo, yo había dejado atrás una parte de mi vida, pero secretamente seguí recortando y guardando noticias sobre los Cisneros. En todo aquel tiempo, también mantuve mi amistad con Otilia Juárez, a la que visitaba en la casa de Lillian y Michael cuando ella venía a verlos a Oakland. En ocasiones, incluso Darío nos invitaba a cenar a las dos, pues él también parecía disfrutar de su compañía.

Aunque nunca volví a hablar del caso con nadie más que con Luisa, de vez en cuando volvían a venirme las visiones. A veces a media noche, me despertaba con la voz de una soprano entonando el aria "Un bel dì", que sonaba tan alto y claro a mis oídos que habría jurado que la cantante estaba en mi casa. Cada vez que ocurría, justo antes de abrir los ojos, el rostro de Lillian se me aparecía en la memoria en un fogonazo, y luego llegaba una mano que llevaba un anillo con la cabeza de un león, y se le enroscaba al cuello.

DIECISIETE

Viñedos y cementerios

Fue a los veintitrés cuando me enfrenté por primera vez a esta otra faceta de mi yo, a este ser psíquico que insistía en que le cediera el control de una parte de mi vida a . . . un piloto automático. Como alguien a quien le han comunicado que padece una enfermedad terminal, viví dos años en la negación, y luego avancé lentamente hacia la consciencia de lo que me aquejaba. Con el tiempo, aprendí a aceptar aquel oscuro don y a construir un delicado equilibrio en el que asentar mi cordura.

A lo largo de los años, tuve muchos de esos sueños y visiones cuasi proféticas relacionadas con la muerte del pequeño Michael, aunque siempre se me escapaba su sentido. Hubo, con todo, una de esas premoniciones que me resultó particularmente intrigante. Me pregunté a mí misma por qué, en ocasiones fruto de una urgencia inexplicable, conducía hasta el cruce de las calles Monterey con Leimert en las colinas de Oakland. ¿Qué iba a ocurrir allí? Sabía que, aunque en ese momento allí no había ninguna casa, sí había habido una encantadora residencia que había pertenecido a los Cisneros, y en la que Lillian y Michael vivían cuando el pequeño Michael fue asesinado. Luego, en 1975, la casa de Monterey y Leimert había ardido mientras los Cisneros estaban de vacaciones en Grecia. Para desmentir los rumores que hablaban de un incendio provocado, los peritos bomberos aseguraron que se había producido como consecuencia de un cortocircuito en un aparato eléctrico. Michael y Lillian no habían reconstruido la casa, sino que se habían mudado a la calle Snake en las colinas de Oakland.

Luego, en 1980, en un artículo de la sección de negocios del periódico de Oakland se anunció la adquisición, por parte de Michael Cisneros, de Solera, una pequeña bodega justo a las afueras de la localidad de Saint Helena, en el valle de Napa. Parecía extraño que Michael comprara un negocio así. Más adelante, Otilia, la madre de Lillian, me contó que si bien no le era muy rentable, su yerno lo mantenía para agradar a Lillian, que prefería vivir allí. Desde entonces, parecía que los Cisneros iban y venían entre Saint Helena y Oakland.

En el verano de 1984, Luisa se mudó de vuelta a Oakland, y aprovechando que Darío se llevaba a Tania a visitar a sus abuelos paternos en Nueva York, Luisa y yo viajamos hasta Solera para ver a Otilia, que pasaba unas semanas con su hija. El día de nuestra visita, Lillian y Michael estaban en San Francisco en un acto de recaudación de fondos para la ópera. Otilia nos llevó a dar un paseo por la finca de la bodega. Rodeado de viñedos, el edificio, que albergaba la residencia y la bodega, tenía forma de "u", con un amplio jardín interior. De un lado, las habitaciones se abrían a un espacioso pasillo que se prolongaba a lo largo de toda la casa. Del otro, quedaban la bodega, la oficina y las salas de cata y ventas. Al fondo, crecían unas hileras de rosales que, a modo de valla, bordeaban una pequeña terraza donde se alzaba un quiosco con cenador.

Durante nuestra visita, Paul Cisneros subió para recoger unos documentos de trabajo que necesitaba. Era afable, un hombre muy guapo y muy sociable. Cuando Otilia nos lo presentó, Luisa no dejó de mirarlo, y a él, la atención de Luisa pareció divertirlo más que enojarlo. Aunque se le había relacionado sentimentalmente con un buen número de mujeres conocidas socialmente, y en los últimos años había mantenido algo estable con Cynthia Sarks, la heredera de una cadena de joyerías de California, Paul no parecía tener prisa por contraer matrimonio con nadie.

—Pensaba que tú y Cynthia estarían en el acto de recaudación de fondos —había comentado Otilia.

—Cynthia fue a visitar a su abuela en Carolina del Norte. Y yo me voy a Estocolmo mañana. Tengo unas cuantas cosas de las que ocuparme antes de marcharme.

—¿Es un viaje de negocios o de placer? —quiso saber Otilia.

—De trabajo —respondió Paul—; esta vez iré a negociar con algunos parientes del abuelo en el viejo país. Hace muchos años que no los veo; de hecho, creo que desde su funeral.

—¿Todavía echas mucho de menos a tu abuelo?

—Claro —confirmó Paul, mientras se permitía contemplar las filas de viñedos que se extendían en una alineación perfecta. Luego, murmuró algo que no pude oír. Luisa, que estaba sentada más cerca de él, me dijo después que se había referido a los viñedos como las "tumbas de Saint Helena". En alto, Paul había comentado—: Este lugar es bien idílico. Michael y Lillian son un par de románticos. —Luego se había vuelto hacia Otilia y había añadido—: Espero que nunca pierdan Solera.

Como yo no lo había convertido en objeto de mi admiración, Paul sólo se fijó en mí al principio. Luego, nuestras miradas se cruzaron unas pocas veces cuando empecé a estudiarlo con atención, aunque no directamente. Aquello pareció incomodarlo, pues poco después, se levantó para marcharse. Paul parecía estar acostumbrado a que las mujeres lo contemplaran admiradas, pero era evidente que le incomodaba sentirse observado.

—Michael siempre dice que Paul es un romántico —nos comentó Otilia cuando Paul ya se había marchado—, y Paul acaba de decir lo mismo de Michael hace un rato —rio.

—¿Qué es lo que lleva a Michael a llamar romántico a Paul? —pregunté—. Parece un hombre solitario, pero ¿un romántico? No sé . . .

—Bueno, tiendo a creer a Michael —empezó Otilia—. Les contaré por qué. En una de esas ocasiones en que estaba visitando a Lillian en Oakland, nos invitaron a casa de Paul en San Francisco. Había organizado una gran fiesta para conmemorar el aniversario del cumpleaños de su madre, que hizo coincidir con una celebración de Navidad. Había muchísimos invitados, así que me pareció raro ver a Paul en su despacho rebuscando en una caja que había sido de su difunto padre. Me detuve en la puerta e hice un comentario estúpido sobre que estuviera revisando sus viejos recuerdos. Al principio me lanzó una mirada vacía, pero cuando me miró de verdad, vi que estaba enfadado. Me disculpé y me uní al resto de la gente en la sala. Luego le mencioné el incidente a Michael, sobre todo porque me sentía avergonzada. Después de todo, no quería que ninguno de ellos pensara que andaba de chismosa o que había estado espiando a Paul.

—¿Y cuál fue la respuesta de Michael?

—Se echó a reír y me dijo que no me preocupara —respondió Otilia—. Dijo que Paul siempre estaba rebuscando en cajas, sus cofres de tesoros, y que le encantaba coleccionar cosas: fotos, notas, pequeños recordatorios, juguetes que él y Michael habían recibido en varios cumpleaños, y cachivaches. Ahí fue cuando Michael calificó a su hermano de romántico, pero me advirtió de que Paul protege mucho sus tesoros íntimos.

—¿Pues qué guardaba en esa caja? —quise saber.

—Los papeles personales de su padre, supongo. Cuando murió, Michael estaba muy ocupado tratando de que el negocio continuara. Y como para entonces su madre ya había fallecido, le tocó a Paul ocuparse de todo.

—Entiendo que Paul estaba muy unido a su madre —intervino Luisa, y añadió—: ¿Era su favorito?

—No creo que Karen prefiriera a un hijo frente al otro, pero, aún a riesgo de equivocarme, creo que ella y Michael parecían tener más cosas en común. —Otilia se detuvo—. Por otra parte —continuó—, Paul me dijo una vez que él siempre se había sentido más cercano a su abuelo Bjorgun. También me contó que se había quedado como un huérfano al morir su abuelo. —Otilia volvió a hacer una pausa—. Su abuelo murió apenas unas pocas semanas después de que él tuviera una pelea muy fuerte con Michael padre. Cada vez que escucho a Michael o a Paul comentar la discusión, me da la impresión de que durante un tiempo tras la muerte del abuelo, Paul culpó a su padre de la muerte del viejo Bjorgun.

—¿Y por qué discutieron? —inquirió Luisa.

—Según parece, el viejo Bjorgun quería que Michael padre convirtiera a Paul en su ayudante. Lo digo sin saberlo a ciencia cierta, pero creo que nunca le importaron mucho ni Michael padre ni Michael hijo, pero había poco que pudiera hacer salvo amenazar con desheredar a su hija. Su amenaza no funcionó, porque Karen se casó con Michael padre de todos modos.

—Eso es muy interesante —comenté—, porque fue Soren Bjorgun el que hizo posible que Michael padre aumentara su negocio.

—Desde luego —confirmó Otilia—; ¡qué mejor forma de controlar a alguien que la de poseer parte de algo que es suyo! —Se echó a reír con nerviosismo, algo avergonzada de su espontánea salida—. A estas alturas supongo que ya se habrán dado cuenta de que no tenía yo en muy alta estima al viejo Bjorgun, aunque debo confesar que todo esto es gratuito, porque nunca llegué a conocer al caballero en cuestión. Me han hablado mucho de él, y me parece un hombre muy posesivo. Michael también me ha dicho que el único descendiente varón de su abuelo, su tío Frederik, se fue a la guerra para tratar de huir de su padre. Frederik murió en la contienda, y entonces el padre se volvió más posesivo aún con su hija Karen. ¿Quién sabe? No obstante, quizá porque Paul se parecía a ella, el viejo también trató de controlar la vida de su nieto. Por desgracia, las circunstancias en la vida de Karen se lo permitieron.

Cuando nació Paul, Karen desarrolló nefritis aguda, y su condición resultó ser tan debilitadora que no pudo ocuparse de su recién nacido. Michael padre contrató a una enfermera, pero el señor Bjorgun la acusó de descuidar al niño, y consiguió convencer a Karen de que su nieto estaría mejor atendido a su cuidado y al de la señora Bjorgun. Así que, durante los primeros cuatro años de vida, y cada verano desde entonces, Paul vivió con los Bjorgun.

En varias ocasiones el viejo acusó a Karen de no querer a Paul, o de favorecer a Michael hijo. Luego Karen trató de convencer a su padre de que no era cierto. Y cuando vio que no podía hacer nada para hacerle creer que Michael no había hecho nada para merecer el rechazo de su abuelo, empezó a proteger a Michael cada vez más.

—¿Y Michael padre qué decía de todo aquello? —pregunté.

—Pues desde luego estaba molesto por que los Bjorgun se llevaran al bebé Paul, pero no quería causarle problemas a su mujer enferma. Así que se limitó a aceptar la decisión de ella y se mantuvo al margen de todo el asunto. Por desgracia, también permaneció fuera de la vida de Paul durante demasiado tiempo. Para cuando su vida familiar volvió a la normalidad, creo que Paul ya había empezado a escuchar a su abuelo Bjorgun y a despreciar más o menos lo que su padre decía —apostilló Otilia al concluir su relato.

—Bueno —intervino Luisa—, al menos las peleas familiares no provocaron un distanciamiento entre los hermanos.

Todas asentimos.

En aquel momento me di cuenta de que mi opinión sobre Paul se asentaba en las ideas de otras personas sobre cómo era, sobre todo columnistas sociales y otros reporteros que cubrían las noticias financieras. Hasta entonces, no había conocido detalle personal alguno de su vida.

Al verlo contemplar los viñedos, había percibido su inmensa soledad y melancolía, y me di cuenta de que Paul había aprendido a esconder sus verdaderos sentimientos y su vulnerabilidad bajo capas de encanto, ingenio y corrección social.

—Imagínate —reflexioné con Luisa mientras conducíamos de vuelta a casa—, ya sé que es una idiotez sentir pena de alguien que tiene todo lo que se podría desear, pero no he podido evitar que Paul me diera pena.

—Sé por qué —coincidió—. Hay algo en él . . . una especie de . . .

—Vulnerabilidad —sugerí.

—Es una buena forma de definirlo, sí. Me pregunto por qué nunca se habrá casado.

—Fíjate que estaba pensando lo mismo.

—Sabes, Gloria, hace un rato, en Solera, tuviste la oportunidad perfecta para preguntarle a Otilia sobre la adopción de Michael. Me parece evidente que el abuelo, el viejo Bjorgun, como Otilia lo llama, sabía que Michael era adoptado y que por eso rechazaba a su nieto.

Había una buena base que sostenía el argumento de Luisa, pero me quedé callada sin querer sacar el tema de la investigación a colación.

Al cabo de una breve pausa, me preguntó:

—¿Crees que se enfadaría mucho Darío si rompieras tu promesa? —La miré sin comprender realmente lo que quería decir—. Me refiero —aclaró— a la de no seguir nunca con la investigación sobre el asesinato del pequeño Michael.

—No voy a tratar de comprobarlo, no mientras Darío viva —afirmé de forma categórica—. Además —añadí—, en realidad ya ha pasado mucho tiempo. ¿Por dónde volvería a empezar? De todos modos, ¿por qué lo preguntas?

—No lo sé. Últimamente he estado pensando mucho sobre la muerte y hoy, al mirar a Otilia, me di cuenta de que lo que hizo que nos conociéramos, ella, los Cisneros y nosotras, fue la muerte del pequeño Michael. —Sonrió y se encogió de hombros—. Supongo que estoy siendo morbosa. Me gustaría descubrir quién lo mató antes de morirme.

—Siento decepcionarte, pero, por ahora, ya he tenido bastante muerte —repliqué.

Qué equivocada estaba.

En el verano de 1986, mientras él y Darío estaban corriendo, mi padre, que no había estado enfermo en su vida, se desplomó y murió al poco tiempo.

Desde que mirara al cañón del arma de Joel Galeano, había aprendido a vivir con la posibilidad de que me mataran. Luego, cuando Kenyon falleció, yo era demasiado joven para comprender del todo que morir como conclusión natural de la vida no era lo mismo que morir asesinado. En el caso de mi padre, a pesar de mi dolor, pude aceptar su marcha como el fin natural de su existencia. Incluso había sentido que al tratar de comprender la inevitabilidad de su muerte había hecho las paces con mi propia mortalidad. Sin embargo, aquello no era más que una ilusión, pues nada podía haberme preparado para lo que aún había de acontecer.

Al contrario que la esperada llegada de la estación, el tercer día de la primavera, Darío murió de un ataque al corazón. El impacto fue tan grande que los días después de su muerte siguen en blanco para mí. Lo que más dolió fue que le había dicho adiós a mi marido aquella mañana con la absoluta certeza de que volvería por la noche, de que escucharíamos nuestra música favorita mientras le ayudaba a preparar la cena. El corazón de Darío, en cambio, tenía otros planes.

Entonces supe que no estaba preparada para aceptar ni una pérdida más, ni una sola despedida más. La rabia que me suscitó la muerte de Darío avanzó a toda velocidad sin destino alguno, como si se tratara de un toro desquiciado en el ruedo lanzando los cuernos contra el viento.

¿Por qué él, un médico, se había dejado morir? ¿Por qué se lo había permitido yo? Yo, que tenía poderes extra sensoriales, que había tratado incluso de cultivarlos durante aquellos años, había sido incapaz de predecir, y mucho menos impedir, la muerte de mi esposo. ¡Qué injusto parecía que fuera yo la receptora de un oscuro don, y que este fuera tan reducido y restringido! Todo lo que podía hacer era continuar la batalla con el pequeño talento que tenía. En aquel momento sólo parecía cierta una cosa: que por muy limitada que fuera aquella virtud psíquica, formaría parte de mí hasta el día en que me muriera.

Por tratar de ser valiente y no caer en la pena o en la autocompasión, en los últimos meses he tratado de seguir con mi vida con la máxima normalidad posible. Con todo, hace poco me di cuenta de que no podía dormir en la misma cama que Darío y yo habíamos compartido durante veintidós años sin tener pesadillas. Una de ellas era recurrente: yo veía a Lillian y a Otilia llorando junto a mi tumba, con mi ropa ensangrentada esparcida alrededor. En el sueño, y durante las horas posteriores, tenía la extraña sensación de que sólo una parte de mí estaba enterrada allí, como si me hubieran cortado en pedazos y sólo se hubieran encontrado algunos de ellos.

Durante semanas eternas, caminé con una pena y una impotencia que acabó tornándose desesperación quieta y que me consumía. Incapaz ya de concentrarme en mi trabajo en el centro de logopedia, donde trabajaba desde 1970, solicité una excedencia indefinida.

Una noche, mientras vaciaba el armario de Darío, me topé con la caja que contenía los documentos que había reunido desde el asesinato de Michael David. Me pasé la semana siguiente ordenando toda la información que había acumulado durante más de dieciocho años. Al ir escribiendo mis impresiones, sentí que volvía a la vida. Y al no estar ya atada a la promesa que le había hecho a Darío ni por las necesidades de Tania, que ya estaba en la universidad y era bastante responsable de su propia vida, decidí retomar la investigación del caso.

Al principio, me sentí obligada a acabar con ello, primero para cumplir la promesa que le había hecho a Mando y al pequeño Michael David. Quería zanjar aquella parte de mi vida. Sin embargo, a medida que fui implicándome otra vez, me di cuenta de que también quería volver a experimentar la emoción y todos aquellos poderosos sentimientos que, dieciocho años atrás, me habían hecho esperar cada día con ansiedad.

De nuevo, empecé a dar vueltas con un torrente de hechos y fechas, de nombres y lugares relacionados con el asesinato del pequeño Michael que resonaban constantemente en mi cabeza. Al mismo tiempo, mis visiones y mis sueños aumentaron y cambiaron de naturaleza.

A menudo ahora, cuando estoy despierta, la letra iluminadora de "Un bel dì" vuelve a mi memoria, y el rostro completo de Lillian Cisneros, con las lágrimas resbalándole por las mejillas, me mira fijamente. Pronuncia las palabras de *Madama Butterfly* y siento su dolor, como si una fina hoja de cristal me atravesara la cabeza desde la frente hasta la nuca. Lloro con ella. Me he apropiado de su aflicción y con ello viene el conocimiento de que ella tiene la clave para resolver el asesinato de su hijo. Una mano con un anillo de cabeza de león aparece para enroscársele al cuello, sólo que no es su cuello. Es el mío. No puedo librarme de su fuerza helada.

Cada día estoy más convencida de que Lillian está en peligro. Las últimas veces que hemos hablado, Otilia ha dejado entrever que el equilibrio mental de su hija empeora cada hora que pasa. Lillian está sometida ahora a atención psiquiátrica.

Ni Michael ni Otilia, que por todo tipo de razones prácticas se ha trasladado a vivir con los Cisneros, pueden adivinar qué le ocurre o cómo ayudarla. Michael está tan preocupado por su esposa que se ha tomado una excedencia indefinida como presidente de la compañía, y permanece activo únicamente como presidente de la mesa directiva.

Paul actúa desde entonces como presidente interino de Black Swan. Para añadir leña a los problemas de los Cisneros, hace dos semanas un artículo de periódico mencionó que el grupo parece estar atravesando dificultades financieras. Al mismo tiempo, Anaconda Sur International, una de las mayores empresas metalúrgicas y de fabricación de fibra óptica, con sedes en Frankfurt y participaciones en Suecia, Brasil y Sudáfrica, le ha propuesto a Black Swan una fusión, aunque en realidad se trata de una absorción.

Instintivamente, sé que todos estos hechos aparentemente inconexos tienen especial significado, que algo se está moviendo y que todo está relacionado con el asesinato del hijo de Michael y Lillian. Eso es lo que sé. Lo que no parezco haber aprendido durante estos años es cómo tener secretos para con mi madre. Hace poco he empezado a notar que las arrugas que tiene en la frente se hacen más profundas cuando me observa y trata de descubrir qué es lo que estoy haciendo.

Esta vez he decidido que lo haré sola, así que me guardo para mí lo máximo posible con el fin de evitar que mi madre se dé cuenta. También intentaré no implicar a Luisa, que ha pasado una época muy dura en su vida. Sus problemas no parecen ser nada más que la depre de los cuarenta y pico, agravada por una grave enfermedad de la muñeca, pero creo que lo último que mi amiga necesita en el mundo es ir por ahí deambulando sobre la creación conmigo.

Hace tres días fui a Los Ángeles. Busqué la dirección de Betsy Hinkle, la vieja amiga y vecina de Sylvia Castañeda en Santa Mónica. Supongo que después de tanto tiempo, la señora Hinkle sintió que no había ningún mal en que yo me pusiera en contacto con sus amigas. Con bastante disposición, me dio sus direcciones en Marysville, una ciudad situada al noreste de Oakland. Y una feliz coincidencia hizo que además me pidiera que les llevara a Reyna y a Sylvia los regalos de Navidad que tenía intención de enviarles por correo. Acepté encantada hacer de Santa Clos en su lugar.

No había vuelto al Este de Los Ángeles desde la Moratoria de marzo de 1970, así que decidí conducir por el barrio antiguo. Como esperaba, había cambiado en algunas cosas. En otras, parecía como si no se hubiera movido nada. Salvo por el hecho de que la cafetería Silver Dollar ahora no es más que un bar, y que hay una placa con el nombre de Rubén Salazar en algún sitio cerca del parque Laguna, poco queda que recuerde a la gente los acontecimientos que en su día creíamos que esculpirían nuestro futuro político en California.

Y mientras me fijaba en las paredes de Whittier Boulevard y alrededores se me ocurrió que quizá, como todos los demás, había esperado demasiado. Busqué la calavera familiar de la banda de los Santos; aquello también había quedado borrado de los muros del barrio. En su lugar, había escritas las palabras en inglés "Stoners Now" en pintura plateada metálica aquí y allá.

Cuando le pregunté al dueño de una tienda de discos quiénes eran aquellos "Stoners", me contestó:

—Son las nuevas pandillas del barrio. Les gusta el heavy metal y las drogas, adoran a Satán y odian el sonido del español. Son todos jóvenes, ninguno tendrá más de diecisiete años —prosiguió—. Rece para que nunca se crucen en su camino.

Decepcionada con nuestras ganancias y pérdidas socio-políticas en Los Ángeles, emprendí el camino a la zona de la bahía aquel mismo día.

En cuanto llegué a casa, supe que algo había cambiado en mi entorno. Durante los días siguientes, vi por los arbustos unos remolinos de luz azulada que brillaban en la distancia y me perseguían en sueños. Poco a poco me iba dando cuenta de que alguien me seguía los pasos.

Cuando mi madre me anunció que había contratado a un detective privado para protegerme, me enojé con ella; pero cuando miré a los ojos a Justin Escobar mientras me observaba desde la ventana empañada del carro, supe que la solución a aquel misterio estaba, por fin, al alcance de mi mano.

1988

SEGUNDA PARTE

I come from a culture
that has a healthy respect for the sun
and worships death
as much as it loves flowers:
but the memory of that brown child
eighteen years dead
calls from the misty foothills
still,
his murder unavenged
his empty gaze, a tear in the weaving
of my days.

Luisa Cortez

***

Provengo de una cultura
que mantiene un sano respeto hacia el sol
y adora la muerte
tanto como ama las flores:
mas el recuerdo de aquel niño oscuro
muerto hace dieciocho años
llama desde las brumosas colinas
aún,
pues su muerte no ha sido vengada
su mirada vacía, un desgarro en el tejido
de mis días.

Luisa Cortez

DIECIOCHO

Antes de la luz

Ajena a los dramáticos acontecimientos que estaban por desarrollarse, Gloria acababa de contarle a Justin la historia de los asesinatos del pequeño Michael y de Mando. Él había permanecido tan callado que si a ella le hubieran pedido que reconociera su voz, en aquel momento, no habría podido hacerlo. Con todo, lo identificaría en cualquier parte por su cabello rizado, su rostro ovalado, sus pequeños y brillantes ojos, y su boca, bien dibujada.

Por fin Justin rompió la larga pausa al preguntarle a Gloria:

—¿Y qué planes tiene ahora?

—Le he pedido a Otilia que coma conmigo mañana. Quiero contarle todo lo que sé y pedirle que me ayude. Luego iré a Marysville, pasado mañana. Ojalá pueda hablar con Reyna Galeano.

Justin asintió en señal de aprobación.

—Parece que está usted en buen camino —comentó—. Le informaré a su madre este mediodía que no necesita mis servicios. Sólo lamento no formar parte de esta investigación.

Al principio Gloria se había enojado, al sospechar que su madre había contratado a Justin no sólo para protegerla, sino también para que le resolviera el caso. Luego, Gloria se dio cuenta de que era ella quien debía contratarlo para que la ayudara, así que le preguntó:

—¿Y por qué le interesaría este caso?

—No suelo tener la oportunidad de llevar a cabo investigaciones criminales, y sin duda alguna este caso me intriga —explicó, para luego añadir—: En realidad usted ya ha hecho la mayor parte de la investigación, pero me encantaría tener la oportunidad de seguirla hasta el final.

149

—Y a mí ofrecérsela, pero con ciertas condiciones. —Gloria se detuvo—. No quiero que actúe por su cuenta. Toda decisión tiene que tomarse conjuntamente. Si hay algo de lo que informar, me lo cuenta a mí, no a mi madre, por mucho que ella le ruegue. Seré yo quien pague sus honorarios a partir de ahora.

—Está bien —aceptó Justin sin dudarlo.

Él mismo se sorprendió ante su decisión dado que siempre había preferido trabajar solo. De hecho, había logrado mantenerse alejado de cualquier detective amateur. Sin embargo, esta vez hubo de reconocer que tenía ganas de trabajar con Gloria.

Una vez acordados los términos económicos, y de decidir tutearse, trazaron un plan de acción que llevaría a Justin a Marysville a la mañana siguiente mientras Gloria se reunía con Otilia en Oakland.

Al día siguiente, mientras conducía para ver a Otilia, Gloria estuvo pensando en Justin. No sólo la había sorprendido favorablemente, sino que se lo habían recomendado encarecidamente a Luisa, que lo había contratado en nombre de la madre de Gloria. Era un investigador honesto y astuto, con un máster en psicología, además de cinco años de experiencia como agente de policía en San José y dos años de trabajo de investigación en la agencia Pacific Gold Insurance.

—No hay modo de que nos salga mal todo esto —musitó para sí al acercarse a la residencia de los Cisneros.

Había un Mercedes azul que bloqueaba la entrada, así que Gloria se estacionó en la calle. Como hacía varios meses que no iba a la casa, pensó que Lillian tendría un carro nuevo.

Como de costumbre, Elena, el ama de llaves, fue a saludarla a la puerta con una sonrisa, y le preguntó por Tania. En varias ocasiones, a lo largo de los años, la hija de Gloria había ido con ella a ver a Otilia, y el ama de llaves le había tomado mucho cariño. Esta vez, Elena le informó a Gloria de que la señora Juárez estaba hablando por teléfono, pero le pidió que esperara en el solárium. Aquella habitación soleada, con unos grandes ventanales que daban a la bahía, constituía realmente una extensión cerrada de la sala, con la que quedaba comunicada a través de una puerta corrediza, que solía estar cerrada.

Era un día especialmente claro y frío. La vista de la bahía era espectacular, y Gloria, maravillada ante el paisaje, se puso a divagar.

El viento, apenas un susurro aquella mañana, había empezado a soplar con más fuerza con lo que había apartado algunas nubes, refrescado el aire e impregnado todo del olor de los eucaliptos y los pinos: el olor de la Navidad. Tania había nacido en un día como aquel. Estas serían sus primeras navidades sin Darío, que había fallecido dos meses después de que su hija cumpliera veinte años.

De repente, el dolor de Gloria se vio interrumpido por el sonido del aria "Un bel dì", de *Madama Butterfly*. Se volvió hacia el estudio. Había un árbol de Navidad junto a la puerta que separaba esa habitación del solárium, y le ofrecía a Gloria una visión despejada de la escena que se producía en ella al mismo tiempo que le impedía ser vista desde el otro lado.

Al principio, Gloria sólo vio a Lillian Cisneros. Llevaba un mono dorado oscuro de seda y estaba sentada en un sofá delante de una chimenea encendida. Tenía el rostro brillante por el sudor.

Luego Gloria se fijó en que había alguien más en la estancia. Desde esa posición, sólo alcanzó a ver el brazo y la mano de un hombre: Michael, asumió. Luego, para su sorpresa, apareció Paul Cisneros en su campo de visión. Caminaba hacia Lillian y llevaba un vaso con una pequeña cantidad de un líquido bastante oscuro, se lo ofreció. Ella se bebió el contenido como si fuera alguien que llevara mucho tiempo sin tomar agua. Luego le devolvió el vaso a Paul, que lo dejó en la mesita del café. Lillian trató de incorporarse, pero volvió a sentarse tambaleante, con aspecto confuso y asustado.

Gloria se acordó de que Otilia había hecho referencia a lo que llamaba "el problema de su hija" en conversaciones pasadas. Si en realidad su problema era el alcohol, pensó Gloria, Paul no debería ofrecerle un trago.

En actitud solícita, Paul hizo a Lillian acostarse en el sofá, la cubrió con una colcha de punto y le retiró el cabello de la cara con los dedos. Luego rebobinó la cinta que tenían cerca y enseguida volvió a oírse la letra sobrecogedora del aria, que llenó la habitación. La música parecía tener un efecto apaciguador en Lillian, pues dio la sensación de calmarse.

Paul se quedó allí contemplándola un instante, extendió el brazo para verse la mano derecha y se colocó el anillo que llevaba. Gloria se retiró un poco para que no la descubrieran cuando él se situó delante de la chimenea para estudiar el retrato al óleo de su madre y su padre que había sobre la repisa. Luego se estiró los hombros. Le temblaban los brazos y las manos levemente. Al oír que se cerraba una puerta arriba, se quitó el anillo y recogió el vaso. Se metió ambos en el bolsillo del abrigo, que se puso, antes de apresurarse a salir del cuarto.

"Qué tendría el vaso que se había llevado", se preguntó Gloria mientras se apuraba hacia la entrada de la casa. Para cuando llegó, Paul ya estaba cerrando la puerta principal tras él. Y ella iba a comprobar el estado de Lillian cuando Otilia bajó por las escaleras con aspecto bastante turbado.

—El doctor Farber, el psiquiatra de Lillian, quiere recetarle más calmantes. No puedo creerme que el único tratamiento para su estado sea una pastilla y nada más —protestó—. Voy a dejar de administrarle ese medicamento —continuó en un tono más enfadado aún—. Me responsabilizo por completo de ella desde ahora.

Otilia entró en la sala y Gloria la siguió. Allí hacía más calor de lo normal. Aun así, Lillian parecía tiritar debajo de la colcha y tenía el rostro húmedo, como si luchara con todo el cuerpo para no rendirse ante la fiebre.

—Ojalá Michael estuviera de vuelta —deseó Otilia, al empezar a frotarle las piernas a su hija mientras Gloria le daba masajes en las manos y en los brazos.

—¿Y adónde se fue? —preguntó Gloria.

—¿Adónde? —musitó Lillian sin abrir los ojos.

—A Solera —le explicó Otilia a su hija antes de dirigirse a Gloria—: De camino, iba a detenerse en una agencia de empleo para contratar a una enfermera que esté con Lillian todo el día. —Tras hacerle a Gloria una señal para que se le acercara a un lado, le susurró—: Creo que Black Swan International está en apuros. Puede que Michael tenga que vender la bodega y eso ha dejado a Lilly muy disgustada. Ahora mismo, él y Paul preparan una reunión de la Mesa directiva para pasado mañana.

—¿Por eso estaba aquí Paul? —preguntó Gloria.

—¿Paul estaba aquí?

—Lo vi aquí, en esta habitación, con Lillian; le dio una copa —respondió Gloria antes de darse cuenta de que no había un bar en la sala de los Cisneros.

—¿Una copa? Se supone que Lilly no puede beber cuando está medicada —exclamó Otilia, que, sin darle a Gloria la oportunidad de explicar nada más, quiso saber—: ¿Hace cuánto que estuvo aquí?

—Acababa de salir cuando bajabas por las escaleras.

—Ya veo —fue todo lo que dijo Otilia, pero Gloria le notó la voz nerviosa. Cubrió con la colcha a su hija, que parecía descansar apaciblemente, y caminó hacia la puerta. Le hizo una señal a Gloria para que la siguiera y, una vez fuera, le susurró—: No quiero dejar sola a Lilly. ¿Te importa que comamos aquí en lugar de salir? Puedo pedirle a Elena que nos prepare algo rápido, y podemos hacer una visita agradable.

—Me encanta la idea —le aseguró Gloria.

Otilia apenas probó bocado en la comida, y se dedicó a hablar del estado mental de Lillian y de su comportamiento errático, incluida la ilusión de que el pequeño Michael la necesitaba y de que alguien estaba siguiéndola, por lo que casi había tenido dos accidentes de tráfico.

—Sé que le pasa algo muy grave —confesó Otilia para concluir su relato—, es sólo que no sé cómo ayudarla —continuó con voz trémula—. No temo que alguien esté haciéndole daño, lo que me da miedo es que ella sobrepase sus propios límites.

—¿Lo que estás diciendo es que está tan afectada como para tratar de quitarse la vida? —Cuando Otilia asintió, Gloria le preguntó—: ¿Y qué te hace pensar que Lilly quiere suicidarse?

—No sé la razón exacta. Es difícil de explicar, pero creo que hay algo que la ha estado volviendo loca poco a poco en estos años.

—Eso es muy interesante —apuntó Gloria—. Hace mucho tiempo, el detective Kenyon parecía compartir su misma preocupación por Lilly. Pensaba que se sentía desproporcionadamente responsable por la muerte de su hijo.

Otilia se cruzó de brazos y luego miró a Gloria a los ojos:

—Es cierto que los primeros problemas de mi hija empezaron después de que asesinaran al pequeño Michael, porque fue entonces cuando Lilly empezó a sufrir picos graves de depresión y ansiedad. Solía pedirle que confiara en mí, y traté de hacerle ver que fuera lo que fuera que estaba alterándola, yo la seguiría queriendo. Que siempre estaría de su lado, le repetía. Sin embargo, Lilly nunca dijo nada y yo acabé por dejar de preguntarle. —Mientras se frotaba el escote, Otilia añadió—: Hay otras personas que sí saben lo que explica su comportamiento. Estoy segura de que Lilly se lo confió a su amiga Bárbara.

—¿Y en Michael?

—No, no lo creo. Él me habría dicho algo, porque ha estado tan perdido como yo en cuanto a los problemas emocionales de Lilly. —Otilia hizo una pausa y se acarició el cabello, un gesto que para Gloria quería decir que Otilia se debatía entre contarle algo o no. Le temblaba la mano derecha, e intentó estabilizarla con la izquierda, pero el temblor no hizo sino aumentar. Al cabo de un rato, dijo—: Sospecho que Lilly se lo confió también a Paul.

Gloria se quedó mirando a la frente de Otilia, donde cada arruga parecía haberse hecho más profunda en cuestión de minutos.

—¿Y eso por qué lo dices? —preguntó mientras le frotaba las manos a su amiga ligeramente. La mujer mayor aún dudaba sobre lo que tenía en la cabeza. Al notar Gloria la necesidad que Otilia tenía de compartir con ella lo que la turbaba, la animó—: Una vez, cuando Luisa y yo fuimos a Solera a verte, Paul estaba allí también. Recuerdo dos cosas sobre nuestro breve encuentro con él. Primero, que era un hombre verdaderamente solitario y vulnerable, y, segundo, que no te importaba mucho. En cambio, hace un momento, me pareció que te preocupaba el hecho de que hubiera estado con Lilly en la sala.

—Tienes razón hasta cierto punto —admitió Otilia—, pero no es que no me guste. Lo que me disgusta es cómo trata a Lillian. Parece que la protege, pero . . . de una forma muy extraña. Y ella parece escucharlo. Quiero decir que . . . supongo que ella trata de ser agradable con él, pero no en la misma forma en que trata de contentar a Michael. A veces siento que a lo mejor ella y Paul . . . ¡ay, Dios no lo quiera!

Desencajada por lo que Otilia parecía insinuar, Gloria se quedó callada un momento, y luego intentó convencerla de que Lillian no estaba enamorada de su propio cuñado.

—En cuanto a Paul . . . —comenzó Gloria antes de cambiar de opinión.

—Sigue —insistió Otilia—, en cuanto a Paul . . .

Gloria le contó a su amiga el encuentro entre Lillian y Paul aquella mañana.

—Luego —comentó—, me sorprendió mucho que saliera corriendo de aquí en cuanto oyó que venía alguien.

—No tanto como a mí el saber que estuvo aquí. —Otilia apartó la mirada, pero la voz le traicionó la contención al añadir—: Este hombre cree que puede hacer lo que le plazca. Involucró a Lilly en . . . en un tipo de asunto . . . —Se volvió a Gloria y le anunció—: Voy a necesitar tu ayuda.

Encantada de que Otilia hubiera decidido lanzarse de algún modo a la acción, preguntó enseguida:

—¿Cómo puedo ayudar?

—No lo tengo del todo claro. Sólo sé que debo proteger a Lilly.

—Si el detective Kenyon y tú están en lo cierto, y los problemas de Lilly comenzaron cuando asesinaron al pequeño Michael —razonó Gloria—, entonces, quizá deberíamos concentrarnos en descubrir quién mató a tu nieto y cuáles fueron los motivos para un acto de semejante cobardía. —Gloria sabía que tenía que encontrar el modo de decirle a Otilia lo de la información que había ido almacenando a lo largo de los años.

—Crees en serio que hay una conexión entre lo que le ocurrió a mi nieto y lo que le está pasando ahora a mi hija, ¿verdad? —Otilia estaba intrigada.

—Sí, lo creo.

Gloria se quedó en silencio. Sintió miedo de que no volviera a presentarse una ocasión mejor que aquella y decidió en el acto contarle a Otilia todo lo que sabía sobre el asesinato de su nieto. Le resumió a su vieja amiga los datos que contenían los archivos de Kenyon y la posible participación de una hermandad brasileña en las muertes de Mando y del pequeño Michael.

Luego le relató su encuentro con el padre Stewart y concluyó asegurándole que existía una verdadera posibilidad de que Michael hijo fuera en verdad el hijo de Cecilia Castro-Biddle, y que ella podía ser la persona que había secuestrado al pequeño Michael David de la casa de Otilia. —Gloria se interrumpió en espera de la reacción de su amiga, pero como Otilia no respondía, retomó la historia—: Con todo esto, aún no alcanzo a saber quién incitó a Cecilia a esa terrible acción.

—Siempre supe que Michael era adoptado —confesó Otilia al cabo de un rato—. Aún así, no tenía ni idea, y no creo que nadie la tenga, de que la madre de Michael era la señora Castro-Biddle, o por qué recurriría a actos tan terribles. —Movió la mano y prosiguió—: O que se sepa con libertad de la adopción de Michael ni de su secuestro. Su actitud me ha sorprendido siempre. Vamos, vivimos en el siglo veinte ¿Por qué intentar mantener en secreto una adopción?

—Debes de tener alguna idea sobre por qué se llevó con tal discreción.

—No estoy segura —Otilia negó con la cabeza—; salvo que tenga que ver con la actitud del viejo Bjorgun hacia Michael. Paul nunca lo dijo con tantas palabras, pero creo que es a lo que siempre se refería cuando me decía que su abuelo lo prefería a él, Paul, porque ambos provenían de la misma línea.

—¿Existe alguna posibilidad de que él también sea adoptado?

—Paul no. Nació en Berkeley. Me enseñó su acta de nacimiento hace años, cuando conocí a la familia por primera vez. En su día pensé que era un poco raro que un joven hiciera algo así. —Tras una breve pausa, Otilia compartió su frustración—. Tengo una horrible sensación de que debo hacer algo rápido para proteger a mi hija, pero no sé por dónde empezar . . . Quizá si fuera a casa de Paul, o si hablara con él. No lo sé.

—No estoy segura de que ir a verlo a su casa sea la mejor manera de descubrir lo que hay entre él y Lillian —comentó Gloria—. Además, ¿cómo entraríamos? ¿Estarán allí Paul o sus sirvientes?

—Paul nunca llega a casa antes de las nueve —aseguró Otilia, que de pronto se enderezó en la silla—. Lee, el mayordomo, y Bruna, la criada, sí estarán. Y a él no le va a extrañar que nos pasemos por allí. Ya hemos ido varias veces a recoger cosas, casi siempre con Lilly o con Michael. Ahora bien, si lo hacemos, tenemos que ir antes de las ocho esta noche. Lee saca a pasear al perro a esa hora, y para entonces la criada ya se ha ido a casa.

—Hablas en serio, ¿no? —Quiso aclarar Gloria, antes de advertir—: Salvo que sepamos lo que buscamos, será inútil ir a casa de Paul. —Así que propuso—: ¿Por qué no te llamo más tarde? Y así hablamos de cómo organizarnos.

Otilia estuvo de acuerdo.

Más adelante, aquella tarde, Gloria llamó a Otilia, tal y como le había prometido. Y ella le dijo que Michael seguía en la oficina. Según parecía, las cosas en Black Swan International habían llegado a una fase crítica, y Michael y Paul tenían que prepararse para la reunión con la mesa directiva de la empresa. La enfermera que Michael había contratado acababa de llegar, y Otilia quería estar allí cuando la enfermera hablara con el médico de Lilly. Dadas aquellas complicaciones, Otilia sugirió que retrasaran su viaje a casa de Paul hasta la mañana siguiente.

A lo largo del resto de la tarde, Gloria había sido incapaz de sacarse a Lillian de la cabeza. Si Darío viviera aún, le habría contado de inmediato qué le provocaba los síntomas.

Sin querer caer en la tristeza que le oprimía los párpados al recordar a su marido, decidió ir a la biblioteca de Darío. Extrajo una enciclopedia médica y se sentó junto a la ventana para leer, mientras esperaba las noticias de Justin. Luego durmió un buen rato.

DIECINUEVE

Retrospectiva de la oscuridad

Justin llegó a la dirección de Sylvia Castañeda una hora antes del mediodía más o menos. Al acercarse al porche, se fijó en un cartel que había sobre la escalera: Rand Miller y socios, Asesores. Junto al buzón, se advertía a los repartidores que no molestaran a los inquilinos y que dejaran el correo o los paquetes en la oficina que había en la parte trasera.

Justin llamó a la puerta de una casita que había en la parte de atrás, donde decía: "Oficina". Un joven se asomó por la ventana cercana y luego presionó un botón para darle paso.

—Lo siento —se disculpó tras la ventanilla de recepción—. Los viernes abrimos a la una —siguió—. ¿Tenía cita con Rand o con alguno de los socios? Si es así, no me dijo. Y no vuelven hasta la tarde.

—No, no la tenía. —Justin se quedó callado. El joven no parecía tener prisa por volver al trabajo, así que Justin decidió intentar obtener algo de información sobre Sylvia—. En realidad, a lo mejor puede ayudarme . . . ¿Cómo se llama?

—William Harrison; Bill.

—Encantado, Bill. Soy Justin Escobar. En realidad no conozco al señor Miller —explicó—. La verdad es que busco a la madre de Reyna Miller, Sylvia. ¿La conoce?

—¿A la señora Castañeda? —preguntó Bill, que enseguida añadió—: Claro que la conozco. Está en Little Red Shoes, su tienda de ropa de niños de la calle Main. Si quiere puedo indicarle cómo llegar . . .

—¿Está la señora Miller en casa? Tengo algunos paquetes para la familia de parte de la señora Hinkle, su amiga y antigua vecina de cuando vivían en Santa Mónica.

—Claro que sí —respondió, solícito, Bill—. Pase, señor Escobar, lo acompañaré hasta donde está.

Salió de la cabina de recepción y abrió la puerta principal. Justin sonrió ante la disponibilidad de Bill de salir de la oficina, y bromeó:

—Espero no estar distrayéndolo de sus obligaciones.

El joven negó con la cabeza y ambos se dirigieron a la casa principal.

A Justin le gustó la idea de dejar que Bill se hiciera cargo de las presentaciones. Llamaron a la puerta de entrada.

Cuando Reyna abrió la puerta, Bill le presentó a Justin y le explicó que había venido a ver a Sylvia. Reyna miró a Justin con vacilación y luego los invitó a ambos a pasar. Justin se excusó y fue a la van a buscar los regalos de la señora Hinkle mientras Bill entraba en la cocina por un vaso de agua.

Después de que Justin entregara los paquetes, Reyna lo invitó a pasar a la sala para tomar un café. Él se sentó en un sillón que había lejos de la entrada, y ella se acomodó en el sofá que había más cerca de la puerta principal.

Al sentir la aprensión de Reyna, Justin sacó su identificación como investigador privado y el trozo de papel donde había escrito los números de teléfono de Gloria y de Luisa, y puso ambas cosas sobre la mesita.

—Así que, señor Escobar, ¿cómo es que conoce a Betsy? ¿Es uno de sus vecinos? —preguntó Reyna sin preámbulos y sin dejar de observar atentamente los movimientos de Justin.

Consciente de que cualquier visita de alguien remotamente conectado con su vida en Los Ángeles suponía una causa de preocupación para Reyna, Justin decidió que ser franco con ella constituía la mejor estrategia. Así que dijo:

—Puede que se acuerde de Gloria Damasco y de Luisa Cortez. —Se calló al escuchar el grito ahogado de Reyna, pero prosiguió—: Es posible que Gloria esté en peligro. Y he venido aquí en su nombre para pedirle ayuda. —El rostro de Reyna palideció, aunque no tardó en

recuperar el rubor de las mejillas. Con todo, se mantuvo en silencio—.
Necesitamos saber —continuó— las conexiones entre su primer marido y una organización en Brasil, un grupo conocido quizá como la
hermandad brasileña —informó de forma mecánica, mientras atendía
a la reacción de ella—. Le agradeceríamos mucho si pudiera contarnos algo, lo que recuerde, que pueda ayudarnos a identificarlos.

Estupefacta al verse en una situación que llevaba años temiendo,
Reyna no alcanzaba a articular siquiera una simple protesta. Sus mejillas palidecieron aún más cuando oyó que se abría y cerraba la puerta
de la cocina. Justin se dio cuenta de que Bill regresaba a la oficina.
Un instante después, pasó un gato por la sala y dio un salto para subir
al sofá, pero Reyna lo atrapó y lo dejó en el suelo con cuidado. Justin
se fijó en que le temblaban las manos.

Justin rezó por no ponerse a estornudar —era alérgico a los
gatos— para que ella no se asustara más de lo que ya lo estaba. Con
todo, casi de inmediato, notó un cosquilleo en la nariz que anunciaba
su primer estornudo, y levantó la mano con rapidez para bloquearlo.

Como esperaba, Reyna se puso de pie y luego empezó a retirar-
se hacia el armario de los abrigos que había junto a la puerta
principal. Mientras se movía no dejó de mirar a Justin. Al llegar adonde estaba, con la mano temblorosa, giró la perilla y abrió la puerta,
pero no se movió más.

Consciente de que cabía que guardara allí un arma, Justin no hizo
además de levantarse. En el mismo tono sereno y bajo, aseguró:

—Sé que lleva todos estos años tratando de olvidar lo que vivió
en Los Ángeles, y veo también que ha conservado el miedo de que un
día llegara un extraño como yo a su puerta, que vendría buscando a la
Reyna que estuvo casada con Joel Galeano, el hombre que fue cómplice en el asesinato del niño de los Cisneros. —Se detuvo para
estudiar la reacción de Reyna, pero ella seguía de pie en silencio, con
la puerta del armario abierta. Aún tenía las manos perfectamente a la
vista, aunque sus ojos se movían con rapidez, como si se debatiera
entre tomar el arma o salir por la puerta—. No le deseo ningún mal,
señora Miller —trató de tranquilizarla Justin—, si lo hiciera, tiene
que admitir, no habría venido a su casa para hablar. —Luego añadió,
mientras le acercaba el papel que había en la mesa—: En esa nota

verá el número de teléfono de Gloria. Puedo irme ahora mismo y volver dentro de diez minutos si prefiere llamarla antes.

—Todo lo que está contando ocurrió hace tanto tiempo . . . —dijo por fin Reyna en tono áspero—. Creía que el asesino al que se refiere se había suicidado.

—Joel fue el responsable de la muerte de Mando Cadena, pero él no asesinó al pequeño Michael. Lo hizo otra persona.

Aliviada al comprobar que Joel no había matado al niño, dejó escapar un largo suspiro. Luego cerró la puerta y volvió a acomodarse en el sofá.

—Sabía que algún día mis hijos y yo tendríamos que pagar por los actos de Joel.

—Créame, señora Miller —intervino Justin—, usted y sus hijos no tienen nada que temer de mí. No he venido para hacerles daño, sino para pedirle ayuda.

—¿Y qué puedo hacer?

—Por favor, cuénteme todo lo que recuerde de aquellas semanas antes de los asesinatos.

A Justin le picaba la nariz, y se la rascó.

Sin saber por dónde empezar, Reyna dudó. Él trató de ayudarla preguntando:

—¿Cuándo notó por primera vez que Joel estaba involucrado en actividades sospechosas?

—Fue como tres meses antes de la marcha de la Moratoria —comenzó—, cuando empezó a depositar grandes cantidades en nuestra cuenta. Nunca había obtenido tanto dinero con su trabajo de reportero independiente. Cuando le pregunté al respecto, me dijo que había podido vender varios artículos y foto-ensayos sobre las pandillas de Los Ángeles a algunas revistas nacionales. También me explicó que un medio importante le había ofrecido un buen avance por un libro con sus fotos y artículos.

—¿Y qué ocurrió que le hiciera a usted sospechar que algo no iba del todo bien?

—A medida que se acercaba el día de la manifestación, Joel empezó a recibir muchas llamadas raras.

—¿Raras en qué sentido?

—Un par de veces de alguien desde Río de Janeiro. El día antes de la Moratoria, hubo una llamada a media noche. Contesté yo y hablé con una operadora que hablaba con un acento alemán muy fuerte. Asumí que llamaban desde Alemania.

—¿De casualidad se acuerda de algo de aquellas conversaciones?

—Siempre eran sobre dinero —contestó enseguida—. Dos días después de la Moratoria, la noche en que asesinaron al joven de los Santos, hubo otra llamada desde Alemania. Esta vez, fingí que volvía a la cama, pero me quedé justo tras la puerta para escuchar la conversación de Joel. Habló de no usar una pistola, sino un cuchillo, o algo así. Repitió que había actuado conforme al plan y prometió enviar las fotos que tenía como prueba. Fue entonces cuando empecé a sospechar.

En cuanto Joel volvió a quedarse dormido, le quité las llaves y fui al cuarto oscuro. Busqué entre todas las cosas que tenía allí él. Y luego no pude dar crédito a lo que vi. —A Reyna se le humedecieron los ojos—. Había fotos del niño muerto y también del joven de los Santos muerto, aunque con un cuchillo al lado. Me quedé impresionada al reconocer el cuchillo de Joel, el que había traído de Vietnam. Había limpiado el polvo de todos aquellos recuerdos de guerra bastantes veces como para reconocer las marcas de la empuñadura. Al principio me pregunté que cómo podía Joel haber sido tan torpe de dejar su propio cuchillo junto al cuerpo. Luego recordé que quien había llamado había pedido pruebas de lo que Joel había hecho. Pasé mucho rato mirando las fotos, incapaz de aceptar lo que tenía delante de mis propios ojos. —Reyna miró a Justin antes de bajar la mirada.

Supongo que me sentí responsable de algunos de sus actos. Me sentí muy culpable al ver lo que había hecho para conseguirnos dinero . . . —Reyna rompió a llorar. Justin le dio tiempo a recuperarse y retomar la compostura—. A las cinco de la mañana —prosiguió—, decidí quemar las fotos y los negativos. Estaba agotada y confusa, y también empecé a sentir terror, como en una verdadera paranoia, convencida de que nunca más podría volver a confiar en Joel, pues siempre sería una esclava del miedo que me daba. Creo que fue entonces cuando decidí quedarme con algunos de los negativos para protegerme a mí y a los niños si él o cualquier otra persona trataban de hacernos daño.

Los niños y las pocas pertenencias que me llevaba ya estaban en el carro cuando me acordé de que no tenía la chequera en el bolso, así que volví a buscarla. Ya estaba casi por salir cuando Joel entró en la sala. Me quedé petrificada. Al principio se quedó impactado al ver sus fotos arder en la chimenea. Luego se me vino encima. Agarré las tijeras y se las clavé en la cara; salí corriendo y conduje lejos tan rápido como pude. —Reyna se enjugó las lágrimas con la parte externa de la mano.

—¿Guarda aún esos negativos? —preguntó Justin al cabo de un poco.

Incapaz de hablar, Reyna sólo pudo asentir.

—¿Le importaría dármelos? —se aventuró Justin. Al verla dudar, él prometió—: Haré todo lo que pueda por mantenerla a usted y a sus hijos ajenos a cualquier investigación. Esta puede ser una forma de cerrar el libro de su vida con Galeano.

Esperó.

Sin decir una palabra, Reyna fue a su dormitorio y volvió al poco tiempo con un sobre de papel manila, que le entregó a Justin.

—Están todos ahí —explicó.

Luego caminó hasta la puerta y la abrió.

—Mi marido volverá pronto. Preferiría que no lo encontrara aquí cuando llegue a casa.

—Es usted una mujer valiente, señora Miller —alabó Justin con una sonrisa—. Estoy seguro de que Gloria y Luisa le estarán tan agradecidas como yo por lo que acaba de hacer. Gracias.

Luego le dio la mano y dio una vuelta a la perilla de la puerta.

—No —replicó ella—, soy yo quien le está agradecida. Gracias a usted —remarcó. Después sonrió por primera vez desde que Justin entrara en la casa, e incluso se despidió con la mano cuando él ya avanzaba calle arriba hacia el centro.

Después de tomarse una buena taza de café y comprar medicamentos para su alergia, Justin reemprendió la vuelta a la zona de la bahía. Tamborileó los dedos contra el sobre de papel manila y sonrió: estaba seguro de que Gloria iba a estar encantada.

A las seis, apareció en la puerta de casa de Gloria. Aunque aún estornudaba de vez en cuando y tenía los ojos rojos, sonrió mientras esperaba a que le abriera.

—Deduzco que encontraste a Reyna Galeano —afirmó Gloria al verle la cara, mientras dudaba sobre si ponerle la mano en la frente para comprobar si tenía fiebre o no. Optó por no hacerlo.

—Sí —confirmó Justin. Se aclaró la garganta y empezó a relatarle brevemente la conversación que había mantenido con Reyna. Luego sacó el sobre con los negativos.

—¡Ahora sí que vamos bien! —exclamó Gloria.

Justin sonrió.

—Tengo un cuarto oscuro en casa y revelaré las fotos esta noche —le aseguró—. ¿Cómo te fue con Otilia?

—Bien —contestó. Y luego le contó lo que había pasado en la casa de los Cisneros, y le describió el estado de Lillian. Acabó poniéndolo al tanto de los planes que tenía con Otilia de pasar por casa de Paul al día siguiente.

—Creo que sería conveniente comprobar las rutinas del servicio de todos modos —explicó—. Y se me ocurre que tal vez tú y yo podamos ir a echar un vistazo por la zona de Pacific Heights esta noche; un pequeño reconocimiento del terreno, nada más.

—Bien —coincidió Justin—. Nunca hace daño anticiparse —admitió antes de rascarse la nariz con rapidez.

Gloria lo miró a los ojos.

—Tú no estás en condiciones de manejar. Mejor lo hago yo, pero vamos en tu van —le propuso mientras le indicaba que lo siguiera fuera.

Justin hizo un gesto con el dedo para indicar que no ponía objeción alguna y se sentó en el lado del copiloto.

Condujeron en silencio mientras cruzaban el puente de la bahía, desde donde contemplaron la ciudad en su esplendor navideño. A lo lejos, el puente Golden Gate iba alzándose magnífico en la distancia a medida que se acercaban a la siguiente cita con el destino.

VEINTE

Cumbres al viento / Vistas despejadas

La casa de dos pisos de estilo sureño se elevaba inocua y levemente iluminada ante un cielo sin nubes. Gloria y Justin se estacionaron a más de veinte metros en el lado opuesto de la calle. Veinte minutos después de que llegaran, salió un hombre con un pastor alemán amarrado con correa, y hombre y can se introdujeron en la camioneta que había en el camino de entrada.

Justin y Gloria se escurrieron en los asientos para que no los vieran, y el carro arrancó sin que el conductor reparara en ellos. Unos pocos minutos después salió de la casa una señora de mediana edad que caminó hasta su vehículo, estacionado a una corta distancia del suyo.

—La sirvienta —musitó Justin al oído de Gloria, que sintió un escalofrío en el cuello.

Aunque Gloria no había pensado en hacer nada más que observar las entradas y salidas de la casa de lejos, en cuanto vio que era seguro, salió del carro y empezó a caminar hacia la residencia.

—Gloria —oyó que Justin susurraba, tras ella—. Gloria —volvió a decir más alto mientras la agarraba de la manga de la chaqueta y tiraba de ella—. Are you crazy?

—No, no estoy loca —soltó—. No tienes que venir si no quieres.

—Si insistes —gruñó Justin—. Deja que me lleve el equipo.

—Dibujó un círculo en el aire para indicarle que se vieran en la parte trasera de la casa. Si el mayordomo de Paul llevaba al perro a pasear al distrito de la Marina tan a menudo como Otilia había asegurado, tardaría unos cuarenta minutos en volver. Con todo, no tenían forma de saberlo con seguridad—. Deberíamos contar con no más de veinte minutos —le advirtió a Gloria mientras ponía la alarma de su reloj para al cabo de quince.

Se movió silenciosamente por el lado de la casa mientras Gloria intentaba abrir la puerta de atrás. No tardó en descubrir que estaba cerrada, así que se fue a ver qué hacía Justin. Él le señaló un cable cubierto de metal que corría paralelo a los eléctricos del medidor de luz.

—Es una alarma antirrobos.

Volvieron a la parte trasera de la casa.

—Eso es ilegal —protestó Gloria cuando lo vio empezar a manipular el candado de la puerta de la cocina con un instrumento que tenía las puntas plana y con forma de gancho respectivamente y estaba enganchada a una finísima linterna con forma de bolígrafo. Él se rio como si dijera: "mira a quién le preocupa ahora la ley"—. Nos está llevando demasiado tiempo —se quejó, apoyada sobre el hombro de Justin.

—Esto no es un programa de televisión, ¿sabes? Ten paciencia.

—¿No te preocupa la alarma?

—Yo creo que no está activada. Hay dos ventanas abiertas —susurró— en dos partes distintas de la casa.

—¿Dónde?

—Fíjate. Mira arriba. Y silencio, por favor.

Unos segundos después, Justin abrió la puerta con mucho cuidado. Se metió la mano debajo de la chaqueta y sacó una linterna normal para alumbrar el camino.

Desapareció en un cuarto de baño mientras Gloria inspeccionaba el dormitorio principal en la planta alta. Aunque en la estancia hacía un calor normal, ella empezó a transpirar mucho. Para intentar refrescarse, se sentó en la cama y empezó a abanicarse. De pronto, creyó oír voces, seguidas de un lloriqueo.

Cerró los ojos y la voz de un niño pequeño empezó a decir:

—Mamá te quiere a ti.

—Eso no es verdad —respondió la voz de uno mayor.

Allí sentada, le pareció que las voces que oía eran las de Paul y Michael de chicos, quizá de seis y diez años.

—Y tú también me odias —protestó Paul.

—No es cierto.

—Me hiciste comer la caca del conejo.

—Yo no te obligué a comer nada. Me contaste que el abuelo te había dicho que tú eras más valiente que yo. Dijiste que tú podías comértela y que yo no me atrevía —se rio—. ¿Estaba rica? —volvió a reírse.

—Mamá me odia. Y tú también. Me castigó a mí, pero a ti no, Michael. —Luego se oyeron unos gemidos, y se hizo el silencio.

—¿Lo mataste, Paul? Pero si querías mucho a ese conejo. ¿Cómo pudiste matarlo?

—Yo no lo maté. Fuiste tú.

Los gemidos de Paul se tornaron llantos sonoros, y luego un quejido continuado, como el de un animal que agoniza al morirse.

Aunque su visión duró apenas unos segundos, a Gloria le bastaron para percibir la soledad y el dolor del pequeño Paul.

Al recordar que ella y Justin tenían que salir de allí antes de que el mayordomo de Paul regresara, se enjugó las lágrimas e inspeccionó con rapidez el vestidor y otro pequeño armario. No había nada que se pareciera siquiera a la caja que Otilia le había descrito en Solera el día en que ella y Luisa habían conocido a Paul.

Sin tener muy claro qué era lo que Otilia esperaba encontrar en aquella casa, Gloria buscó primero en la cómoda y en el pequeño escritorio. En la pared, sobre la cama, había un retrato en óleo de un hombre, que, según imaginó, sería Soren Bjorgun. Junto al retrato del viejo había una gran fotografía de Paul con su aspecto actual. Los dos hombres se parecían tanto que asombraba. No sólo compartían los mismos rasgos físicos, sino también la forma de mirar.

Encima del escritorio, junto a un cuadro enmarcado con las ilustraciones de las armas y revólveres más comunes, Gloria se fijó en un gran mapa de Brasil, también en un marco. Había una pequeña equis en algún lugar en la zona del Matto Grosso. Se quedó mirándolo sin dar crédito. Con todo, cuando bajó la vista, vio una Smith y Wesson del calibre .357 en la mesilla que despejó todas las ilusiones de que pudiera estar equivocada. Un tanto mareada, se apoyó en la mesa y cerró los ojos. Al notar el tacto helado de unos dedos que le atenazaban el cuello, abrió los ojos en el acto.

Al salir de la habitación, casi se da de bruces con Justin, que salía de otro dormitorio. En cuanto oyó el sonido de la alarma del reloj mientras bajaba las escaleras de servicio, pensó que Justin estaba justo detrás de ella. Sin embargo, él había optado por bajar con mucha cautela por la escalera principal hasta el piso inferior. Al inspeccionar el estudio, descubrió una caja fuerte que había junto al escritorio. Sospechó que también habría una de pared, y lamentó no poder averiguar lo que contenían. Luego, cuando se apresuraba a salir de la habitación, le llamó la atención una caja de metal que había en la mesa de la computadora. Tentado a llevársela, tuvo que refrenar su impulso para dejarla donde estaba.

Fuera de la casa, Gloria se agachó bajo la ventana de la cocina. Sintió todo el cuerpo entumecido por las corrientes del viento ártico que soplaba en aquella área de San Francisco que se abría al mar. Tras recolocarse la bufanda para que le cubriera el cuello y las orejas, alzó la vista con el fin de contemplar el cielo despejado, y luego las tres estrellas del cinturón de Orión. Su abuela solía contarle que aquellos luceros eran los tres Reyes Magos que traían regalos a todos los niños del mundo. En una noche estrellada como aquella, Gloria pensó en cómo es posible siquiera imaginar que la muerte pueda estar a sólo un brazo de distancia.

Unos segundos después, se oyó a un perro ladrar a lo lejos justo cuando Justin salió por la puerta de la cocina.

—Vamos —lo urgió—. Ya volvió.

—Ese ladrido no es de un pastor alemán —le contestó con tranquilidad—. Además, no podríamos oírlo con las ventanas del carro subidas. De todos modos es hora de irnos —le indicó mientras le presionaba el hombro—. Yo manejo esta vez.

Apenas acababan de meterse dentro de la van cuando vieron que otro carro se detenía delante de la casa.

—Conque no es el ladrido de un pastor alemán, ¿eh? —le tomó el pelo Gloria.

Él se rio. Se mantuvieron fuera de la vista, y luego se alejaron en cuanto fue seguro hacerlo.

De camino a casa, Gloria le contó a Justin las visiones que había tenido, y lo del mapa de Brasil y el cuadro de las armas, y además le mencionó que había visto una pistola en el buró.

—Por cierto, ¿usas pistola? —quiso saber.

—Ahora mismo no, pero tengo una —contestó—. Por si se me olvida, mañana, cuando vengas con Otilia, busca en el estudio una pequeña caja de metal. Puede que sea la que contiene los papeles personales de Michael padre, la que Otilia lo vio revisar a Paul aquella vez. Tras rebuscar debajo del asiento, Justin sacó una bolsa de papel.

—Tengo un regalo para ti. Encontré esto en el botiquín —explicó mientras movía la bolsa delante de ella.

Gloria se quitó los guantes, abrió la bolsa y buscó en su interior. El tacto de un cristal frío le produjo un escalofrío, pero la oleada que le recorrió el pecho y los brazos hasta el cuello cuando sacó la pequeña botella era cálida. Luego encendió la linterna y leyó las palabras: *"Elixir de Pereira/Elixir de Juventude"* impreso en la etiqueta.

De forma impulsiva le tomó el brazo a Justin y se lo apretó para expresar su gratitud y su alegría. A él se le tensó cada músculo mientras la sensación de cosquilleo le recorría el hombro y el cuello. Se relajó casi inmediatamente, pero ella ya había retirado la mano.

Gloria volvió a alumbrar la etiqueta, que se parecía a la que había en la botella del tónico saludable que la abuela de Gloria solía tomar. Había dibujado un hombre retratado como un dandi con el pelo liso y engominado hacia atrás, en una pose elegante, ataviado con traje de pingüino y zapatos de dos tonos; llevaba el sombrero en una mano y un bastón en la otra: sin duda el retrato de la moda más elevada en los países latinoamericanos en el cambio de siglo. La etiqueta estaba impresa en un papel que parecía también datar de aquella época. El líquido que había dentro era tan espeso que resultaba casi opaco.

Por un segundo, el recuerdo de Lillian bebiendo de un vaso con un líquido que se parecía a aquel elixir en color y textura atravesó la mente de Gloria como un relámpago.

Abrió el frasco. El olor dulce de la vainilla la llevó a pensar que el brebaje también lo era. Tras probar una gota, se dio cuenta de que no era así: tenía un sabor metálico, ligeramente picante, si bien no desagradable.

—Si no tienes fiebre, ¿qué te ocurriría si ingieres un febrífugo, ya sabes, una sustancia que se emplea para que te baje la fiebre? —le preguntó a Justin.

—Seguro que la temperatura bajaría hasta un punto crítico —respondió.

—Hipotermia —exclamó Gloria, al recordar lo que había leído en la enciclopedia médica de Darío aquella tarde. Al devolver la botella a la bolsa de papel, susurró—: Gracias.

Justin aceptó su gratitud encogiéndose de hombros y sonriendo. Treinta minutos después, aparecieron ante ellos las enormes grúas de carga del puerto de Oakland. Gloria se imaginó a Michael Cisneros trabajando tras ellas, en Jingletown, para salvar a Black Swan de una adquisición por parte de Anaconda Sur International. También reflexionó sobre Lillian. La idea de que la sangre pudiera estar congelándosele literalmente en las venas hizo que le recorriera un escalofrío por la columna vertebral.

VEINTIUNO

Cisne negro / Cisne blanco

Después de volver de casa de Paul, se dirigieron a la de Justin. Antes de que murieran sus padres, había sido una residencia unifamiliar, pero él la había transformado para darle doble uso. Una puerta interior comunicaba la oficina del piso de arriba y el cuarto oscuro contiguo, al piso de abajo, donde Justin vivía.

Casi enseguida, empezaron a revelar las fotos de los negativos que Reyna le había entregado. Hicieron ampliaciones de varias secciones y las dejaron secando arriba, en el cuarto de revelado, mientras abajo empezaban a estudiar la primera remesa.

Justin las había dispuesto en la alfombra, junto a la chimenea, y, mientras él preparaba la cena, Gloria empezó a examinarlas. De especial interés le resultaron las que Joel había tomado durante la revuelta de la Moratoria Chicana Nacional. Se fijó en una donde aparecía Mando con la mirada clavada en la multitud. La espalda del asesino aparecía en varias, pero Gloria se fijó en que no se le veía el rostro en ninguna de ellas.

Mientras esperaba a que se secara el siguiente montón, Gloria se dedicó a estudiar el apartamento de Justin. Era acogedor y parecía limpio y organizado. Bien colocadas junto a la ventana de la sala, había varias pesas y una máquina de remar. A excepción de *Los perros de medianoche*, un cuadro al óleo del artista chicano Malaquías Montoya que había en la pared contraria a la de la chimenea, las muestras de arte que había allí eran fotografías que él mismo había hecho de edificios, fuentes, patios y otros exteriores. En algunas había niños o gente mayor, pero en muchas otras no había siquiera una sombra humana.

Mientras las contemplaba, Gloria oyó el timbre de la alarma del cuarto oscuro.

—¿Te importa si le echo un vistazo al resto de fotos ahora?

—Para nada —autorizó Justin desde la cocina—. ¿Por qué no las bajas? Y trae también la lupa.

En cuanto las hubo bajado, se dispuso a distribuirlas en montones por acontecimientos.

—Justin, ven a verlas —lo llamó emocionada.

—Dame un minuto —contestó.

Al poco, se reunió con ella en la sala. Gloria llamó su atención hacia una ampliación en que aparecía un cartel con las palabras: "Irmandade brazileira para a justiça mundial", sin duda el nombre real de la hermandad brasileña. El emblema con la garra de león se veía en la parte superior. Había unas cuantas fotos de un campo de entrenamiento en una selva tropical. Al mirar de cerca a algunos de los hombres que aparecían en otra, Gloria se fijó en que vestían ropa de faena. Cargaban con rifles a las espaldas. Como tenían las caras cubiertas de pintura negra y verde oliva, le resultaba difícil imaginarse qué aspecto tendrían sin el camuflaje. Justin había ampliado una con la cara y las manos de uno de los hombres. Aunque estaba un poco movida, se podía ver que llevaba un anillo con una cabeza de león en uno de los dedos.

Justin tomó la ampliación de la cara pintada del hombre. Se la pasó a Gloria, que, si bien enarcó una ceja, permaneció callada. Sin decir una palabra, Justin volvió a la cocina para ver cómo iba la cena.

—En vista de este nuevo avance —dijo bien fuerte—, ¿qué propones que hagamos?

—Ojalá pudiéramos dejarle a Michael Cisneros echar un vistazo a los documentos y las fotos —deseó Gloria tras respirar hondamente para mantener estable el latido del corazón—. Desde una perspectiva más realista, cabe que nosotros mismos le hayamos preparado una trampa a este astuto miembro de la Irmandade —murmuró, mientras daba golpecitos en la cara del hombre de la foto.

Para su sorpresa, Justin gritó desde la cocina:

—Para eso nos hace falta la ayuda de Otilia.

—Pues entonces será mejor que le lleve todas las pruebas. Estoy segura de que estará de acuerdo con nosotros en cuanto vea esto.

—Para tratar de calentarse las manos, se echó el aliento en ellas con la boca abierta, y luego las extendió hacia los troncos ardientes de la chimenea—. ¿Por qué no hablamos con Otilia los dos? —sugirió.

Justin estuvo de acuerdo y anunció que la cena ya estaba lista. Consistió en una deliciosa sopa de pollo, una ensalada de lechuga y unas quesadillas hechas con queso fresco cubiertas con una cremosa salsa de chile colorado. Media jarra de cerveza mexicana, marca Bohemia, para cada uno complementó la cena a la perfección.

Si bien Gloria esperaba la tradicional respuesta: "de mi madre", le preguntó a Justin:

—¿Dónde aprendiste a cocinar así?

—De mi tío, Tito Garro.

Justin recogió la mesa y se dirigió a la cocina.

Gloria reconoció el nombre enseguida. Antes de morir en un accidente de tráfico, Tito Garro había sido uno de los chefs más famosos de California, una atracción deliciosa en su restaurante de Monterey.

—Eso explica tu buen gusto —bromeó Gloria.

A él le gustó el cumplido.

Un poco después, el reloj del abuelo del despacho de Justin en el piso de arriba dio la primera hora del día. Como había estado activa casi dieciocho horas sin parar, habría sido normal que Gloria estuviera cansada. Sin embargo, cuando se dispuso a marcharse a su casa, de pronto se sintió llena de energía.

Justin la acompañó hasta el carro y esperó hasta que la vio partir. Cuando Gloria inició la ruta de siempre, tenía toda la intención de volver a casa para darse un regaderazo caliente y meterse en la cama. Sin embargo, a unas pocas cuadras de la casa de Justin, decidió dirigirse al cruce de Monterey con Leimert, mientras se preguntaba por centésima vez por qué no podía mantenerse alejada de aquel lugar.

Al acercarse, lanzó de forma automática una mirada al sitio donde antes se había alzado la casa de Michael y Lillian. Las luces extremadamente potentes de un carro que venía la cegaron, a pesar de lo cual, pudo distinguir un Mercedes Benz azul que salía del antiguo camino de entrada a la casa de los Cisneros y que giraba a la izquierda en Leimert.

Incapaz de ver bien, se detuvo en la curva y cerró los ojos para esperar a que se le pasara la ceguera temporal. De entre los destellos

surgió el rostro de Lillian Cisneros. Una mano con un anillo con la
cabeza de un león, la misma que acababa de ver en una de las ampliaciones de las fotos, le envolvía el cuello. Cuando volvió a abrir los
ojos el Mercedes azul ya no estaba.

Para entonces, ya conocía muy bien Leimert y la mayoría de las
calles de aquella zona, así que aceleró para llegar al sitio donde sabía
que el carro podía reaparecer, y se alegró al reconocer el Mercedes
azul. Descendía por Park Boulevard hacia la autopista de MacArthur,
que conectaba con el puente de la bahía entre Oakland y San Francisco.

Al darse cuenta de que *él* en realidad volvía a su casa, decidió no
seguirlo. Y Gloria, a su vez, se marchó a la suya. ¿Sería para ver a
Paul Cisneros salir de allí por lo que se había visto atraída a aquel
lugar tan a menudo? ¿Qué habría estado haciendo allí tan tarde? Y
mientras entraba en su cochera, pensó que ella y Justin tendrían que
buscar la respuesta en aquel terreno a la mañana siguiente.

En cuanto vio el carro de su hija Tania estacionado delante de su
casa, se acordó de que le había prometido a Tania y a Luisa que las
llamaría en cuanto volviera de San Francisco. Entre tanto nuevo avance se había olvidado de hacerlo. Al entrar y ver a su hija y a su amiga
adormecidas en la alfombra de la sala tapadas con una cobija, se imaginó que se habrían preocupado. Los rescoldos en la chimenea
crepitaban ligeramente al llegarles la ráfaga de aire frío.

—¡Qué buenas vigilantes son! —le susurró a su hija al oído—.
Vamos, cielo, vamos a la cama.

—¿Vas a estar aquí por la mañana? —farfulló Tania.

—Claro que sí. Estaré aquí por la mañana —le aseguró.

—Buenas noches, mamá.

Luisa se dio la vuelta. Empezó a frotarse la muñeca y a colocarse la venda que tenía alrededor.

—¿Qué te dijo el médico? —preguntó Gloria.

—No puedo trabajar. Se supone que no debo levantar nada ni
someter la muñeca a ningún tipo de tensión. Dice que es mejor que
no maneje durante algún tiempo. Por eso le pedí a Tania que me tra-
jera —explicó.

—¿Quieres que te lleve a casa? —se ofreció Gloria tras echar dos
troncos más al fuego.

—¿Te importa que me quede? Tania puede llevarme por la mañana. Estoy muy cansada y preferiría no salir ahora ni hacerte salir a ti al frío. —Luisa miró a Gloria, que se frotaba los ojos—. Tú también estás agotada. Te apuesto lo que sea a que llevas todo el día de un lado para otro sin descansar.

—Pues sí.

Gloria se tumbó en el hueco que Tania había ocupado, con la intención de disfrutar del resplandor cálido y tranquilo del fuego.

Al cabo de un minuto, Luisa volvió a quedarse dormida. Su respiración rítmica formó un trío con el ruido de las manillas del reloj del comedor y el sonido de las rachas del viento del Norte que seguía soplando sobre la colina y la costa del mar.

Con los ojos cerrados, Gloria escuchó esa melodía hasta que no tuvo nada más que una negritud palpitante en la cabeza.

De pronto, se elevó la voz de Luisa en aquella quietud. Gloria la buscó, pero todo lo que veía eran las acacias en flor, como llamaradas amarillas a lo largo de la carretera. Luego, allí estaba Luisa, detrás de una zona de bayas silvestres, y tenía la venda de la muñeca y la blusa llenas de manchas moradas de los frutos.

Gloria intentó caminar a través de la zona de zarzas, pero se le clavaban los pinchos de las ramas en las piernas y las caderas, así que volvió atrás para buscar un camino que bordeara las matas espinosas. Cuando llegó por fin al sitio donde había visto a Luisa, su amiga ya se había ido, y, en su lugar, estaba Otilia, veinte años más joven y con el pequeño Michael David de la mano.

A la mañana siguiente, Gloria se despertó con el olor de la humeante taza de café que le ofrecía Luisa. Tania les tenía el desayuno preparado. Mientras disfrutaban de la comida y de su mutua compañía durante un ratito, Gloria evitó hablar de las cosas que ella y Justin habían descubierto la noche anterior. Luego, Tania y Luisa se marcharon.

Algo después, al esperar a que Justin la pasara a buscar, Gloria se dio cuenta de que el viento se había transformado en una brisa suave. Las nubes empezaban a mostrar sus panzas oscuras y ondulantes. Al final de la cuadra empezaría a caer una fina lluvia invernal que provocaría el caos en las carreteras y en los puentes, y llevaría esperanza a la zona de la bahía, que llevaba dos años sufriendo una sequía.

VEINTIDÓS

El preludio a un enfrentamiento

Una hora antes de su cita con Otilia, Gloria y Justin condujeron al terreno vacío que había en el cruce entre las calles Leimert y Monterey. Después de una búsqueda exhaustiva, encontraron un sitio donde parecía que se había excavado recientemente. Aunque el agujero se había vuelto a cubrir, la tierra estaba todavía lo bastante suelta como para permitir calcular las dimensiones del hoyo.

—Hubiera lo que hubiera aquí enterrado, era estrecho y largo. Un cilindro, quizá —comentó Justin—. Me pregunto qué será lo que Paul conserva en un contenedor así y que no pueda guardar en sus cajas fuertes en casa. —Se rascó la cabeza—. Más importante aún, ¿por qué ha desenterrado este cilindro precisamente ahora? ¿Y además por la noche? —Justin miró inquisitoriamente a Gloria, que negó con la cabeza, y luego retomó la marcha hacia el carro.

—Mientras damos con la respuesta, propongo que nos mantengamos cerca de Lillian —le sugirió a Justin cuando este la alcanzó.

Enseguida se pusieron en camino hacia la casa de los Cisneros. Gloria supo que algo ocurría cuando Elena, el ama de llaves, le informó que la señora Cisneros y la señora Juárez, tal y como se refirió a ellas, habían salido hacia Solera, en el valle de Napa, temprano aquella mañana. Lo dijo con una mirada rara y mientras ladeaba la cabeza varias veces. Al darse cuenta de que Elena trataba de decirle algo, se preguntó si quizá le habían pedido que mintiera sobre el viaje de Otilia y Lillian.

—El señor Cisneros también quiere hablar con ustedes dos, en su despacho —les informó—. Está libre a las once.

Gloria dedujo que Otilia habría intentado hablar con Michael sobre sus descubrimientos, y que él se había quedado preocupado al oír las noticias que lo afectaban directamente.

Luego, mientras salían en el carro de la casa de los Cisneros, a Gloria le pareció ver una rendija abierta en las cortinas de una ventana. Aunque sospechaba que la madre y la hija estaban aún en la casa, se imaginó que Otilia estaba fingiendo seguir las instrucciones de alguien para proteger a Lillian.

Preocupado sobre todo por el encuentro que iban a mantener con Michael Cisneros, Justin no hizo comentario alguno cuando Gloria lo hizo partícipe de sus sospechas.

Ambos se presentaron en la sede del grupo Black Swan International justo antes de las once, pero tuvieron que esperar un buen rato a que Michael los invitara a pasar a su despacho.

En las pocas ocasiones en que Gloria había estado con él, Michael se había comportado siempre como un anfitrión de lo más amable. Esta vez, sin embargo, se topó cara a cara con un hombre severo y enojado.

Mientras trataba de no dejar al descubierto su preocupación, Gloria le lanzó una mirada a Justin, que estaba de pie, muy quieto, y le sostenía la mirada a Michael. Luego, se aclaró la garganta y soltó:

—Su hermano Paul mató a su hijo. —A Gloria le sorprendieron sus propias palabras. Siempre le daba miedo pronunciar el nombre del asesino, anunciar su culpabilidad, casi como si, al hacerlo, estuviera liberando un poder increíble, una divinidad salvaje que le pediría la vida en pago por la transgresión. Con todo, de pronto las palabras le habían brotado de la boca—. Debe de estar al tanto de que su hermano lo odia. —Michael la miró con frialdad. Ella continuó—: ¿No estaba consciente de las acciones de su hermano? ¿Ni siquiera sospechó de que quisiera herirlo a usted y a Lillian?

—¡No tienen ningún derecho a asustar a mi esposa y a mi suegra, ni a venir aquí con acusaciones! —Michael se quedó contemplándolos a ambos.

—¿Por qué nos ha hecho venir aquí, señor Cisneros? —preguntó Justin, que trataba de mantenerse sereno—. ¿No quiere oír lo que tenemos que decirle?

—Esto no viene a cuento —Michael le dijo a Justin antes de dirigirse a Gloria—. ¡Me han obligado a pedirles que se vayan de aquí ahora mismo! Y, por favor, no se acerquen a mi mujer.

—No se trata de acusaciones infundadas, señor Cisneros —intervino Justin en un tono conscientemente educado mientras extraía un gran sobre que contenía copias de fotos, los recortes de periódicos, así como el informe del forense, y vaciaba su contenido en el escritorio de Michael—. Estoy seguro de que usted mismo puede completar los huecos que pueda haber aquí.

—Estos son los análisis del forense . . . —empezó Gloria, que se detuvo con brusquedad. Michael la miraba con un enfado encendido, pero también había dolor, quizá incluso miedo, en sus ojos.

— . . . de la sangre de su hijo —concluyó Justin. Tras sacar la botella con el tónico, se la enseñó a Michael, que echó la cabeza hacia atrás como si quisiera evitar un objeto que le lanzaran—. Contenía trazas de la substancia de este elixir, que proviene de Brasil. —Justin prosiguió—: Su hermano viaja a Brasil con frecuencia, y es el único que bebe esto.

Durante unos pocos segundos, Michael pareció valorar la validez de lo que le contaban. Si bien en ningún momento negó de palabra lo que había escuchado, igual presionó uno de los botones del interfono. Justin y Gloria se miraron y se dispusieron a salir de allí antes de que los de seguridad los echaran.

—Hace muchos años —empezó Gloria a relatarle a Michael con la voz tranquila—, Paul le quitó la vida a su hijo a cambio del amor que él sentía que su madre le negaba a él mismo. Y ahora hago una conjetura con cierta base, pero creo que también sentía que usted le había robado el respeto de su padre cuando él le pidió que fuera usted el que dirigiera la compañía. —El corazón comenzó a latirle muy rápido y le faltaba el aire.

—Por favor, cállense. ¿De verdad esperan que les crea que mi hermano mató a mi hijo porque me odia? —Michael negó con la cabeza—. Mi hermano me quiere —afirmó categóricamente.

Mientras Michael hablaba, Gloria respiró hondo varias veces y luego se puso a hablar rápido por miedo a que la voz se le apagara.

—De algún modo extraño y retorcido, lo quiere. Tiene usted razón, pero también lo odia y se odia a sí mismo por quererlo. A usted no lo matará. Matará a aquellos a quienes usted quiere. Destruirá todo lo que usted ha construido. Mire cómo ha adquirido el control de la compañía. —Ese último comentario fue mera especulación, pero pareció dar en el clavo con Michael.

—Todo esto es una locura. —El miedo volvió a atravesarle el rostro a toda rapidez—. ¿Por qué y para qué diablos haría algo así?

El encargado de la seguridad llamó a la puerta y Justin la abrió.

—No es necesario que se moleste. Ya nos vamos —le indicó mientras tiraba del brazo de Gloria con cuidado. Tras volverse para mirar a Michael, lo invitó—: Por favor, piense en lo que le hemos contado.

Consciente de que estaba poniéndolos a ella y a Justin en peligro, las últimas palabras de Gloria a Michael fueron:

—Quédese con las fotos y con los informes. Le ruego que mire todo antes de tomar una decisión.

El de seguridad los acompañó a la salida. Cuando ya abandonaban el estacionamiento de Black Swan International, Paul Cisneros, con su Mercedes azul, subía para detenerse frente al edificio de oficinas. Salió del vehículo y echó a andar el tramo de escaleras. El guarda se ocupó de estacionar el vehículo.

—¿Crees que Michael le contará nuestro encuentro? —preguntó Gloria, que no buscaba una respuesta tanto de Michael como de sí misma.

—¿Es eso lo que tenías en mente? Tu plan no es muy bueno, Gloria. —Justin negó con la cabeza—. Es evidente que quieres que dé contigo.

Gloria debía confiar en que Michael sopesaría las pruebas contra Paul antes de acusarlo. Eso les daría, a ella y a Justin, el tiempo suficiente para reconsiderar su estrategia.

La noche anterior, después de ver a Paul salir de las ruinas de la casa que se había incendiado, Gloria se había acordado de la vieja advertencia de Kenyon sobre que el asesino que estaban buscando era un artista de la estrategia. Se preocupó por Lillian. ¿Y si intentaba herirla antes de que alguien tuviera tiempo de impedírselo?

—¿Puedo hacer una llamada desde el teléfono de tu van?

—¡Gloria! —Por la forma en que Justin pronunció su nombre supo que estaba enfadado—. ¿Me dirás al menos ahora lo que tienes en mente?

—Creo que Otilia está todavía en casa de los Cisneros. Quiero llamarla. Mientras Paul está ocupado, buscaremos en su casa su *tesoro*. Quizá encontremos lo que ha estado escondiendo en lo que sea que desenterró anoche.

—¿De veras crees que Otilia sigue con ganas de ayudarte?

—Estoy segura de que me ayudará, más que nunca. Una llamada lo demostrará —le respondió a Justin.

Tras prepararle la llamada, Justin le pasó el teléfono. Un poco después, la oyó decir:

—Elena, me gustaría hablar con la señora Juárez. —El silencio fue lo que obtuvo por respuesta al otro lado, así que le insistió al ama de llaves—: Ya sé que puede meterse en líos con el señor Cisneros, pero es muy importante que hable con Otilia. ¿Puede llamarla para que se ponga al teléfono?

Unos segundos después, Otilia contestó al teléfono:

—¡Gloria, gracias a Dios! —exclamó al escuchar la voz de su amiga—. Llevo toda la mañana intentando comunicarme contigo. Luisa no sabía dónde estabas. Se ha ido al valle de Napa, a Solera, y quería que te lo dijera.

—¿Cómo? —exclamó Gloria esta vez. ¿Pero no le había dicho el médico que no podía manejar? Al darse cuenta de que no era culpa de la buena mujer, Gloria trató de suavizar el tono al preguntar—: ¿Y por qué Luisa ha decidido ir a la casa de los Cisneros en el valle de Napa?

—Le pedí yo que fuera en mi lugar para poder ir contigo a casa de Paul esta tarde. No sé qué encontraremos allí, pero creo que es importante que lleguemos al fondo de este asunto de una vez por todas. De todos modos, no quería que Lilly estuviera en Oakland, donde Paul puede verla con tanta facilidad como ayer. Tiene la manía de entrar y salir de casa de Lilly como si fuera la suya propia, para darle quién sabe qué de beber. ¡Y delante de mis propias narices! —Otilia habló en tono de evidente enfado. Tras detenerse para retomar aire, prosiguió—: Lilly le rogó a Michael que la dejara irse a Solera, y yo la apoyé.

Gloria optó por no contarle lo que ella y Justin habían encontrado en casa de Paul, y lo que acababa de ocurrir en el despacho de
Michael, hasta que estuvieran de camino a San Francisco. En su
lugar, inquirió:

—¿Pero no había contratado Michael a una enfermera para que
atendiera a Lilly?

—Sí, sí —confirmó Otilia—. Se supone que esta enfermera que
contrató es muy buena, pero ha sido tajante al asegurarme que sólo
seguirá las instrucciones del médico. Y ese se cree que con enchufar-
le a mi hija píldoras y píldoras va a hacer que mejore. —Otilia
continuó—: No quiero que traten a Lilly así, de modo que le dije a la
enfermera que iba a mandar a Luisa en mi lugar para asegurarme de
que Lilly no toma pastilla alguna. Y voy a hablar con Michael para
despedir a esa mujer y consultar a una internista.

Aunque Gloria estaba preocupada por el propio estado físico de
Luisa, poco había que pudiera hacer al respecto en aquel momento,
así que le dijo a Otilia que la recogería al cabo de media hora.

—Por cierto —pidió Otilia—, ¿podrías llevarme hasta Solera
después de que visitemos la casa de Paul?

—Claro que sí —la tranquilizó Gloria—; yo misma iba a propo-
nértelo.

Una vez que Otilia le prometió que estaría esperándola, Gloria le
pidió a Justin que la dejara en la parada de autobús para poder ir por
su carro.

—Otilia y yo nos vamos a casa de Paul, y luego la llevaré hasta
el valle de Napa, a Solera —informó Gloria.

—¿No quieres que vaya con ustedes? —se ofreció Justin.

—No. Ya sé que quieres volver a Black Swan para ver qué hacen
los hermanos, ¿no? —Justin asintió—. Tendremos que ir por separado esta vez. No hay otra elección. ¿Te parece?

—De acuerdo.

—Deja un mensaje en mi contestador automático si surgen complicaciones o algo que deba saber. Los escucharé tan a menudo como
pueda.

—¿Y no sería mejor que las viera luego en Solera? —sugirió.

—Eso es lo que tenía yo en mente también. Hay un restaurante que se llama La Parrilla en Saint Helena. Nos vemos allí a las siete de la tarde y ya vemos entonces.

—¿Solera está en Saint Helena?

—No exactamente, pero está justo a la salida de la ciudad, en la calle Oak Grove.

—Hasta las siete, entonces —confirmó Justin.

Eran las doce cuando Gloria tomó su carro y salió colina arriba hacia la casa de los Cisneros en la calle Snake. A media cuesta empezó a lloviznar. Encendió la radio cuando Bing Crosby empezaba a cantar *White Christmas*, uno de los villancicos favoritos de Darío, y, por un instante, se perdió en los recuerdos.

De pronto, una gama saltó de la nada delante del carro. Gloria giró y logró evitar chocar con ella. El animal desapareció enseguida por la ladera. Gloria sintió cómo se le aceleraba la sangre arriba y abajo, a la altura de las sienes, de modo que empezaron a vibrarle los tímpanos. Cuando recuperó el oído y retomó la subida, la canción ya se había acabado, y la lluvia empezó a caer constante, como en un susurro.

VEINTITRÉS

Madres y furias

Incluso en circunstancias normales, con su elevación de más de sesenta metros, y en sus dos niveles, superior e inferior, cada una de las cinco vías del puente que unía Oakland con la zona de la bahía de San Francisco constituía una fuente de ansiedad para Gloria. El viento y la lluvia hicieron que se sintiera especialmente temerosa, y moverse en aquel tráfico intenso con aquel tiempo le produjo escalofríos en la espalda.

Cuando llegaban las primeras lluvias, sobre todo tras un largo período de sequía, los conductores solían entrar en algún tipo de locura invernal, y el mismísimo infierno se desataba en las autopistas de California. Ya había habido un camión con productos alimenticios que había patinado y volcado cuando Gloria y Otilia entraron en el puente desde Oakland. Los únicos daños se reducían a media tonelada de tomates apachurrados, que volvían la carretera más resbalosa aún y que obligaron a que se bloquearan tres carriles.

Si no hubiera sido por la serenidad incombustible de Otilia, Gloria habría sufrido un ataque de nervios, pues tardaron más de una hora en recorrer un trayecto que normalmente llevaba tres cuartos. Pasaron el rato charlando sobre el encuentro que se había producido entre ella, Justin y Michael, y sobre el significado de las fotos que Justin había obtenido de Reyna Galeano Miller, además de sobre la incertidumbre del misterioso contenedor que Paul había desenterrado. También conversaron sobre formas para mantener a Lillian constantemente vigilada. Gloria se ofreció para hacerse cargo de un turno por la noche en Solera, y era casi seguro que Justin participaría también en los relevos.

—Qué amable de tu parte —suspiró Otilia—. Estas Navidades han sido tristes. Solía ser una época feliz para Paul y para Michael. Paul siempre traía a familiares y amigos para festejar la Navidad y el cumpleaños de su madre. Si Karen aún estuviera viva, mañana celebraría sus ochenta años.

Gloria sintió un cosquilleo bajo las costillas: una de las últimas piezas que faltaban para completar el rompecabezas acababa de colocarse en su sitio. Paul había recuperado la caja como parte de un plan que había diseñado mucho tiempo atrás, uno pensado para culminar en el día del cumpleaños de su madre. De alguna forma, Gloria había tenido este pensamiento en el fondo de su mente y la había llevado cada día hasta el terreno vacío que había en el cruce de Leimert con Monterey durante las últimas dos semanas.

Como la reunión de la Mesa directiva del grupo Black Swan International estaba fijada al día siguiente, Gloria asumió que el plan de Paul incluía adquirir el control de la compañía como presidente interino. Quizá incluso contara con perpetuarse en aquel cargo.

A Otilia se le olvidó que Gloria le había contado que ya había estado en casa de Paul, cuando de pronto dijo:

—Ahí está; es la de las columnas. Esa es la casa de Paul. Conduce hasta la entrada.

—Lee —saludó Otilia al mayordomo cuando le abrió la puerta—, vine a buscar unos papeles que Michael necesita con urgencia. ¿Podemos pasar? Paul nos dijo que seguramente estarán en su escritorio. —Lee dio la impresión de estar bastante encantado de ver a Otilia, pero pareció cuestionar la presencia de Gloria—. Esta es la señora Damasco, una amiga de mi hija —presentó Otilia mientras le pasaba el brazo a Gloria por el hombro—. Ha tenido la amabilidad de traerme en carro hasta aquí. No me vas a creer cómo estaba ese puente.

En ese momento, Lee saludó a ambas mujeres con una cordial sonrisa.

—Le creo, señora Juárez. Está peor cada año, sobre todo en estas fechas. ¡Es la locura de las Navidades! —exclamó con un leve acento sureño—. Pasen, por favor —añadió mientras las llevaba hasta el despacho de Paul—, dejen que les enseñe dónde se supone que están los papeles.

Dejó la puerta abierta, pero les permitió que buscaran ellas solas.

Gloria se quedó impresionada ante lo fácil que había sido entrar en el santuario privado de Paul. Al contrario que cuando había estado allí con Justin la noche anterior, esta vez no experimentó percepciones extra sensoriales sobre la situación.

Ambas se pusieron a buscar la cajita que, según Justin le había dicho a Gloria, había visto la noche anterior, y el misterioso cilindro. Aun así, ninguna de las dos cosas estaba allí. Sí encontraron las otras dos cajas fuertes de Paul, pero sin la combinación les eran inaccesibles. Otilia le pidió a Gloria que esperara allí mientras ella subía a la habitación de Paul a buscar la clave.

Durante la espera, Gloria examinó los documentos que había amontonados sobre una mesa de trabajo situada junto a la computadora. Al ver parte de la huella de una mano en el borde de un papel que sobresalía un poco bajo una montaña de papeles, levantó todo lo que había encima. El emblema de la Irmandade quedó completamente a la vista. Debajo se leía "BSI Fin. Datos. Anac. Inter.". El otro renglón rezaba: "Varig 156 SFO 3.00 12-16". Alguien de Anaconda Sur International llegaba o partía del aeropuerto de San Francisco ese día, dieciséis de diciembre, para obtener información financiera sobre Black Swan.

Antes de subir por Otilia, Gloria movió rápido los papeles del escritorio y los cajones, pero encontró sobre todo hojas de ventas, gráficos y otros datos financieros sobre el grupo. Tomó unos cuantos gráficos de ventas y los metió en una carpeta, por si a Lee le surgían dudas sobre los documentos a los que Otilia se había referido. Luego le llamó la atención el borde rojizo-verdoso de un sello en un sobre que amarilleaba y que se salía de un fólder de papel manila sin nombre y de tamaño folio. Gloria lo sacó hasta la mitad. En la esquina superior izquierda, bajo los colores rojo y verde de la bandera mexicana, había un águila que, posada sobre un nopal, devoraba una serpiente: el sello oficial de México. Gloria retiró el sobre con rapidez y lo metió en el bolso; luego entró en el salón. Como no veía a Lee por ningún lado, subió al primer piso y entró en el dormitorio principal a ver si estaba Otilia, a la que encontró cuando salía del baño de la habitación. Se asustaron mutuamente.

—Encontré algo —susurró Gloria—. Vámonos.

Cuando se disponía a caminar hacia la puerta, Gloria echó un vistazo rápido a la mesilla de noche, y le dio un vuelco al corazón al percatarse de que había desaparecido la Smith y Wesson del calibre .357 que estaba allí la noche anterior. La voz de Otilia la animó a ponerse en marcha, pues se oía a Lee hablar con alguien en la cocina. La conversación se interrumpió, seguida por el crujir de la escalera de servicio. Sin hacer ruido, Gloria y Otilia bajaron por la escalera principal y se quedaron esperando al mayordomo, que llegó un momento después a la puerta y permaneció fuera, en el camino de entrada, hasta que las vio arrancar y marcharse.

Gloria condujo hasta la primera cabina de teléfono que encontró. Logró dar con Justin, que estaba en la van. Le informó del encuentro que iba a producirse en el aeropuerto. Justin le dijo que ya estaba siguiendo a Paul y le contó brevemente que Michael había estado por la empresa como de costumbre y que, aparentemente, no le había contado a su hermano nada de su visita de aquella mañana.

Cuando Gloria volvió al carro, Otilia ya había sacado los papeles del sobre que Gloria había encontrado. Los había leído con atención y dejado posteriormente en el regazo. Lo primero que sacó fueron unos certificados de adopción de un niño de tres días del Hospital de Beneficencia General de México, a Celia C. de Peralta. Lo segundo fue un certificado de bautismo registrado en la Basílica de la Virgen de Guadalupe cuatro días después del nacimiento del niño, que, según el documento, había recibido el nombre de Michael Cisneros hijo. También afirmaba que Michael padre y su mujer eran los progenitores naturales de la criatura. Luego estaba el registro de Michael hijo como ciudadano de los Estados Unidos de América por parentesco, testificado y validado ante notario por funcionarios de la Embajada norteamericana en Ciudad de México.

—Sé que las pruebas nos miran fijamente desde todas partes, pero todavía no puedo comprender qué lleva a Paul a comportarse así —protestó Gloria—. ¿Qué es lo que lo mueve?

—Desde nuestra charla sobre las acciones de Paul que tuvimos ayer, he estado dándole muchas vueltas a este asunto de la adopción de Michael y a la actitud de Paul hacia él y Lilly. —Otilia se calló para organizar las ideas—. Mire como mire este asunto tan terrible, siempre me da la sensación de que voy en círculos. Siempre vuelvo al viejo señor Bjorgun. Sigo pensando en el enfrentamiento entre Michael padre y el padre de Karen, y en cómo este trató de culpar a aquel de su propia mala relación con ella.

Luego, recuerdo ahora que pocos meses después, el señor Bjorgun cayó gravemente enfermo y pidió que Paul fuera junto a su lecho. Para entonces, Michael padre también estaba mal. Pocas semanas después falleció el abuelo Bjorgun, y Paul volvió a casa como un joven muy rico porque su abuelo le había legado la mitad de su fortuna. Aun así, Paul se mostraba malhumorado y abatido. Supongo que todo el mundo aceptó ese tipo de comportamiento, consciente de que él y su abuelo siempre habían estado muy unidos.

Durante un tiempo tras su regreso, Paul continuó irascible y tendiente a sus ataques de ira inexplicable, y en una ocasión casi agredió a su padre. Michael tuvo que intervenir varias veces para frenar físicamente a Paul. Todos pensamos que superaría esa fase de dolor desplazado. Y con el tiempo, así fue. Sin embargo, ahora . . .

—Ahora crees que nunca superó esa rabia —continuó Gloria cuando entraban en la autopista de camino a los viñedos.

—Ya no tengo claro lo que creo sobre este asunto tan horrible —replicó Otilia en un tono que sonó cansado.

Gloria vio el leve temblor en las manos de Otilia, sin duda resultado de un día de lo más estresante y del frío. Subió la calefacción del carro para que su acompañante, de mayor edad, estuviera más cómoda. Eso debió de adormilar a Otilia pues, cuando Gloria volvió a mirarla, estaba dando cabezadas. Gloria alargó el brazo y le empujó un poco la cabeza para que pudiera descansar apoyada en el asiento. Al verla dormirse con tal rapidez, Gloria pensó en su propia madre, a quien hacía varios días que no veía.

Luego, sus pensamientos se dirigieron a las muchas madres que se habían visto involucradas en aquel caso. Lillian Cisneros y la madre de Mando, Flora Cadena, habían sufrido las mayores pérdidas. Luego estaban Cecilia Castro-Biddle y Karen Bjorgun-Cisneros, que habían desatado a las furias sobre los demás. Parecían estar atrapadas en un juego donde los participantes principales eran hombres, y quienes perdían eran siempre las mujeres y sus hijos. Cuando todo aquello acabara, como cuando llega la paz tras la guerra, las mujeres tendrían que tragarse su dolor y su vergüenza. Por fuerza, se apoyarían y se darían cariño unas a otras, y luego se enfrentarían a la larga y dolorosa tarea de reconstruir sus vidas.

VEINTICUATRO

Fantasías para un mañana tolerable

Después de dejar a Otilia en Solera, Gloria, ya con Luisa, tomó rumbo al restaurante La Parrilla para hablar con Justin. Mientras cenaban, les contó que Paul se había reunido con otros dos hombres en la sala de reuniones de la terminal internacional del aeropuerto. Uno llevaba traje y corbata; el otro era más joven y vestía ropa más informal. El de menor edad se trasladó a otra mesa una vez hubo intercambiado un saludo con Paul.

Justin no pudo oír lo que Paul y el hombre del traje comentaban, pero se dio cuenta de que ambos llevaban un anillo con una cabeza de león. Tras una breve conversación, Paul le entregó al viejo un sobre de papel manila, grueso, que contenía, con toda probabilidad, los datos sobre el estado financiero del grupo Black Swan para Anaconda Sur International. Desde el aeropuerto, Paul había vuelto a la casa de Michael en la calle Snake de Oakland.

Después de cenar, Luisa, Gloria y Justin volvieron a Solera. En cuanto dejó de llover, la niebla se posó sobre el viñedo, y el tránsito por las carreteras estrechas y mal iluminadas del valle, con una visibilidad de apenas seis metros, se volvió bastante peligroso.

Si bien de joven Gloria solía ver la niebla como un elemento negativo, un símbolo de apatía y ceguera, con el paso del tiempo se había dado cuenta de que prefería los días neblinosos y que incluso esperaba con ganas que las nubes descendieran sobre la zona de la bahía, como si fueran niños en el patio de recreo. La niebla le daba la oportunidad, en palabras de Luisa, de "hallar el recuerdo más leve, la música más suave, la fantasía que haría excitante cualquier mañana apenas tolerable".

A pesar de lo cual, en aquel momento Gloria deseó una noche clara. Al llegar al camino de entrada, Justin se separó de las dos y se puso a buscar algún lugar estratégico en el que dejar la van, no sin antes haberle entregado a Gloria un walkie-talkie para usar sólo en caso de emergencia.

Después de una breve charla, Luisa y Otilia se fueron a la cama, mientras que Gloria se sentó junto a la ventana de su habitación para esperar a que anocheciera. En algún lugar, allá afuera, pensó, oculta en la espesura de la niebla, estaba estacionada la van de Justin. Aunque estaba equipada con una casetera, libros y una televisión, Justin no podría hacer mucho por miedo a que alguien lo descubriera. Así que, en aquel momento, estaría sentado, callado, frotándose los brazos y las piernas para mantenerse en calor, tomándose un café a sorbos y estirándose de vez en cuando para no quedarse dormido. Un detective privado tenía que ser capaz de entretenerse con su propia imaginación, o no tener ninguna en absoluto, para soportar noches como aquella, con la oscuridad y la niebla como única compañía, esperando a que la muerte enseñara la mano.

Gloria sintió ganas de estar fuera también, charlando con Justin, en lugar de estar mirando por la ventana y escuchando el crujido de las camas cada vez que la gente daba vueltas mientras dormía. Tener el walkie-talkie en la mano no le resultaría tan útil para comunicarse con Justin salvo que ocurriera algo importante. El zumbido y el ruido se oían dentro de la casa y podría oírlos cualquier persona que estuviera espiándolos en aquel momento.

De pronto, Gloria se dio cuenta de que oía música y a alguien cantar a lo lejos. Apretó el botón del transmisor y habló en voz muy baja:

—Justin, creo que alguien está cantando. A lo mejor es Lillian. Voy a verlo.

Salió de la habitación a oscuras para acceder a un pasillo más negro aún y caminó hacia la zona de la sala y del comedor. El tarareo, sin duda de *Madama Butterfly*, se interrumpió en cuanto Gloria se acercó a la sala. Acostumbrada ya a la oscuridad, miró en derredor, pero no vio a nadie allí.

Se acordó de que los despachos de la bodega y las salas de cata y ventas estaban al otro lado del jardín interior, así que entró en la cocina y miró por la ventana. Con todo y a pesar de los focos amarillos, la poca visibilidad le permitía apenas ver a tres metros de distancia, y eso no le bastaba para enterarse de lo que ocurría en las oficinas de enfrente.

De camino a su habitación, se apoyó en la puerta de Lillian. Al principio no lograba oír nada más que los ronquidos de la enfermera, pero luego, al abrir, escuchó la primera frase de "Un bel dì". La música provenía de aquella estancia, y Gloria buscó el origen para acabar concluyendo, tras una breve búsqueda, que venía de una casetera que estaba debajo de la almohada de Lillian. Al tacto, dio con el botón y apagó el aparato. Lillian gimió de inmediato y se dio vuelta, pero enseguida volvió a dormirse.

La enfermera no se había movido ni una vez en todo el tiempo que Gloria había pasado en el dormitorio; y Gloria estuvo segura de que si Lillian saliera del cuarto, la enfermera no se enteraría.

—Está todo en orden —le informó a Justin en cuanto regresó a su habitación.

—Bueno —respondió una voz al otro lado de la línea.

Con los ojos cerrados, volvió a sentarse junto a la ventana y empezó a cavilar. Al poco, se dio cuenta de que llevaba un rato escuchando a Lillian sollozar y rogar.

Volvió a bajar al salón guiada por el sonido de los llantos. Con las prisas, se le cayó el walkie-talkie. Maldijo en voz baja, lo recogió y miró alrededor. Con cuidado, presionó y soltó el botón dos veces.

Justin había ido a dar la vuelta a la bodega para comprobar de dónde provenía un ruido que había estado oyendo, y no respondió a la llamada de Gloria.

La casa estaba en silencio, y fuera, la noche era negra y densa. De pronto, cuando Gloria entraba en la cocina, notó una presencia cercana. La sombra de un hombre se movió por el patio. Gloria retrocedió hasta el salón por la sala y, tras presionar el botón del transmisor una vez más, susurró:

—Justin, ¿no dijiste que Paul estaba en Oakland? Creo que acabo de verlo en el patio.

Justin tardó unos segundos en contestar.

De repente, el leve ruido de unas pisadas a sus espaldas le hizo volverse con rapidez. Blandió el walkie-talkie a modo de arma, y se preparó para enfrentarse a Paul. Sin embargo, una Luisa adormilada salió de la oscuridad del salón vestida con su camisón mexicano de satén rosa.

—Por favor, vuelve a la cama —le rogó Gloria, pero Luisa no lo oyó—. Por lo menos ponte mi bata —cedió.

—¿Adónde vamos? —le preguntó Luisa en cuanto estuvo junto a su amiga.

—No lo sé exactamente. Paul está aquí. Lo sé. —Gloria sintió la mano helada de Luisa en el brazo, y le entró un escalofrío—. Te estás cortando la circulación de la mano. Aflójate la venda.

Luisa se rio bajito.

—Es la mano buena.

El sonido de los sollozos de Lillian provenía con toda seguridad de algún lugar cerca de la cocina, por lo que Gloria y Luisa se pusieron a andar en esa dirección. El llanto se interrumpió secamente. Al cabo de un minuto volvieron a oírlo, pero la voz suplicante de Lillian parecía venir de más lejos. Gloria y Luisa avanzaron. En el punto en el que se encontraban la sala y el comedor, la oyeron musitar:

—Mijito, ya voy.

—La llorona —susurró Luisa mientras le apretaba el brazo a Gloria con mano temblorosa—. Da miedo.

Luisa y Gloria oyeron el llanto una vez más al acercarse a la cocina. Vieron a Lillian en camisón por la ventana, justo cuando salía al jardín oscuro y brumoso. Instintivamente Luisa se agarró al brazo de Gloria, y, a pesar del miedo que sentían, ambas salieron detrás de Lillian.

Al empezar a andar sobre la hierba fría y húmeda, Gloria bajó la vista para mirarse los zapatos, pero no alcanzaba a vérselos. Enseguida se dio cuenta de que alguien había apagado las luces. Avanzó a ciegas por la negritud y la niebla, enseguida perdió el contacto con su fuente de energía psíquica y se separó de Luisa, que iba por delante.

—Luisa —llamó Gloria.

No hubo respuesta. Le entró pánico. Luego oyó a alguien decir:

—Lo siento.

Echó adelante los brazos hacia la niebla, pero no llegó a tocar nada.

Una mano la agarró del brazo, mientras otra le tapaba la boca. Luego alguien le dijo al oído, muy cerca:

—Shhh . . . Está bien. Soy yo.

Gloria estaba furiosa, no contra Justin sino contra sí misma por haber permitido que el miedo pudiera con ella. Tras zafarse de él, le preguntó:

—¿Dónde estabas? He estado mandándote señales.

—Ya lo sé. —La jaló. Señaló los despachos, y luego le pasó el brazo por el hombro para guiarla—. Allá . . . en los despachos de la bodega.

Gloria, que estaba tiritando, sintió el calor de su aliento justo por encima del cabello y, por instinto, se acurrucó más en él. También le pasó el brazo por la espalda para no caerse.

En aquel momento, Luisa salió de la niebla y casi se da de bruces con ellos.

—Están ahí —indicó. Luego aclaró—: Paul y Lillian están en la oficina de ventas. Parece que la tiene bajo control. Ella tiene un aspecto horrible.

Los tres apretaron el paso hacia la puerta corrediza de la sala de catas. Las lámparas amarillas que había a los dos lados de la puerta les proporcionaban la iluminación suficiente como para saber por dónde iban.

Gloria dio un salto en la memoria, dieciocho años atrás, cuando ella y Luisa también se habían agachado en la oscuridad para esperar a Mando. Aunque ya no se sentía responsable por su muerte, se había prometido a sí misma que nunca volvería a hacer que nadie arriesgara su vida. Y aún así, una vez más, allí estaba ella poniendo a Justin y a Luisa en peligro. Miró a su amiga, cuyo rostro parecía agotado y pálido. Aunque Luisa respiraba sonoramente, en su mirada no se traslucía incertidumbre alguna cuando escucharon la voz de Lillian:

—Me quiero morir —decía con languidez—. Me quiero morir.

—Pues no puedes. Todavía no. —El tono de Paul era frío—. Tienes que escribirle la nota de despedida a Michael, ¿no te acuerdas?

—¿La nota de despedida a Michael? ¿Y qué le digo? —Se le escapó un sollozo—. Por favor, ayúdame a morir. Quiero morirme —musitó.

—Sí, te voy a ayudar, pero escribe la nota primero —pidió Paul. Gloria oyó el ruido de unas hojas pasar—. Dile que siempre me has querido a mí —ordenó—. Dile que has decidido que ya no puedes enfrentarte a la vida sin mí.

—¿Y por qué le voy a decir eso a Michael? —Lillian arrastraba las palabras al hablar, y Gloria empezó a sospechar que se había tomado unos cuantos calmantes—. No te quiero —prosiguió Lillian—. Siempre, siempre te he odiado, desde . . . desde aquella noche.

—Sí. La noche que pasamos juntos. Hace veintidós años. —No había ni rastro de ironía en la voz de Paul, y la frialdad se había tornado dulzura.

—La dulzura de la serpiente —susurró Luisa en tono áspero.

Gloria se llevó el índice a los labios y le pidió a Luisa que estuviera callada mientras detectó por el rabillo del ojo la sombra de Justin, que se movía hacia la puerta. Luego lo vio salir sin hacer ruido.

Con el hombro ligeramente apoyado en la pared para mantener el equilibrio, empezó a ganar centímetros hacia la puerta. Luisa iba justo detrás de ella: respiraba fuerte. Oyeron la voz de Paul más cerca.

—Está bien, mi amor, siéntate aquí y escribe tu despedida.

—Silencio—. También aquella noche estabas preciosa —continuó—; aún recuerdo tu cabello, hermoso. Tus pechos redondos. Y la fuerza con que luchaste. —La puerta estaba apenas a unos centímetros de distancia y Gloria se inclinó un poco para poder ver mejor. Paul estaba vertiendo el elixir de una botella similar a la que ella y Justin habían encontrado en la casa de Paul. El corazón se le puso a mil. Paul siguió en tono enfadado—: Pero tenía que devolverte a él, a ese bastardo que se quedó con todo lo que yo amaba. El abuelo tenía razón: "Recupera lo que es tuyo, para empezar", me dijo, "hazle sufrir; que pague". "Sí", le prometí al abuelo. Y he mantenido mi promesa. Llevo tanto tiempo esperando este momento . . . , pero pronto se habrá acabado todo, mi amor. Bébetelo. Va a hacer que te sientas mejor.

De pronto, una sombra pasó por una de las ventanas. Gloria reconoció a Justin, que, con su pelo rizado y su perfil, resultaba inconfundible.

Paul estaba de espaldas a la puerta y a la ventana. Al otro lado del mostrador había una lámpara que iluminaba directamente a Lillian, allí sentada, sostenía una copa de vino tinto llena del líquido opaco. Paul estaba a su lado. La cantidad que había en el vaso era cuatro veces superior que la que le había dado a beber el día anterior. Incluso la mitad de aquello, en combinación con los calmantes, resultaría letal.

Sobre el mostrador había un espejo enmarcado en madera de roble. En el reflejo, Gloria se percató de un objeto oscuro que estaba medio escondido debajo de la libreta que Paul había llevado para la nota que Lillian había de escribir para Michael.

—Bébetelo, mi pequeña Butterfly; bébetelo.

Paul le retiró un mechón del rostro y empezó a tararear "Un bel dì". Ella lo miró como si estuviera en trance. Despacio, se llevó la copa a los labios. Él le acarició la mejilla.

Era difícil asegurarlo de lejos, pero a Gloria le pareció que Paul tenía lágrimas en los ojos. Luego, explicó:

—Nunca quise herirte, pero Michael David era hijo suyo y . . . y, por mi honor, tenía que matar . . .

Lillian tenía la copa casi en los labios, pero en cuanto oyó las palabras de Paul, se levantó y le arrojó a Paul el contenido.

—¡Cabrón! ¡Estúpido! —Se apretó el estómago, se puso de rodillas y se echó a reír histéricamente—. ¿No te diste cuenta? ¿Nunca te preguntaste por qué no podía tener más hijos? —Se mecía levemente mientras se apretaba el estómago. De repente se puso de pie—. ¡Michael David era hijo tuyo! —Se lanzó a arañarle el rostro—. ¡Era hijo tuyo! ¡Y lo mataste!

Paul se quedó petrificado un instante. Luego los ojos se movieron en todas direcciones. Gloria vio que, tras soltar la libreta, tomaba un arma. Lillian saltó para atacarlo. Él alargó el otro brazo y la atrapó por la garganta. Incapaz de mantenerse así sin hacer nada, Gloria entró de lleno a la sala de catas y caminó hacia la puerta corrediza.

—¡No seas idiota, Gloria! —Le advirtió Luisa con la voz temblorosa—. Tiene una pistola.

Gloria respiró profundamente dos veces, y luego dio unos pasos adelante, pero se quedó en la semioscuridad.

—¿Qué haces con esa arma, Paul? Dámela. Te puedes hacer daño. —Paul detectó suficiente autoridad en aquella voz como para dudar por un instante.

Sin moverse, Gloria dio otro paso al frente y habló en un tono más amable—: Y no me gustaría que le ocurriera algo a mi precioso niño rubio.

Sorprendido, Paul soltó a Lillian, que cayó inconsciente al suelo.

Luisa se aclaró la garganta, pero todo lo que llegó a decir fue "Otilia" antes de que Paul avanzara hacia Gloria, que se mantuvo incólume. Luisa también se acercó. Paul se detuvo. Cerró fuerte los ojos unas cuantas veces, y Gloria supo que el hechizo se había roto. Ya venía hacia ella, si bien no para abrazar a su madre, sino para hacerle pagar por todo lo que le debía.

Se reflejó una sombra en el espejo cuando alguien se acercó a la puerta corrediza. Se oyó el ruido de un carro a lo lejos. En cuestión de segundos, el automóvil frenó con un chirrido hasta detenerse.

—Michael —avisó Luisa, pero sonó más como una pregunta.

Gloria oyó que alguien corría en su dirección al mismo tiempo que se soltaba el seguro de un arma. Luisa y Gloria se volvieron justo cuando Paul se abalanzaba con la intención de atrapar a Gloria por el cuello. Luisa lo agarró para impedirle que ahorcara a su amiga, pero él le dio un empujón que la hizo retroceder.

—Suéltala —ordenó una voz.

Luego todos se dieron cuenta de que se trataba de Otilia, que apuntaba a Paul con una pistola sujeta con ambas manos. Era la Smith y Wesson que había desaparecido de la casa de Paul. Gloria no había visto nunca semejante odio en los ojos de Otilia, pero a la anciana le temblaban tanto las manos que Gloria dudó de que pudiera acertar o siquiera apretar el gatillo. En ese instante, apareció otra sombra que se acercó a Otilia, quien reaccionó dando un paso atrás. Gloria se preguntó si por fin habría aparecido Michael, al notar que Paul rebajaba un poco la presión con que la atenazaba.

Paul se rio bajo, casi como un niño travieso en un juego.

—Bienvenido, querido hermano. Únete a la fiesta —lo saludó mientras alguien lanzaba el brazo en la oscuridad para quitarle el arma a Otilia de las manos.

Entonces Michael salió a la luz. Tenía la mano firme, pero aún no podía hacerse a la idea de lo que estaba sucediendo.

Paul apretó el brazo aún más alrededor del cuello de Gloria, que se esforzaba por respirar. Sin querer entregarse a la muerte con tanta facilidad, realizó un último esfuerzo por salvarse, y sorprendentemente dejó el cuerpo flácido. Eso le permitió rotar, aún atrapada por Paul, y forzarlo a que la soltara para poder levantarla otra vez. Gloria se volteó por segunda vez, y lo empujó con tanta fuerza como pudo. Él se tambaleó. Gloria miró al espejo justo cuando Justin abría la puerta corrediza, entraba de pronto en la estancia y se lanzaba hacia ellos sin dejar de apuntarlos con la pistola.

Paul se dispuso a asaltar a Gloria de nuevo. Tenía la cara pálida y casi irreconocible. Hizo un ruido extraño con la boca, como si tratara de contener un grito. Luisa también se movió hacia donde estaba Gloria y, al empujarla para apartarla de Paul, hizo que perdiera el equilibrio y cayera hacia adelante. Y entonces Paul disparó. El sonido la ensordeció. Luisa contuvo un grito, se llevó la mano a un lado del cuello, y cayó de rodillas. Gloria trató de tranquilizar a su amiga diciéndole que estaba bien, pero se veía incapaz de articular sonido alguno.

Por el rabillo del ojo, Gloria vio las chispas que salían del arma de Justin al disparar también. Le fue imposible oír nada, pero sí logró ver en un instante el rostro de Paul con la mirada desencajada al caer de rodillas y desplomarse en el suelo a su lado. Luego Gloria notó el peso de la cabeza de Luisa en el pecho y que un líquido se le derramaba sonoramente a borbotones sobre el pecho y el estómago. Se liberó para abrazar a Luisa, a la que oyó respirar profundamente para soltar el aire en un soplido que pareció eterno. Gloria no supo identificar quién le susurró al oído "Lo siento, Gloria", al mismo tiempo que un cálido haz de luz azul le acariciaba la mejilla.

VEINTICINCO

El cofre de tesoro de un asesino

Hay algo reconfortante en los ciclos inalterables de la naturaleza, había dicho Luisa una vez, mientras ella y Gloria se deleitaban ante unos géiseres que, propulsados por su propio vapor, lanzaban agua y creaban arcoíris al contacto con el alba. Ahora Luisa se había ido y Gloria apenas podía concebir su vida sin el amor y la presencia constante de su amiga.

Una vez hubieron retirado los cuerpos de Paul y de Luisa de la bodega, el sheriff permitió que Michael y Otilia visitaran a Lillian en el hospital adonde la habían trasladado. A Justin y Gloria les pidieron que fueran a su despacho para que los interrogaran. Allí esperaron al sheriff Parnell mientras sus subordinados acababan de transcribir sus alegatos, para que pudieran firmarlos.

—Por favor —oyó apenas que decía Justin al ayudante que los había interrogado—, sé de esto como cualquier otro. Fui yo quien apretó el gatillo. Dejen que se vaya la señora Damasco.

Gloria quería decirle a Justin que no insistiera en que se marchara a casa, que Oakland le parecía estar a millones de kilómetros de distancia, y que prefería quedarse allí con él. Aún así, dado que la habían sedado, casi no podía retener un pensamiento, y mucho menos articularlo. Tenía la mente y el cuerpo todavía atrapados en el estado que precede al dolor.

A pesar del calmante, la certeza de que ella era responsable de la muerte de su amiga le comprimía el pecho como si fuera una roca, de modo que sólo podía respirar con dificultad y casi no sentía nada. Recordó lo que su abuela solía decirle: "No te tragues las lágrimas.

Deja que salgan, porque si te las tragas, se te multiplicarán dentro. Y un día llorarás todo un mar que te ahogará a ti".

Al acordarse de Lillian y de su estanque de lágrimas, Gloria pensó que quizá había esperanza para Lillian. En cuanto a ella misma, lo dudaba.

Una hora más tarde, después de haber dejado a Lillian reposando tranquilamente en el hospital, Michael y Otilia entraban en el despacho del sheriff para ver que Gloria y Justin aún estaban allí.

Michael le dio la mano a Justin y le preguntó con una voz grave:

—¿Se están poniendo pesados estos agentes?

—No más de lo esperado.

Justin respiró hondo para liberar la ansiedad que sentía al acordarse de que apenas unas horas antes había disparado de muerte a Paul Cisneros.

Michael se volvió hacia Gloria. Le tomó la mano y le dio unos golpecitos amables mientras le decía:

—Señora Damasco, no sé cómo decirle lo mucho que siento todo esto. —Le tembló la voz, pero continuó—: Ojalá pudiera volver el tiempo atrás . . . La señora Juárez, mi mujer y yo estamos en deuda eterna con usted.

Le falló el pulso de la mano, y la retiró. Gloria asintió.

Luego Otilia se sentó a su lado, e hizo que su joven amiga se apoyara en su hombro mientras le decía:

—Lo siento, querida. Lo siento tanto. —Le acariciaba el cabello mientras le decía—: Llamé a tu madre, como me lo pediste. Ella y la madre de Luisa ya están en camino. Tania las trae en carro. Michael quiere que la señora Cortez y tú sepan que se hará cargo de todos los gastos del funeral.

Gloria quería agradecerles a Otilia y a Michael el detalle, pero era como si la boca no le obedeciera.

Michael se volvió hacia el ayudante y le preguntó:

—¿Por qué sigue aquí la señora Damasco? —Con autoridad, añadió—: La señora Damasco acaba de perder a su mejor amiga. No sabe más que el señor Escobar y yo.

Consciente de que Michael era el dueño de una bodega en el valle, el ayudante estuvo más solícito con Michael que con Justin.

—Está bien, señor Cisneros. Puede irse en cuanto firme su declaración. —Luego se volvió hacia Justin—. Usted no. Será mejor que se quede por aquí. Hay muchas preguntas que quiere hacerle el sheriff. En ese momento entró el chofer de Michael con una caja de cartón. La dejó en la mesa y se marchó.

—El que yo corrobore los hechos puede acelerar este asunto. —Michael señaló la grabadora que había en la mesa y luego tomó asiento—. ¿Por qué no empezamos con eso? Cuando venga el sheriff, lo tendrá usted todo listo para él.

El ayudante accedió y encendió la grabadora. Justin se sentó al lado de Gloria cuando Michael empezó a hablar.

—Hace dieciocho años asesinaron a mi hijo en Los Ángeles. Michael David tenía sólo cuatro cuando murió. Durante todos estos años el caso ha estado sin resolver, —indicó Michael mientras rebuscaba en la caja que el chofer acababa de llevar—. El señor Escobar y la señora Damasco vinieron a mi despacho ayer por la mañana y me trajeron este paquete. —Sacó el sobre grande de papel manila con las copias de las notas de Gloria y los recortes, además de todos los informes de Kenyon. Luego extrajo el álbum con las fotos ampliadas de Joel Galeano.

El sheriff Parnell entró en el despacho.

—Podemos ahorrarle todo eso, señor Cisneros —ofreció al caminar hacia el perchero donde colgó la gorra—. Sé que es doloroso para usted y ya tenemos todos los detalles que la señora Damasco y el señor Escobar nos han proporcionado sobre la muerte de su hijo.

—Muy bien, gracias —agradeció Michael, que volvió a sacar algo de la caja.

Gloria pensó que parecía un mago cansado que extrajera palomas y serpientes de un sombrero, al sacar una caja de metal que resultó ser la misma que Michael padre había usado para guardar sus papeles personales. Otilia había hablado de aquella misma caja hacía muchos años, con el comentario de que Michael se había referido a ella como el cofre del tesoro de Paul. Justin miró a Gloria y asintió para indicarle que era la misma que, de metal fino, había visto en casa de Paul hacía dos noches.

Gloria sintió que una parte de sí misma volvía a la vida cuando Michael prosiguió respondiendo a las muchas preguntas que ella misma se había planteado sobre el caso. Más allá de su curiosidad, ella sabía que estaba la necesidad de restablecer el orden que se había visto alterado con la muerte de Luisa.

El sheriff abrió la caja y volcó su contenido. Era una extraña mezcla. Primero tomó una foto de Paul de niño, que sostenía un conejo en brazos.

—¿Era la mascota favorita de su hermano? —le preguntó Gloria a Michael, al recordar la visión que había tenido en casa de Paul.

—Sí, lo era —respondió Michael—. Paul quería muchísimo a ese conejo. Se lo llevaba a la cama con él. Lo imitaba mordisqueando zanahorias y lechuga, y dando saltos por la casa.

Al principio, se reflejó una mueca divertida en el rostro de Michael al transportarse al recuerdo de su infancia, pero enseguida adoptó un gesto serio al acordarse de los actos de Paul.

—De niños, podemos ser tan malos . . . —Michael introdujo lo que iba a contar—. Yo quería mucho a Paul, pero . . . bueno, en aquel entonces, recuerdo haberle dicho que si tanto quería a su conejo, no le importaría comerse sus . . . excrementos. Con bravuconería, Paul aseguró que sí podía, pero en el último momento, se echó para atrás. No pretendía ser cruel con él, pero me temo que lo fui, pues un día le puse un par de cacas del conejo en su leche con chocolate. Cuando las vio en el fondo del vaso, no pudo acabar de bebérselo. Estaba tan furioso que se lanzó contra mí con un cuchillo de cocina en la mano. Mi madre lo castigó por eso, pero no a mí por aquella diablura tan descorazonada.

"Mi hermano estaba tan enfadado que dejó de cuidar al conejo. Yo me sentí avergonzado y empecé a darle de comer yo mismo. De hecho, yo también le tomé mucho cariño. Paul me veía jugar con él de lejos. Luego, un día, llegamos a casa del colegio y mamá nos contó que había encontrado a nuestra mascota flotando en la piscina. Se había ahogado de algún modo. Paul se quedó muy disgustado y se empeñó en culpar a nuestra madre, y luego a mí, por la muerte de su conejo. —Hizo una pausa—. Hasta el abuelo Bjorgun vino a regañarme por no cuidar de la mascota —prosiguió—. Mi madre intervino enseguida en mi defensa. Yo no tenía ni idea de que la muerte del conejo hubiera sido el inicio de la inquina que Paul me tenía. —Le tembló la voz y se detuvo para recuperar la compostura. Luego añadió—: No sabía que ese odio llevaría a mi hermano a llenarle la boca a mi hijo con su propia . . .

No pudo acabar la frase.

Otilia alargó el brazo y le apretó la mano a Michael.

Cuando Gloria oyó a Michael asumir que Paul había puesto el excremento en la boca del pequeño Michael, pensó al principio que no había oído bien. Una diablura infantil tonta no le parecía razón suficiente para que nadie llenara la boca de un niño inocente con excrementos, pero cuando miró a Justin, sus ojos le confirmaron que había entendido exactamente lo que Michael había dicho. No pudo forzarse a preguntarle a Michael nada más.

En aquel momento, el sheriff levantó una vieja pistola entre varios contenidos de la caja y valoró:

—De uso militar. De la Segunda guerra mundial.

Justin decidió esperar a otra oportunidad para descubrir qué más sabía Michael sobre la muerte de su hijo.

El sheriff se puso a examinar el resto de objetos: piedras y cristales, y dos preciosas mariposas con la cola amarilla en marcos de madera. También había muchas fotos familiares, incluida una de Lillian con Michael el día de su boda.

Michael lanzó una mirada a Gloria, que observaba la cantidad de fotos que había de Karen, la madre, abrazándolo o sosteniéndolo en brazos. Sólo en una aparecía ella con Paul de bebé.

Michael respiró hondo, y exhaló despacio. De algún modo aliviado, retomó el relato:

—Mi hermano siempre sintió que yo era el favorito de mi madre, pero no era cierto, aunque es verdad que ella y yo nos llevábamos bien. Paul sentía que ella disfrutaba más de mi compañía que de la suya. Miren, como yo no me parecía a ella físicamente, él creía que le correspondía a él ser su favorito porque él se parece . . . se parecía tanto a ella, a mi abuelo Bjorgun: rubio y alto, con los ojos de un azul grisáceo . . . Paul quería tanto pertenecer a algo, que la gente lo aprobara.

"Cuando Paul tenía ocho años, llegó un día del colegio y se fue directamente al cuarto de baño. Me lo encontré frotándose la cara con un cepillo de cerdas lleno de jabón, pero con tanta fuerza que la mejilla le empezaba ya a sangrar. Lo obligué a que dejara de frotarse, pero él no paraba de llorar. Mamá se quedó muy preocupada, pero no le preguntó por qué se había hecho daño a sí mismo. Se limitó a curarle la cara con antibióticos y se lo llevó al médico al día siguiente. Sin embargo, yo sí le pregunté a mi madre por qué Paul había actuado así.

"En aquella época, ambos íbamos a un colegio privado bastante exclusivo, donde sólo unos pocos niños, incluidos Paul y yo, eran de origen no europeo. Paul se quejaba de que los compañeros se habían reído de él, se habían burlado diciéndole que debajo de la piel blanca, tenía otra oscura como la de papá y la mía. Cuando nuestros padres se enteraron, fueron al centro a protestar y hasta quisieron cambiarnos de escuela a los dos, pero eso lo enfureció aún más a Paul, pues nuestros compañeros de colegio pensarían que huía porque en realidad era oscuro por debajo. Intenté consolarlo, decirle que aquello carecía de importancia . . .

Justin resopló:

—Pensé que eso sólo nos pasaba a nosotros, los niños chicanos pobres del barrio —declaró Justin con amargura—. Usted era, es rico. Creí que el dinero no reconocía más color que el verde.

—Y tiene razón hasta cierto punto, pero si Paul hubiera sido hijo único, con su aspecto, esas ideas nunca se le habrían ocurrido. Sin embargo, yo, su hermano mayor, lo delataba siempre. En cierto modo, debo reconocer que yo mismo acabé pensando así. En nuestra compañía, dejé que Paul se ocupara de las relaciones públicas, le permití ocuparse del trato con nuestros clientes. —El tono de Michael revelaba cada vez más enfado—. Yo estaba dispuesto a organizarlo todo en las bambalinas.

Muy consciente de lo que Michael estaba describiendo, Justin bajó la mirada y permaneció en silencio. Michael desvió su atención hacia el sheriff, que había dado con un pequeño cilindro, que vaciaba sobre la mesa en aquellos momentos.

El sheriff Parnell levantó un paño de seda con el emblema de la hermandad brasileña: la Irmandade. Estaba también grabado en una lámina de oro que cubría dos libros, uno con el nombre de Michael Cisneros Belho —Justin y Gloria habían supuesto que Michael padre había usado el nombre de soltera de su madre, como era costumbre latinoamericana. El otro libro llevaba el nombre de Paul C. Bjorgun-Smith.

Parnell se puso a acariciar un rollo de hojas de datos de computadora, que también estaban marcadas con el emblema de la hermandad, y luego tomó el libro de Michael padre y lo abrió. Tras ojear algunas páginas, preguntó:

—Señor Cisneros, ¿cómo ha dado con estos libros?

Después de lanzarle una mirada rápida a Michael, siguió hojeando el libro.

—Ayer por la tarde, antes de decidir ir a Solera —explicó Michael—, mi hermano y yo habíamos acabado de preparar nuestros informes para la reunión de la mesa directiva de la empresa. Se despidió, y yo supuse que se había ido a su casa de San Francisco.

—¿Y no lo hizo? —preguntó el sheriff.

Michael negó con la cabeza.

—Ayer por la mañana, el señor Escobar y la señora Damasco dejaron todo este material en mi despacho —explicó Michael al señalar las ampliaciones y los informes de Gloria y de Kenyon. —Le había pedido a mi chofer que lo pusiera todo en una caja para llevármela a Oakland —continuó—. Así que cuando mi hermano se marchó, me puse a mirar lo de la caja. Sin atreverme a creer que mi hermano fuera capaz de una violencia de tal calibre, lo llamé a casa con la esperanza de que pudiera explicarme lo que había hecho. Su mayordomo me dijo que Paul no había llegado todavía. Incapaz de decidir qué hacer, telefoneé a mi mujer a Solera e intenté hablar con ella, pero no razonaba.

»Aún con la esperanza de que el señor Escobar y la señora Damasco estuvieran en un error, volví a mirar la ampliación de las fotografías del anillo con la cabeza de león que había pertenecido a mi padre. Y me decidí a ir a casa de mi hermano. Al principio quería sobre todo comprender por qué él se habría unido a una organización como la Irmandade, que es un tipo de ejército, por llamarlo de alguna manera. Paul tenía una colección de armas, pero, con todo, nunca había mostrado ninguna inclinación hacia lo militar. No lo llamaron a filas durante la guerra de Vietnam, y nunca se habría presentado voluntario para ningún deber militar ni en activo ni en la reserva, en ese sentido. Me sentí fatal al darme cuenta de que no conocía al hombre al que llamo mi hermano. Me dije que me enfrentaría a él, pero todavía no estaba en casa. Allí encontré esta caja y el cilindro.

—Creo que su hermano desenterró el cilindro antes de anoche —informó Justin—. Lo había enterrado en la parcela del cruce de Leimert con Monterey.

Michael carraspeó.

—Creo que la Irmandade está tramando algo. Para serles sincero, en Black Swan hemos estado bajo la amenaza de una adquisición por un conglomerado mayor, apoyado fundamentalmente por inversores extranjeros. Como Paul y yo somos, éramos, los accionistas mayoritarios, nunca me tomé estas amenazas en serio. Ayer por la mañana, en mi despacho, cuando la señora Damasco sugirió la posibilidad de que Paul hubiera conseguido echarme de Black Swan, empecé a sospechar que podría haber algo que yo estuviera pasando por alto. Luego, a última hora de la tarde, cuando llegué a casa de Paul, me puse a estudiar los libros de contabilidad y los datos de la Irmandade: me di cuenta de que de hecho iba a producirse la adquisición y que Paul estaba detrás de ello.

—¿Puede resumirnos lo que vamos a leer aquí? —pidió el sheriff Parnell mientras agitaba las páginas del libro de Michael padre. Luego puso la mano en el libro de Paul, y en los libros de contabilidad y las hojas de datos.

—Sí. El libro que sostiene es un diario de campo que he leído a menudo. Lo mantuvo mi padre cuando era miembro de la Irmandade. La organización la fundó antes de la Segunda guerra mundial mi abuelo, Soren Bjorgun, junto a otros seis industriales de Argentina, Brasil, México, Inglaterra, Alemania y los Estados Unidos. Su cometido era fundar unos cuantos grupos de "inteligencia" en varios países latinoamericanos. No eran pequeñas CIA. En realidad no tenían nada que ver con ninguna actividad gubernamental. Supongo que la mejor forma de describirlos ahora es compararlos con unos think-tanks socio-financieros.

»Los miembros de la Irmandade pensaban en formas de aumentar la productividad de las pequeñas empresas. Proporcionaban su experiencia y algunos recursos y fondos para las expansiones o diversificaciones una vez que las compañías habían adquirido una base financiera sólida. Las pequeñas empresas repagaban a sus benefactores simplemente facilitándoles la apertura de nuevos mercados para sus productos.

»Luego estalló la guerra en Europa y los miembros alemanes de la Irmandade trasladaron sus operaciones desde su país hasta Brasil, Argentina y México, para volverlo a mover todo al acabar la contienda. Con todo, para entonces, ya habían empezado a cambiar algunos elementos nuevos de estos grupos pensantes con respecto a la naturaleza y dirección de la Irmandade.

»Mi padre siempre había querido ser el presidente, pero mi abuelo se opuso a su nombramiento.

—¿Está diciéndonos que su padre y su abuelo no se llevaban bien, señor Cisneros?

—Sí. El abuelo Bjorgun era un hombre muy difícil, y solo había tolerado a mi padre porque no hacerlo habría significado perder a mi madre seguro. A petición de ella, mi abuelo llegó incluso a posibilitar que mi padre adquiriera dos metalúrgicas en Oakland. Después, en 1957, a pesar de los esfuerzos de mi abuelo por oponerse, mi padre se convirtió en el presidente de la organización.

»De hecho, fue el último presidente de la antigua Irmandade. Debido a la inestabilidad de los países latinoamericanos, los miembros fundadores, a excepción del abuelo Bjorgun, que decidió montar un grupo nuevo, votaron, junto a mi padre, por desmantelar los que había.

—¿En qué año fue eso, señor Cisneros? —preguntó el sheriff.

—Eso fue en 1960. Mi abuelo falleció unos pocos meses después de aquello, y mi padre lo hizo en 1967. Había asumido que las conexiones familiares con la Irmandade habían llegado a su fin en ese momento.

—Sin embargo, fue entonces cuando su hermano se involucró en la organización, ¿no? —inquirió el sheriff—; eso es lo que significan esas fechas que hay después del nombre de su hermano. Porque ese es el nombre de su hermano, ¿verdad? —Miró a Michael, que asintió—. ¿Sabe por qué usa la inicial "c" y este otro apellido "Bjorgun-Smith"?

—El apellido unido por el guión era el de mi madre de soltera. Tiene que comprender que Paul y mi abuelo Soren Bjorgun estaban muy unidos. Durante muchos años, de bebé y también cuando era un joven, Paul vivió literalmente con los Bjorgun-Smith. Ayer por la tarde, a última hora, cuando leí el diario de mi hermano, descubrí que en todas sus empresas y propósitos consideraba a mi abuelo como su verdadero padre. A Soren Bjorgun le desagradaba tanto mi padre que llegó a odiarlo, y tampoco le gustaba yo. Paul menciona que el abuelo Bjorgun lo quería tanto a él que cuando yo tenía cuatro años, intentó que me secuestrara mi . . . madre biológica. En ese sentido, Paul, que acababa de nacer, quedaría como el único heredero. —A Michael se le quebró la voz, pero continuó—: Muchos años después, mi padre zanjó el asunto haciéndome a mí presidente de la empresa. Sí, yo era el bastardo, el ilegítimo, a los ojos de Soren Bjorgun y, en consecuencia, a los de Paul también. No estoy seguro de si el viejo pretendía que ocurriera todo como lo ha hecho, pero Paul, e incluso mi propio hijo Michael David, han sido, al final, sus víctimas.

Michael guardó silencio.

—¿Está diciendo que de alguna extraña forma su hermano hizo asesinar a su hijo para agradar a Soren Bjorgun? —quiso saber el sheriff.

—Eso me temo. —Michael respiró hondo, y prosiguió—: Entrada tras entrada, en ese diario fue escribiendo toda su inquina hacia mí y hacia nuestra madre porque ella me quería.

—¿Y se sirvió de los medios de que disponía a través de esta nueva Irmandade? —quiso aclarar el sheriff.

—Sí, está todo en el diario de Paul —afirmó Michael—. Él y los otros tres, los hijos de los fundadores europeos, la restablecieron, pero los objetivos de la organización ya no eran los que habían perseguido los miembros fundadores. Bajo el nuevo liderazgo, la Irmandade comenzó a funcionar más como una jerarquía militar. Reclutaban a gente como Joel Galeano para hacerles el trabajo sucio. Paul y los otros líderes constituían la "inteligencia": cada uno de ellos era un comandante en el terreno, además de un estratega.

El sheriff Parnell enarcó las cejas.

—¿Están todos los nombres ahí?

Michael negó con la cabeza.

—Mi hermano no era tan tonto como para escribir los verdaderos. Estoy seguro de que son nombres en clave para la gente y las ciudades. Aunque imagino que el FBI no tendrá ningún problema en descodificarlo —aseguró Michael tras poner la mano sobre el diario, para retirarla inmediatamente después.

—Señor Cisneros —intervino Justin—, disculpe la pregunta, pero ¿cree que Paul asesinó a su hijo personalmente o que buscó a alguien que lo hiciera?

Hubo una larga pausa antes de que Michael respondiera.

—Estoy bastante seguro de que Paul asesinó personalmente a Michael David.

—Antes ha mencionado que Paul le había llenado la boca a su hijo de . . . —Justin calló para respirar hondo.

—Excrementos. —A Michael le temblaron los labios, a pesar de lo cual concluyó la frase iniciada por el detective, y añadió—: Paul lo menciona en su diario, aunque no ofrece ninguna explicación al respecto. No tenía ni idea del motivo que podría llevarlo a hacer algo así hasta que vi la foto de Paul con el conejo en brazos y me acordé de la estúpida broma que le hice —acabó—. Por mucho que me esfuerce, no puedo dar con otra explicación verosímil del deseo de Paul de vejar el cuerpo de mi hijo.

—¿Y cómo le fue posible asesinar a Michael David, señor Cisneros? —preguntó Justin sin dejar de señalar el diario—. Se suponía que estaba en Baviera, ¿no?

Michael tomó de la caja un pequeño sobre de papel manila, y lo vació sobre la mesa. El sheriff examinó su contenido. Además de un pasaporte a nombre de Paul Smith, había un recibo de un boleto de ida y vuelta desde Frankfurt a Los Ángeles. Era evidente que Paul había llegado a Los Ángeles al mediodía el sábado veintinueve de agosto de 1970, y que había vuelto a embarcar aquella misma noche rumbo a Frankfurt.

—Tal y como acabo de leer en el diario de su hermano —comenzó el sheriff—, hizo que una mujer, Cecilia Castro-Biddle, secuestrara a Michael David de la casa de la señora Juárez. Esta mujer engañó a su hijo para que saliera de la casa enseñándole un muñeco de peluche de Mickey Mouse.

»Luego se llevó al niño hasta un almacén abandonado en algún lugar cercano a Whittier Boulevard en el Este de Los Ángeles, donde su hermano esperaba a que llegara con el pequeño, pero la señora no apareció a la hora determinada. Su hermano ya se disponía a salir en su busca cuando la vio con el pequeño Michael caminando por la zona. —Michael bajó la cabeza. El sheriff dejó el diario y miró a

Gloria y a Justin directamente al comentar—: El resto ocurrió tal y como el sargento detective Kenyon de la comisaría central de Los Ángeles argumentó hace ya mucho tiempo. —Volvió a dirigirse a Michael y le preguntó—: ¿Sabe dónde puedo dar con Cecilia Castro-Biddle?

—Cecilia Castro-Biddle es mi madre biológica. Era una persona . . . inestable en términos emocionales. Aparentemente, se sentía tremendamente culpable por haberme dado en adopción. Así es como Soren Bjorgun pudo convencerla para que me secuestrara cuando yo tenía cuatro años. Me temo que Paul también se aprovechó de esos sentimientos, que utilizó para sus propios fines. En el informe de la señora Damasco verá que Cecilia Castro-Biddle se quitó la vida cuatro meses después de la muerte de mi hijo.

—Su hermano era un hombre muy decidido —opinó el sheriff—. ¿Estamos hablando de un suicidio o de otro homicidio en el caso de esta mujer?

Michael negó con la cabeza y replicó, cansado:

—No sabría decírselo, sheriff.

—Señor Cisneros, ¿tiene alguna idea de por qué su hermano esperó tanto tiempo para completar esta venganza? —quiso saber Justin.

—Tampoco conozco la respuesta a esa pregunta, señor Escobar. Quizá tenga que ver con las prioridades de negocio de la Irmandade. O puede que, tal y como afirmó ayer la señora Damasco en mi despacho, Paul no podía matarme a mí directamente, sino sólo ir destruyendo todo lo que yo he querido siempre . . . De verdad, lo ignoro, señor Escobar.

Aunque Gloria no tenía la intención de mirar fijamente a Michael, se dio cuenta de que estaba haciéndolo sin querer, lo que lo llevó a él a dedicarle una sonrisa tranquilizadora. Percibía que el alma de aquel hombre, como la suya, se adentraba en la antesala del dolor. Se preguntó cómo se enfrentarían ambos a las repercusiones de los trágicos sucesos acontecidos la noche anterior. Ya casi se le habían pasado los efectos del sedante, y notaba como si los ojos y la nariz y la garganta le ardieran.

Al darse cuenta de que Gloria se esforzaba por respirar, Otilia le pidió al sheriff que enchufara el ventilador eléctrico que había sobre un archivero. Justin se levantó a su vez para traerle una taza de café, y la sostuvo mientras ella bebía. Cuando llegó un ayudante y le entregó a Gloria su declaración, la tomó Justin para leérsela en voz alta. Gloria la firmó, y luego se quedó mirándolo a los ojos. Vio la sombra de culpabilidad y dolor que los nublaba, y fue entonces cuando se dio cuenta de que Justin había matado a un hombre la noche anterior: el que había acabado con la vida de Luisa.

Antes de que pudieran detenerla, caminó hacia la puerta y se dirigió a la carretera principal a mayor velocidad cada vez hasta que se encontró corriendo entre brumosos campos de viñedos. Se resbaló y se cayó en la tierra húmeda mientras el dolor le atenazaba los ojos y la boca.

Un momento después, notó el brazo de Justin, que la levantaba.

—Shhh . . . Todo va a estar bien. Te lo prometo —la tranquilizó mientras le rozaba los labios con los suyos suavemente.

Entonces oyó vagamente al sheriff decir que la ambulancia ya había llegado.

Justin la subió a la camilla y ayudó al sheriff a meterla en el vehículo. Un enfermero le tomó el pulso y la presión, y luego le puso una inyección.

—Otro sedante —le susurró Justin al oído.

Gloria se notaba la boca extraña, y quería pedir agua para beber, pero no podía empezar a articular las palabras con los labios.

Como en un sueño, se sintió flotar, viajando por una carretera donde crecían desafiantes viejos eucaliptos y robles que se recortaban nítidamente sobre el cielo.

Luego, de pronto Luisa estaba allí, corriendo por el camino flanqueado de acacias en flor, y gritaba algo que Gloria no alcanzaba a oír.

Había gente hablándole constantemente en susurros, pero no entendía lo que le decían. Alguien la tomó de la mano durante un buen rato.

—¿Luisa? —preguntó Gloria.

—Estoy aquí. —Oyó que alguien le respondía.

De algún modo, Gloria sabía que no era Luisa sino su hija Tania la que le había contestado. En su estado mental, pensó que era natural que Luisa y Tania tuvieran la misma voz. Después, ya no oyó ni sintió nada más. No había ni fantasías ni sueños en la oscuridad pulsante de su mente.

ALSO BY LUCHA CORPI

Black Widow's Wardrobe: A Gloria Damasco Mystery

Cactus Blood: A Gloria Damasco Mystery

Crimson Moon: A Brown Angel Mystery

Death at Solstice: A Gloria Damasco Mystery

Eulogy for a Brown Angel: A Gloria Damasco Mystery

Palabras de mediodía / Noon Words